미친, 사랑의 노래
— 김언희의 시를 둘러싼 (유사) 비평들

미친, 사랑의 노래
—김언희의 시를 둘러싼 (유사) 비평들

밀사
박수연
변다원
성훈
양효실
영이
이미래
이연숙
이우연
진송
한초원
홍지영

현실문화

일러두기
1. 본문의 [ ]는 원문의 이해를 돕기 위해 필자나 편집자가 보충한 내용을 나타낸다.
2. 외국 인명/지명 등의 표기는 시 원문의 경우를 제외하고 국립국어원의 외래어표기법을
   따랐다.
3. 원문을 생략해 인용할 경우에는 (…)로, 말이 없음을 나타낼 때는 …로 구분했다. 시 원문의
   '……'는 그대로 수록했다.
4. 본문 중에 나오는 시의 출처는 주(註)가 딸린 경우를 제외하고는 따로 표기하지 않았으며,
   대신 부록에 여섯 권의 시집 목차 전체를 수록했다.

목차

들어가며   이연숙

김언희의 첫 번째 시집 제목이기도 한, 일명 '트렁크' 모임은 2020년 가을 처음 시작되었다. 이 책의 필자이기도 한 조각가 이미래와 내가 김언희 시인이 살고 있는 진주를 방문한 사건이 '트렁크' 모임의 발단이었다. 그 짧은 만남 이후 우리는 김언희 시인과 더 지저분하게 연루되기를 원하게 되었다. 그래서 우리는 곧장 '트렁크' 모임의 멤버를 물색했다. 이미래를 포함해 연구를 하고 글을 쓰는 박수연, 성훈, 영이가 그렇게 모였다. 김언희 시인에 대한 글과 말을 생산해온 미학자 양효실 역시 자문이자 필자로서 '트렁크' 모임에 참여해주었다. '트렁크' 모임의 목적은 김언희 시인의 시와 시를 둘러싼 기존 비평을 읽는 것뿐만 아니라 시에 등장하는 무수히 많은 레퍼런스를 각자의 방식으로 전유하는 것이었다. 그런 식으로 우리는 김언희의 시와 모종의 친족 관계를 맺을 수 있으리라 기대했다. 약 1년 동안 우리는 한 달에 한 번 모임을 가지며 김언희의 시에서 각자 추출한 단어와 이미지를 재료 삼아 만든 쪽글 혹은 PPT나 이미지 더미와 같은 시각적 자료를 발표하는 시간을 가졌다. 처음에는 우리가 이 재료로 작은 전시를 열게 되거나 '진(zine)' 같은 형태의 소책자를 만들 수도 있겠다고 막연히 생각했다. 그러다가 우연한 계기로 출판이 결정되자 우리는 김언희의 시와 공명하는 글과 이미지를 만들어온 밀사, 변다원, 이우연, 진송, 홍지영, 한초원에게 '트렁크' 모임에 합류해줄 것을 제안했다. 이렇게 꾸려진 12명의 필진은 이후 초고를 만들고 정기적으로 합평을 가지며 서로의 글에 응답했다. 합평에서는 정확히 어떤 장르라 분류할 수 없는 글들이 한 테이블에 모였고 그래서 우리는 장르가 아니라 서로의 글이 가진 고유성을 더욱 적극적으로 드러낼 수 있는 개고 방향이 무엇일지 고민해야 했다.

　나는 이 과정 전체를 '유사 비평'이라는 이름으로 부르기로 했다. 흔히 원본의 지위에 미치지 못하는 가짜에 붙는 접두사 'pseudo'의 번역어인 '유사'를 '비평' 앞에 붙인 조어다. 김언희에 대한 기존 비평은 주로 문단에서 이루어져 왔고 또한 그 문단은 특별한 '입단' 절차를 필요로 하기에 우리의 작업은 문단의 기준에서 '진짜' 비평으로 취급되지는 않을 거라는 자기 인식이 '유사 비평'이라는 말을 고안하게 만든 주요 동기였다. 그러나 한계 짓는 '진짜'가 아닌 무한한 가능성을 제공하는 '유사'의 영역 속에서 우리는 자유로웠다. 우리는 김언희의 시를 '어떻게' 이해해야 할지에 대한 각자의 이론(!)을 펼치는 동시에 그것으로 우리가 '무엇을' 할 수 있는지 역시 궁금해했다. 이 '무엇을'에 대한 제각기 다른 응답이 '유사 비평'의 텅 빈 중심을 이룬다. 이처럼 김언희의 시를 풀이해야 할 수수께끼로 두지 않고 일종의 상상적 공유지처럼 '사용'하기를 택하는 '유사 비평'의 과정 덕택에 이 책은 비교적 비평 형식에 철저한 텍스트(진송, 성훈, 박수연, 영이)부터 김언희 시인과 시와의 관계 속에서 쓰인 에세이(한초원, 이미래), 그리고 시로부터 분유받은 정서적, 후각적, 촉각적 이미지를 전유하는 희곡, 소설, 사진(밀사, 홍지영, 변다원), 마지막으로 시인의 '입말'을 고스란히 실어 나르는 대담(양효실, 김언희)까지 다룰 수 있게 되었다. 이 글들은 단순히 유일무이한 여성 시인에게 바치는 '헌사'도, 대상과의 충분한 안전 거리를 필요로 하는 '비판'도 아니다. 비평이 우정의 한 양식이라면 '유사 비평'은 제 손으로 "어머니의 목을 자르고"(「스타바트 마테르」) "아버지를 뿌리째 파내는"(「가족극장, 이리와요 아버지」), 그러므로 어머니-딸 관계에서의 동일시적 유대도 아버지-딸 관계에서의 상징적 유산도 거부하는 시인 김언희와 우리가 맺고 있는 우정, 혹은 '공모 관계'의 물질적 증거다.

우리, 페미니즘이라는 모성적 계보와 언어라는 부성적 질서 양쪽 모두에서 제 자리를 찾아본 적 없는 퀴어, 여성, 작가인 '우리'는 "개"(「세컨드 라이프」)와 "솔루비"(「솔루비를 위하여」), "프랑켄후커"(「프랑켄후커의 초상」)와 "카데바"(「Eleven Kinds of Loneliness」)와 같은 인간 '미만'의 자리에서, "제 몸이 불타 없어지는 것을 끝까지 지켜보던 둥근 눈"(「음화」)과 같은 영원한 구멍의 자리에서, "육중한 똥 덩어리"(「카페 메이지」)의 저급하고 극단적인 물질의 자리에서 말하는 김언희의 언어에 혀로, 피부로, 내장으로 감응했다. 김언희는 시를 통해 우리가 단 한 번도 본 적 없는 몸을 주었다. 그 몸은 우리가 감히 가질 수 있다고 상상해본 적 없는 비천한 몸이자 우리가 감히 씹고 삼키고 소화할 수 있다고 상상해본 적 또한 없는 비옥한 몸이었다. 우리의 읽고 판단하는 눈이 도착하기도 전에 물컹대고 질깃대는 물성으로 먼저 거기에 존재하는 김언희의 시는, 필자 중 한 명인 한초원이 쓴 것처럼 이렇게 "주문"하는 것 같았다. 나를 "읽지 말고 먹으라고", 하나도 남김 없이 먹어 치우라고. 그래서 우리는 그렇게 했다. 첫 '트렁크' 모임 이후 약 4년이 지나서야 나온 이 책은 우리가 김언희의 시를 우리 뱃속에 살아 있게 한 과정 그 자체를 담고 있다.

끝으로, 책의 제목인 『미친, 사랑의 노래』는 김언희의 시 「오지게, 오지게」에서 따온 구절이다. '트렁크' 모임이 결성된 이후부터 지금까지 자신의 시를 마음껏 '갖고 놀게' 해준 김언희 시인에게 필자 전체를 대신해 감사하다는 말을 전하고 싶다. 언젠가, 어딘가의 수신자들에게 이 책이 마치 김언희의 시가 우리에게 그랬듯 먹고 쓰고 싸는 '살'을 이루는 물질적 자원으로 사용될 수 있기를 감히 바라본다.

끝까지!   진송

1. 내, 가 누는 똥

나. 또 나에게서부터 시작이다. 혹여나 덧붙이건대 이 '나'는 김언희 시점에서 시를 써내려가고 있는 '나'가 아니다. 이 글을 쓰고 있는 나는, 굳이 이름을 붙이고 싶지 않은 나는, 그러나 여러분 모두에게 이미 정체가 탄로 났을 그 사람은, 나다.

의외일지 모르겠지만 나는 내가 아닌 채로 살아가는 것이 어렵다고 주장하려는 것은 아니다. '나'라는 것은 니체가 일찍이 말한 대로 문법상의 눈속임일 뿐이다.[1] 문제는 글쓰기다. 『선악을 넘어서』에서 니체가 간단한 문제로 치부하고 넘어갔던 그 간단한 문법적 눈속임에서, 글을 쓰는 동안은 도무지 벗어날 수가 없다. 문법 없이 어떻게 글

---

1   "'나'는 술어 '생각한다'의 조건이라고 말하는 것은 사실을 왜곡한 것이다. (⋯) 사람들은 여기에서 문법적인 습관에 따라 '사고라는 것은 하나의 활동이며, 모든 활동에는 하나의 주체가 있다. 그러므로―'라고 추론한다." 프리드리히 니체, 『선악의 저편 · 도덕의 계보』, 김정현 옮김(서울: 책세상, 2002), 35-46.

을 쓰지?

쓴다.

대체 누가?

내가 쓴다……

글쓰기의 '나'와 관련된 또 다른 문제는 신체이기도 하다. 내 몸에 갇힌 채로 글쓰기—똥 누고, 토하고, 침 뱉고, 오줌 누고, 가래 뱉고, 자세를 바꿀 때마다 여기저기 살이 접히는 이 몸에 갇힌 채로 글쓰기. 또 골목에서 사람들이 떠드는 왁자한 소리를 듣고 싶지 않고, 하수구에서 올라오는 구린 냄새를 맡고 싶지 않고, 변기를 청소할 때마다 곳곳에 끼어 있는 곰팡이에 기분이 나빠지며, 내 몸을 볼 바에 차라리 불을 끄고 샤워를 하고 싶은, 온갖 지각에 노출되어 있는 취약한 내 몸에 갇힌 채로 글쓰기. 그게 지금 내가 처한 상황이다. 그런 상황에 갇혀 글을 쓰면서, 나는 뭔가에 끊임없이 관여한다. 아니, 그 일은 관여라기보다 뭔가를 먹어치워서 소화기관으로 내려 보낸 후 배출하는 것에 가깝다. 그러면 뜨끈뜨끈한 똥(과 같은 글)이 완성된다. 마치 김언희 시 속의 화자가 그렇게 하듯이.

「왜 모조리」에서 김언희는 자신이 먹어치우는 것이 모두 똥이 된다는 통렬하고도 당연한 사실을 불현듯 깨닫는다. "황도 백도 천도 복숭아들"의 "향기"는 "구린내"로 바뀌고, 내가 사랑하는 "당신"마저 김언희의 아귀에 들어서는 순간 비천한 똥으로 전락한다. 이 깨달음은 한편으로 자신의 운명 혹은 원치 않았던 역량을 상당히 서글퍼하고 심지어는 폄하하는 것처럼 보이지만(황지우가 「뼈아픈 후회」에서 "내가 사랑한 자리마다 모두 폐허다"라고 말했던 것과 마찬가지로 말이다), 이는 또 다른 한편으로 신성모독이라고 불려도 좋을 엄청난 오만이자 자신감의 표현이다. 하느님조차 김언희 시의 아귀 속으로 들어가면 시의 소화기관이 가진 힘과 모양새에 의해 옴짝달싹할 수 없다. 그리하여 신 역시도 김언희 시의 똥으로 거듭난다.

김언희의 시에는 똥뿐만 아니라 오줌, 정액, 피, 가래, 자지, 보지, 시체, 시즙, 시간(屍姦) 등 누군가는 '그로테스크'라 부르고 누군가는 '외설'이라 부르는 소위 '비위 상하는' 소재들이 많이 등장한다. 대부분의 연구자와 비평가는 이를 김언희의 부정적인 자기 인식, 혹은 '절망하는 소수자'로서의 자기 인식과 관련하여 독해해왔다.

일례로 김혜경은 「문정희와 김언희 시 비교 연구—에로티즘과 페미니즘을 중심으로—」에서 "김언희는 분리, 절단, 파괴, 외설 등을 허용함으로써 모성성을 미리 견제하고, 배제하고, 상실해 나가고 있"으며, "김언희는 여성을 결코 어떤 것과도 어울릴 수 없는 개별적인 존재로 생각"하고, "김언희는 자신이 여성이라는 것을 부정하면서 주체성을 얻기 위해 노력하지만 결국 그 한계를 벗어나지 못하고 절망감을 표현한다"[2]고 썼다. 또한 곽성근은 "김언희 시의 그로테스크적 특징", 즉 "시 속에 자주 등장하는 오물, 시체, 피, 똥, 구멍의 묘사"가 "여성의 몸에 가학적 행위를 가한 여러 존재들에 대해 분개하고 이를 복수하겠다는 적개심을 드러내고, "김언희의 시에 있어서 섹슈얼리티는 가부장적 사회체제 속 여성에 대한 편견과 억압을 나타"[3]낸다고 썼

---

2   김혜경, 「문정희와 김언희 시 비교 연구—에로티즘과 페미니즘을 중심으로—」, 울산대학교 대학원 석사학위 논문, 『울산국어교육연구』 제149집(2013): 5.
3   곽성근, 「김언희 시의 그로테스크 연구」, 조선대학교 문예창작학과 석사학위 논문

다. 그러나 어느 정도의 설득력이 있는 이러한 설명들은 다음과 같은 놀라울 정도로 도발적인, 일종의 '기개'에 가까운, 김언희 시 속 화자의 자의식에 대해서는 전혀 재미있는 해석을 내놓지 못한다.

「4장 4절」에서 무덤 속에 안치되지 못한 것으로 보이는 화자는 죽음의 한가운데에서도 세계를 자신의 "부장품"으로 당당히 선포한다. 그러니 그가 "내겐 썩는 일만 남았어!"라고 외쳐대며 자신의 신세를 한탄할 때에도 세계는 그의 소유다. 「왜, 모조리」와 「4장 4절」과 같은 시편들에서 엿보이는 것은 아무래도 "절망하고, 한계를 벗어나지 못하고, 복수심에 가득 차 있는"[4] 자라기보다 처절한 절망을 곱씹거나 죽음의 문턱을 넘어버린 상황에서도 모종의 기세, 모종의 긍지, 그리고 이와 결코 분리될 수 없는 모종의 고독을 끝까지 처절하게 붙들고 있는 자의 모습이다. 드디어, 올곧은 나르시시즘의 낌새가 풍기는 김언희의 시어들은 일일이 정당한 나머지 유머러스하게까지 느껴지기까지 한다.

나는 이 글을 통해 그간 절망에 깊이 빠져 헤어 나오지 못하고, 배타적이며, 남성에 대한 복수심과 적개심으로 가득 찬 여성성을 가진 것으로 독해되어온 김언희의 시들,[5] 긍정적으로 독해될 때에도 언제나 억압받는 피해자의 위치에서 읽힐 수밖에 없었던 그의 시들에 대

(2019), 67.

4 곽성근, 「김언희 시의 그로테스크 연구」.

5 지금까지 시집 『트렁크』, 『보고 싶은 오빠』, 『말라죽은 앵두나무 아래 잠자는 저 여자』, 『뜻밖의 대답』, 『요즘 우울하십니까』, 『GG』가 발표되었다.

해 색다른 독해를 시도해볼 생각이다.

　나는 김언희의 시에서 보이는 (그가 마땅히 누려도 좋을) 나르시시즘적 오만함, 여성성이 지닌 파괴적인 역량, 사랑과 삶을 지속시키는 반복의 어리석은 쾌에 대해 이야기하려 한다. 사실 나누어 열거했던 앞선 세 가지의 힘은 모두 연결되어 있는 하나의 힘이다. 시인 김언희는 시를 통해 끝까지 간다. 끝의 끝까지, 그 끝을 넘은 끝까지.

2. 처박힘의 탄력—여성적인, 너무나 여성적인[6]

　김언희에 대한 많은 선행 연구들은 김언희 혹은 김언희의 시에 등장하는 여성으로 추정되는 화자, 혹은 김언희의 동일시 대상으로 추정되는 연극적 등장인물(여성, 동물 등)이 자신을 '피억압자'로 인식한다고 주장해왔다. 심지어 「랄랄랄 2」와 같이 권력의 월등함을 시가 명확히 드러낸 경우에서도 김언희 시의 1인칭 화자는 피억압자로 독해되었다.

　「랄랄랄 2」에서는 쥐가 고양이를 겁탈한다. "피를 보고서야 멈"출만큼의 이 잔혹한 폭력은 쥐의 편에 압도적인 권력의 우위를 쥐여 준다. 「랄랄랄 2」와 같이 소위 '약자'가 '강자'를 '겁탈'하는 시는 김언희의 작품 세계에서 아주 반복적으로 등장한다.[7] 임지연은 「랄랄랄 2」가

6　이 표현은 니체의 책 제목 『인간적인, 너무나 인간적인』에서 빌렸다.

7　이외에도 수없이 많으나, 대표적으로 "죽은 자가 산 자를 겁탈하는 백주의 시간(屍姦)"(「저, 옐로 하우스」)이나 "아버지의 처녀막을 찢어드릴게 손잡이 달린 나의 성기로 아

억압자와 피억압자의 위치를 단순히 바꿈으로써 분노 감정을 폭발시켰다고 해석한다.[8] '혐오 되받아치기'라는 한 마디 일단락과 함께 임지연은 김언희 특유의 전복 전략이 "가부장제 시스템에서 추방되는 여성을 등장시키고 있"는 "자기 인식"이라고 쓴다. 이러한 해석은 "위치 바꾸기는 단지 위치만 바꾸는 것"이며 "이분화 구도를 보존한다"[9]는 부정적 평가로 이어진다. 신용목 역시 이에 동의하며 김언희의 시가 "남성성과 여성성의 이분법적 구도를 보존할 뿐만 아니라, 순간의 전복을 통해 혐오 정서를 유발함으로써 억압의 감정을 해소하는 것으로 그칠 우려가 있다"[10]고 판단했다.—**잠깐, 쥐가 고양이를 겁탈하는 것이 혐오스러운가? 아닌 사람도 있음을 밝혀둔다.**

이러한 평가로부터 우리가 확실히 읽어낼 수 있는 것은 고양이를 겁탈할 때에도 쥐는 여전히 '위치만 바뀐 피억압자'로 독해된다는 것이다. 쥐는 분노를 폭발시키고 있는, 전복의 전략을 사용하고 있는, 단지 위치만 바꾸고 있는, 혐오를 되받아치는 '피억압자'다. 그러나 기존의 해석을 떠나 문면에 드러난 그대로를 읽자면 쥐가 피억압자라고 주장할 근거를 찾기는 매우 어렵다. 분명 쥐는 고양이를 겁탈하며 권

버지 아주 죽여드릴게 몇 번이고 아버지 깊숙이 손잡이까지 깊숙이 아버지"(「가족극장, 이리 와요 아버지」)를 예로 들 수 있을 것이다.

8   임지연, 「1990년대 여성시의 이상화된 판타지와 역설적 근대 주체 비판」, 『한국시학연구』(2018): 103.

9   같은 글, 104.

10   신용목, 「1990년대 한국 여성시의 탈범주화 과정 연구—나희덕, 김언희 시를 중심으로—」, 『國語文學』 제75집(2020): 230.

력의 우위를 점하고 있다. 어째서 김언희의 시 속 여성 혹은 여성에 가까운 '약자'들은 이토록 끈질기게 '억압되는 자'로 독해되는 것일까? 혹은 독해되어야만 하는 것일까?

한편 곽성근은 "김언희는 가부장적 사회 속에서 벗어나지 못한 여성"이며 "기계화된 여성이나 혹은 자신의 욕구를 절제하려는 여러 극단적인 소재(오브제)를 통해 표현하고 이를 비판하고자 하였다"[11]고 주장했다. 그러나 「못에게」, 「공」과 같은 시편을 참조하노라면 김언희는 여성을 단순히 가부장적 사회의 질서 속 피해자로만 바라보지 않으며 여성의 힘, 그리고 심지어 여성이 가부장제 질서 속에서 받는 '상처의 힘'을 긍정하고 자신의 욕망을 제대로 마주하는 모습을 보인다. 그리고 자신이 선택한 '극단적인' 소재, 혹은 '오브제'의 감각적 특질을 제대로 가지고 논다.

「못에게」는 '벽'에 박혀 있는 것이 '못'의 힘이라는 일반적인 시선을 전복한다. "교접"이라는 단어로 미루어보아 벽에 난 구멍이 "질"을, "못"이 남근을 의미한다는 것을 짐작 또는 상상해보기란 어렵지 않다. 이 시에서의 '질=벽=여성'은 단지 교접을 가능하게 할 뿐만 아니라 자신의 상처 안에 탄력이라는 힘을 품고 있고, "바보/먹통"인 못에게 느낌의 역량을 역으로 심문한다("못 느끼겠니……?").

김언희의 시 속 여성적인 것이 자기 자신을 힘을 지닌 존재로 인식하고 있다는 것은 다른 시편 「공」에서도 잘 드러난다.

---

11   곽성근, 「김언희 시의 그로테스크 연구」, 24.

「공」에서 공은 일반적으로 공격의 수단이 될 수 있다고 생각되는 '각'을 밖으로 뻗치는 방식이 아닌 각을 "모조리 안으로 삼"키는 방식을 통해 "내지르는 힘"과 "자폐의 탄력"을 만들어낸다. "각을 / 모조리 안으로 삼"키는, "나를 내지르는", "숨구멍 하나 없는 자폐의", "증오의" 이 힘은 생김새부터가 총, 칼로 대표되어온 남근적 힘과 판이하게 다르다. 각이라고는 하나도 없는 공이 마치 여성의 유방과 같은 그 둥긂에서 부드러움이 아닌 탱탱한 증오의 표면장력으로 다가오며 이전에 목격한 바 없던 여성적 힘의 가능성을 보여준다. 반복건대 김언희의 시 속에서 여성적인 것은 힘을 지녔고, 그것도 무서울 정도로 파괴적인 힘을 지닌 것이다.

「가족극장, 껌」 역시 여성적 힘을 탄력의 이미지를 통해 표현하는데, 이때 탄력의 비유가 되는 것은 "비정형의 / 고무 질"로서의 '껌'이다. 탄력 이미지로서의 껌은 찌르는 못이기보다는 못에게 상처입어 찔려도 유지되는 벽의 탄력에 가깝고, 윗니와 아랫니가 만났다 떨어질 때마다 쩌억 소리를 내는 장력에 가깝다. 심지어 이 여성적 탄력은 음부에 국한되어 있지 않다. 김언희는 '전신'을 "비정형의 고무 질(膣)"로 만들며("전신이 / 질이에요") '못과 깊이 교접하는 상처의 탄력'(「못에게」)에 주목했던 것처럼, "찔리는 / 곳이 / 음부죠" 하고는 찔리는 여성성이 가지고 있던 수동적 부정성(negativity)을 부정(deny)하고 아주 간단하게 신체의 정의, 음부의 정의를 바꾸어버리고 만다. 온몸은 음부다. 음부는 온몸이다.

「못에게」와 「공」, 그리고 「가족극장, 껌」까지의 맥락을 종합적으로 살펴보노라면 그의 다른 작품 「쥬시 후레쉬」에서의 껌−사막 역시도 김언희 시에 드러나는 탄력적인 여성적 질 이미지의 연속임을 충분히 알 수 있다. 「쥬시 후레쉬」는 사막을 건너는 낙타의 모습을 보여준다. 이 사막은 "체위를 설명할 길"도 없이 그 내부로 '삽입'되는 낙타의 왼발과 오른발을 사정없이 집어삼키는 "후라보노", "쥬시 후레쉬" 같은 껌이자 사막이며, 동시에 "찔리고"(「못에게」) "삽입"(「쥬시 후레쉬」)의 대상이 되는 것으로서 여성의 질이다. 뼈 부러지는 소리 하나 없이 "물컹 / 물컹", "질컥질컥" 씹히는 은근한 촉각과 청각의 세계 속에서 "시큼한" 쥬시 후레시의 냄새만이 남아 낙타와 "어떤 놈"이 사막에게 잡아먹혔음을 알린다.

이쯤에서 『보고 싶은 오빠』에 수록된 「캐논 인페르노」를 바바라 크리드의 '바기나 덴타타' 개념[12]을 차용해 해석해낸 희음의 글 「바기나 덴타타vagina dantata의 어떤 읊조림」[13]을 생각해내지 않을 수 없다.

희음은 「캐논 인페르노」에서 「보고 싶은 오빠」에서의 "오빠, 공짜로 넣어줄게"와 비슷한 꼬드김과 비슷한 속삭임 "너의 그 잘난 페니스로 나를 찔러봐, 찔러봐, 괜찮아, 안심하고 찔러, 그다음에 무슨 일이 일어날지는 모르지만, 으응?"을 듣는다. 「캐논 인페르노」에서 '찔림의 대상'이었던 "배때기"는 "'마룻바닥'에서 '뒤통수'로 변주되다가

---

12 '바기나 덴타타(vagina dentata)'는 '이빨 달린 질'이라는 뜻으로 여성학자이자 영화비평가 바바라 크리드(Babara Creed)가 그의 책 『여성괴물, 억압과 위반 사이』(서울: 여성문화이론연구소, 2017)에서 제시한 개념이다. 바바라 크리드는 프로이트가 제시했던 바 거세불안을 유발하던 아버지의 자리에 어머니를 위치시킴으로써 여성이 가진 남근을 거세할 수 있는, 그리하여 은폐해야 할 정도로 강한 힘의 가능성을 드러낸다.
13 희음, 「바기나 덴타타의 어떤 읊조림」, 『쪽』, https://zzok.co.kr/13, 2023.04.26. 최종 확인.

마침내 '발이 푹푹 빠지는 거울'이 되"는데, 희음은 이에 대해 이 "역청의 거울"이 "바기나 덴타타의 본래적 의미인, 절단하는 것으로서의 이빨 달린 질보다 더 고차적인 공포"를 지니고 있다고 말한다. 절단은 분리를 허락하지만, 역청의 거울은 하나가 되어 귓속에 "끝없이 태어나는 목소리"를 속삭이며 영원히 엉겨 붙을 것이기 때문이다. 「캐논 인페르노」에서 화자가 두려워하는 것 또한 다른 어떤 '강자'나 '억압자', '남자'도 아닌 "내 혀", "내 두 손", 즉 화자 자신이라는 것에 대해서는 말할 필요도 없을 것이다.

그러니 김언희의 시 속 '이상한' 여자들이 단지 취약하며 동시에 괴물적이기에 세상과 실패할 수밖에 없는 접촉을 하고 있다고 생각하는 것은 분명한 오판이다. 그들은 자기 자신의 운명, 역량, 절망, 추체험을 격렬하게 증오하고 또 사랑하면서 낄낄대거나 세상에 대고 시를 쓰고 있다. "인생은 피를 보고서야 멈추는 농담"(「랄랄랄 2」)이라는 그들의 흐르는 여성적인, 너무나 여성적인 피와 농담―그것이야말로 그들의 인생을 지속시키는 "처박힘의 힘"(「육자배기로」)일 수 있음을 누가 알겠는가?

3. 시보다 오래 사는/죽는 시

'처박힘의 탄력'을 보여준 여성성의 힘을 지나, 김언희가 지닌 또 다른 강력한 힘들 중 하나는 역시 시인으로서의 그의 역량일 것이다. 『요즘 우울하십니까』의 첫머리를 여는 「시인의 말」을 참조하노라면, 김언희는 "종이가 찢어질 정도로 훌륭한 시"에 대한 지독한 열망에 휩싸여 있는 것으로 보인다. 그는 "종이가 찢어질 정도로 훌륭한 시를 / 용서할 수 없을 정도로 잘 쓰고 싶었습니다"고 쓰는데, 용서할 수 없을 정도로, 종이가 찢어질 정도로 훌륭한 시를 쓰고 싶은 그의 작가적 욕망은 한 편의 시가 될 수 있을 만큼 강렬하고 아름답다.

이 강렬함은 물론 너무나 감동적이지만, 시를 잘 쓰고 싶은 욕망 자체가 독특하거나 대단하다고 주장하기는 어려운 일이다. 그러나 김언희는 좋은 시에 대한 열망뿐만 아니라 시인으로서의 자의식도 무척 독특하고 재기 넘치며 읽는 이의 호기심을 자극한다. 김언희의 작가로서의 자의식에서 무엇보다 가장 매력적이고 특기할 만한 점은 바로 대체 불가능한 시인으로서 그가 가진 오만함이다.

「마리아의 노래」에서 김언희는 길바닥에 서서 애 낳는 여자를 그린다. 이 여자는 무언가 마음에 안 들기라도 한다는 듯이 "껌을 짝짝 씹어가며" "양수 한 방울" 흘리지 않고 길에서 "지상아(紙狀兒)"를 출산한다. '지상아(紙狀兒)'는 한자 그대로 해석하자면 '종이 모양의 아이'라는 뜻이다. 이는 원래 Fetus papyraceus라는 의학 용어로서, 다중 임신 상태에서 한 태아가 사망하고 다른 태아가 태아의 막과 자궁벽 사이에서 미라화되어 종이처럼 평평해진 상태를 지시한다. 하지만 김언희가 시인임을, 그리고 시를 쓰는 것이 출산과 같은 일종의 창조 행위임을 되새겨보노라면 이 시에서의 "지상아(紙狀兒)"를 시로 바꿔 읽을 수 있다. 그 "지상아(紙狀兒)"는 "건드리면 모가지가 떨어져버리는 지상아(紙狀兒)"이며 "자궁 속에서 이미 구겨박질린 / 꾸깃꾸깃한 종이아이"인데다 "가까운 휴지통에 던져넣어"지기까지 했다니 수준이 매우 낮았음에 틀림없다. 마리아는 태어나기도 전에 죽은 아이를 낳았고, 시인은 만족할 수 없는 시를 썼다. 그럼에도 불구하고 궁극적으로 이 시가 시인으로서의 시의 화자를 깎아내리고 있다고는 결코 말할 수 없다. 시의 제목인 「마리아의 노래」부터가 그것을 증거한다.

마리아는 잘 알려져 있다시피 그리스도교의 메시아, 예수를 낳은 성모이다. 그러니 시의 화자가 길바닥에 서서 낳고 있는 말라붙은 종이들은 수태고지를 통해 잉태된 신성한 신의 아이이지만 동시에 세상을 구원할 '뻔'했던 "구겨박질린" 실패작으로서의 n번째 예수이다. 마리아는 자신이 낳은/쓴 시가 몹시 마음에 들지 않는다는 듯 껌을 짝짝 씹고, 종이를 손에 구겨 넣고, 잇따라 가까운 휴지통에 던져 넣고는 뒤도 돌아보지 않고 횡단보도를 건넌다. 메시아에 비견될 만한 시를 창조해내는 힘이 성모 마리아, 즉 여성성에 기반해 있음은 물론이다.

이 신성모독적인, 자기 자신의 시를 모독하는 시는 거꾸로 김언희의 시가 (자신의) 시에 대해 신성하리만치 진지하고 신경질적일 정도로 얼마나 완벽주의적인 태도를 지니고 있는지를 보여준다. 시인은 자신이 시를 짓는 행위를 메시아를 낳는 행위와도 같이 여기지만, 메시아라 한들 시인의 날카로운 눈썰미 앞에서는 웬만한 작품이 아니고서야 지상아(紙狀兒)가 되는 운명을 피할 수 없다.

그러니 김언희가 "종이가 찢어질 정도로 훌륭한 시를 / 용서할 수 없을 정도로 잘 쓰고 싶었습니다"고 말할 때, 그는 그저 평범한 수준의 열의에 대해 말하고 있는 것이 아니다. 그것은 용서받을 수 없는, 모독적인, 더러운, 충격적인, 그러나 그렇기에 "종이가 찢어질 정도로 훌륭한", 그리고 누구보다 김언희 자기 자신이 그 훌륭함을 잘 알고 있는 자신의 시에 대한 긍지이기도 하다. 그가 자기 자신의 시를 폄하하거나 더 정확한 표현으로서 '불만족스러워 할 때', 그는 시인으로서의 자기 자신을 추켜세우면서 자기 시의 이상향을 더 높은 곳으로 고양시킨다.

이쯤에서 우리가 새로이 깨달아야 할 점은 김언희가 '외설적인' 시인이기 이전에 그 누구보다 많은 메타시, 즉 '시에 대한 시'를 쓴 시인이라는 점이다. 특히나 「시」, 「시, 혹은」, 「시, 거룩한」, 「시, 추태」를 비롯하여 「이봐, 지금 시 쓰는 거야?」까지 제목에서부터 시가 언급된 시가 많이 수록된 그의 세 번째 시집 『뜻밖의 대답』—표제작인 「뜻밖의 대답」 역시 글쓰기/시 쓰기를 다루고 있는 시다—은 시집 전체가 시에 대해 사유하고 있다고 해석해도 과하지 않다. 김언희가 "종이가 찢어질 정도로 훌륭한", "용서할 수 없을 정도로 잘" 쓴 시에 대한 욕망을 털어놓았던 네 번째 시집 『요즘 우울하십니까?』와 현재에 이르는 그 이후의 작품들에서도 시에 대한 그의 사유는 계속된다.

한편 새삼스럽게도 김언희의 시에는 시체의 몸을 갖고 발화하는 존재들이 수없이 많이 등장한다. 이와 동시에 김언희의 시에 반복적으로 등장하는 시체, 시즙, 시간, 시취 등의 시어는 김언희의 작품과 물그레하게 썩어가는 유기체의 이미지를 함께 떠올릴 수밖에 없게 만든다. 권희철은 이 '죽었으되 죽지 않은 자들'을 "언데드"[14]라고 명명한 바 있다. 권희철은 김언희의 '언데드'가 "삶의 병적인 부분들을 회복시키거나 도려내면서 죽음의 아가리로부터 삶을 구해"[15]낸다는 기대가 헛된 것임을 폭로하는 역할을 한다며 김언희의 시를 몹시 긍정적으로 평가하지만, '언데드'라는 존재 자체에 대해서는 "죽음을 완성

14　권희철, 「음부(陰部/淫婦)의 입술이 세계의 성기(性器)를 삼킬 때—김언희론」, 『정화된 밤: 권희철 평론집』(서울: 문학동네, 2022), 29.
15　권희철, 같은 글, 31.

시키지 못한, 살아 있는 것처럼 보이는 이미 죽은 시체라는 모욕적인 지위를 영원히 짊어지고 있어야 할 불쌍한 존재"[16]라는 부정적인 평가를 내린다. 김희철이 '언데드'라고 명명한 이 존재는 "영혼 없는" 것처럼 보인다는 이유로 곽성근이 "좀비"[17]라고 부르기도 한다.

그러나 김언희의 시에서 죽지 못하는 것, 뭔가를 떠나지 못하는 것, 그래서 끝까지 남아 모든 것을 지켜보는 것은 '언데드', '좀비' 등의 이름으로 불려 왔던 인간-시체뿐만이 아니다. 초점을 조금 이동시켜 김언희의 작품을 세세히 탐사하노라면 "죽은 다음에도 길어 나올 발톱"(「나보다 오래」), "나를 구워 먹으며" "나보다 오래 살" "추억"(「이봐, 오늘 내가」), "아직 썩어줄 생각도 하지 않는" "꽃다발"(「꽃다발은 아직」) 등 인간의 시체/신체와 물질의 이미지를 자유롭게 탈출하는 상상력이 즐비하다. 죽음에 혹은 죽음 이후에 철석같이 들러붙어 김언희의 시를 떠날 생각이 없어 보이는 이것들은 "죽어, 죽어, 죽어"서도 "제 몸이 불타 없어지는 것을 끝까지 지켜"(「음화」)볼 정도로 끈질기다.

모든 것을 끝까지 지켜보며 "끝장이 난 다음에도 중얼거리는 / 크르륵거리는"(「황혼이 질 때면」) 이들은 좀비보다는 김언희의 시를 닮았다. 그 이전에, 철저하게 특별하고, 위대하리만치 유일하여 너무나 고독한 이들이 바이러스의 형태로 몰인격적 감염이자 복제를 당했다고 볼 수는 없지 않겠는가? 이들은 시를 닮았다. 좀비보다는 시 그것

---

16 권희철, 같은 글, 32.
17 곽성근, 「김언희 시의 그로테스크 연구」.

도 시보다, 시인보다 오래 죽는/사는, 김언희의 시…. 이는 시를 "내 죽은 몸을 떠나지 못하는 / 내, 구더기의 / 영혼"이라 칭하는 시는 「시」에서도 단적으로 잘 드러난다.

김언희의 시에서 시체, 불탄 인형, 버려진 꽃다발, 추억 등의 존재들은 도무지 시를 떠나지 않는다. 시 역시도 시를 떠나지 않는다 (「시」). 이 모든 것을 '시'라 부를 수 있다면, 시는 시를 떠나지 못하고, 시가 끝난 후까지 계속되고, 시로 남아서 시를 지켜본다.

시들은 대체 무엇을 보기 위해 불타는 몸으로도 눈알만 남아 끝까지 모든 것을 지켜보는가. 대체 무엇을 원하여 "크르륵거리"며, 제 자신을 구워먹으면서도 모든 것을 기억하고 시로 남는가. 시로 지워지는가.[18]

4. 본다, 반복해서, 대체 무엇을

시 속의 눈이 무엇을 보고 있는지를 살펴보고자 할 때 가장 먼저 떠오르는 시는 앞서 간략히 언급했던 「음화」다. "사내아이"들에 의해 "치마를 들"춰지고, "사타구니를 쿡쿡"찔리며 성/폭력의 대상이 되는 이 인형은 괴로워하기는커녕 "비명도 한번 안 지르"는 데다 "걸레쪽처럼 칼질 된 얼굴"로도 "희미하게 웃어 보이"기까지 한다. 이어지는 문장들에서 묘사되는 생명을 가지지 않은 인형의 눈이 살아있다 못해 마

---

18 『뜻밖의 대답』에 수록된 「시, 거룩한」의 "한 줄을 쓰면 두 줄이 지워지는, 시, 너무나 짧지만 한없이 길고 긴, 짧은"에서 일부를 빌렸다.

치 생명을 초월한 것처럼 "제 몸이 불타 없어지는 것을 끝까지 / 지켜보"는 이미지는 충격적이다. 이 시를 정말로 충격적인 것으로 만드는 섬뜩함은 바로 여기에 있다. 남성들의 잔혹한 폭력이 아니라 그 폭력의 피해자이자 인형의 눈이 응시하는 또 다른 대상인 인형 자기 자신의 끈질김이야말로 진정 섬뜩하다. 사내아이들을 시선의 주인으로 삼아 성/폭력을 지켜보았던 것은 시의 독자들일 뿐, 인형의 시선은 내내 폭력 속에 있으면서도 희미하게 웃고 있는 자기 자신에게 오롯이 집중되어 있었을 것이다.

이외에도 자기 자신을 응시하는 시는 「음화」, 「미얀마」, 「식탁 위로 더러운」, 「어어떤 귀」, 「삼척」 등을 비롯하여 김언희의 작품에서 숱하게 발견된다. 그러니 이 집요한 응시가 김언희의 작품 세계에서 꽤나 중요한 것이라고 주장해보아도 좋겠다.

한편 김언희의 시에서 응시의 기능을 하는 눈은 흥미롭게도 단순 시각의 기능만을 수행하지는 않는다. 눈은 입으로, 혀로, 성기로 기능하며 외부 세계에 대한 모든 감각을 받아들이고, 때로는 황산으로 기능하기도 하며 타자를 공격한다("황산처럼 내 얼굴을 녹이던 네 눈길", 「지저귀는 기계」). "입 없는 당신"은 "눈의 혀", "눈의 입술"로 노래를 부르며(「파반느」), "생소주잔에 섞인 / 눈빛만으로도 / 애가 들어서"게 하는 것이 바로 눈이다. 성기로도 기능하는 이 눈에는 "임질"(「후렴」, 「더럽게 재수 없는」)과 같은 성병이 감염되기 일쑤지만 그래도 눈을 가진 자는 "살아있는" 한(限) 눈으로 "눈썹"을 한다(「프랑켄후커의 초상」).

이토록 집요하고 위협적인 눈, 한편 야살스러운 모든 섬세한 감각의 역량을 가진 이 눈, 김언희 시인의 산문 일부를 빌리자면 "언제나 대상을 갈취하고, 착취하고, 더럽"히며 파렴치하지만 "확장된 촉각"("여성은 눈길이 곧 손길", 「니르바나 에스테틱」)의 역할을 수행할 수 있는 이 눈은 마치 김언희의 시처럼 끝까지 남아서 보고, 보는 행위를 통해 기어이 대상을 만지고 침범한다. 김언희의 시에서는 고등어 대가리마저 "대가리가 숯이 되고도 익지 않"은 채로 남아 "무얼 더 보고 싶"어서 "충혈된 눈깔"을 희번득거린다(「가족극장, 고등어 대가리」).

이제 앞선 질문에 답할 차례다. "시들은 대체 무엇을 보기 위해 (…) 끝까지 남아 모든 것을 지켜보는가. (…) 제 자신을 구워먹으면서도 모든 것을 기억하고 시로 남는가, 시로 지워지는가."

김언희의 시가 무엇을 보는가에 대해 질문하기에 앞서 한 가지 더 질문해보아야 할 것은 그의 시에서 거듭 강렬한 인상을 남기는 실명에 대한 테마다. 「머리에 피가 안 도는 이유」, 「오문행誤文行」, 「나에게는」 등의 시에서 시에 등장하는 인물은 자신의 눈이 멀었다고 생각(착각)하거나, 자신의 눈알을 찌르거나, 스스로 불태운다. 그토록 놀라운 관조의 능력을 지닌 시인이 촉각으로, 목소리로까지 확장될 수 있는 시각을 몇 번이고 스스로 제거하는 탓은 대체 무엇일까.

「나에게는」에서 나는 "아버지의 자지"로 눈을 '찌른다.' '눈을 찌른다'는 행위와 시에 감도는 근친상간적 분위기, 그리고 부자 관계의 차용(부녀 관계)은 자연스레 『오이디푸스 왕』을 떠오르게 한다. 소포클레스의 비극 『오이디푸스 왕』에서 오이디푸스가 마주해야만 했던, 그래서 스스로 두 눈을 찌르게 했던 것은 '진실'이다. 자신이 아버지를 죽이고 어머니와 결혼한 신탁의 아이라는 진실. 눈먼 예언자 테이레시

미친, 사랑의 노래

아스는 오이디푸스에게 진실을 알려주지만 오이디푸스는 이를 믿지 않는다. 그가 '눈먼,' 그리하여 신뢰할 만하지 못한 예언자이기 때문이다.

그는 '볼 수 있는' 평민과 하인들을 직접 찾아다니며 진실의 내력을 확인한 후 그제야 그는 비극의 나락으로 굴러떨어진다.『오이디푸스 왕』의 뒤를 잇는『콜로노스의 오이디푸스』에서 오이디푸스는 마치 테이레시아스처럼 '눈먼' 예언자가 되는 결말을 맞이한다. 이는 테이레시아스에 이어 '눈먼 예언자'라는 테마를 반복하며 눈이 먼 자들만이 가닿을 수 있는 예언의 세계, 진실의 세계가 있음을 암시한다. 이러한 사례는『콜로노스의 오이디푸스』에서뿐만이 아니다. 맹인이었던 작가 밀턴 역시『실낙원』에서 "육신의 눈에는 보이지 않는 것들을 / 내가 식별할 수 있도록"[19]이라고 쓰며 보는 자들이 쓸 수 없는 시의 세계가 있다는 생각을 드러내기도 했다.

그러나 오이디푸스와 밀턴이 거침없이 내버린 시각은 오래도록 사회에서 다른 감각에 비해 우월하다고 평가되었다. 시각은 대상과의 거리를 확보할 수 있게 하기에 객관성을 보장하고, 본질을 꿰뚫어 볼 수 있는 것으로 간주되었으며, 2차원의 평면에 3차원의 환영을 재현해내는 놀라운 역할을 수행해냈다. 이로 인해 시각은 다른 어떤 감각보다 우위에 서서 '시각중심주의'를 이끌 수 있었다. 또한 '관념'을 뜻하는 'idea'의 어원이 그리스어 'idein'에 있다는 점에서 엿볼 수 있듯,

---

19 "there plant eyes, all mist from thence/Purge and disperse, that I may see and tell/ Of things invisible to mortal sight", John Milton, *Paradise Lost*, Ⅲ line 51–55.

시각은 로고스중심주의와도 긴밀히 결탁해 이성과 합리에 대한 특권을 유지하기도 했다.

다른 모든 감각의 가능성을 그 안에 품고 있는 시각의 놀라운 역량을 알고 있고, 시각의 외부 세계를 "갈취하고, 착취하고, 더럽"(「니르바나 에스테틱」)히는 역할도 알고 있으며, 그러면서도 보는 행위를 적극 활용하여 시를 써온 김언희는 이미 시각중심주의도, 보는 행위가 지닌 위험성도 알고 있을 것이다. 그럼에도 그의 시는 스스로 자신의 눈알을 찌르고, 태우고, 긁어내며, 끝까지 '본다.'

「나에게는」에서 내가 아버지의 자지로 눈을 찌르고 얻어낸 진실이란 "아버지, 아버지가 밴 아이는 / 내 아이가 // 아녜요"라는 구슬픈 사연이다. 거세당한, 아이까지 밴, 가여운 아버지는 자신의 자지를 손에 빼앗아 들고 뱃속의 아이를 단호히 내치는 붉은 눈의 딸과 마주해 있다. 이는 확실히 임산부(妊産夫)에게 정서적으로 좋지 않은 상황임에 틀림없다. 한편 "오늘도" 눈을 찌른다는 서술은 두 알밖에 없는 눈을 찌르는 행위가 기묘하게도 횟수를 거듭하며 수행되고 있다는 점을 암시한다.

"빤히 보면서도 눈이 멀었다고 생각하는 이유"(「머리에 피가 안 도는 이유」), "먼 눈이 또 멀 권리가 있고"(「마그나 카르타」)과 같은 시에서도 실명은 일회적인 사건에 그치지 않는다. 김언희에게만큼은 눈을 찌르는 사건이 반복적으로 일어날 수 있다. 그는 먼눈을 또 멀게 있고, 먼눈으로도 무언가를 빤히 볼 수 있고, 먼눈에 무언가가 빤히 보인다는 이유로 다시 또 자신을 눈멀게 할 수 있다. 이 충동은 「스너프, 스너프, 스너프」에서 시의 화자가 "죽어도 죽어도 죽은 것 같지가 않지, 당신? 죽은 뒤에도 더, 죽고 싶지? 더 더 더 죽고 싶어 // 죽겠지?"라고 중얼거리는 것과 유사한 반복이다.

김언희는 모든 것을 본다. 보는 것으로 모든 것을 한다—만진다, 냄새 맡는다, 듣는다…. 눈을 찌른다. 그리고는 했던 것을 계속 다시 한다.

어떤 연구자들은 이쯤에서 라캉을 언급해야 할 책임감을 강하게 느끼며 '김언희는 상실된 대타자 A를 찾아 불가능한 미끄러짐을 시도하고 있지만 그 시도는 실패할 수밖는 무한한 반복일 뿐'이라고 논의를 갈무리할지도 모르겠다. 물론 나도 그렇게 쓸 수 있다. 불가피하게도 방금 그렇게 써 보이지 않았는가? 하지만 난 그렇게 쓰고 싶지 않다.

> 망막이
> 지글지글 끓는다
>
> 눈에 붙은 이 불이
> 다 타는
> 순간까지가 나의 사랑이라고
>
> 하나 남은 눈동자에, 마저
> 불을 붙일 때
>
> **치익**
>
> 켜진다

당신의 얼굴

(「당신의 얼굴」 부분)

이 시에서 나의 눈알은 유한한, 그러나 남김도 아낌도 없는 사랑이다. 소진되고 있는 사랑 앞에서 끝을 예고하며 거침없이 남은 하나의 눈동자마저 불태우는 나는 사실 '유한'이나 '끝' 따위는 생각도 하고 있지 않은 것 같다. 눈이 타들어가는 고통과 사랑의 끝을 고하는 시의 초반부를 지나 사랑하는 당신의 얼굴이 환히 켜지는 마지막 행에 이르면 독자인 나조차도 앞으로의 미래가 아닌 황홀한 그 순간 보들레르가 『파리의 우울』에서 '영원 아니면 초가 있을 뿐'이라고 표현했던 그 무한한 찰나 '지금'에 멈춰 서게 된다. 그리하여 이 눈알은 유한을 건 채 타오르고 또 타올라, 멀었음에도 또 멀 수 있을 것 같은 기묘한 무한의 느낌을 준다. 이것이야말로 김언희의 시가 가진 무한한 반복, 끝없는 응시의 힘들 중 하나다. 그 힘이 눈이 타들어가는 고통과 "먼눈이 또 멀 권리"(「마그나 카르타」)에 기대어 있다고 하더라도.

5. 검은 구멍에다 검은 구멍을

시가 그리는 아름답고 잔인한 반복에 제동을 거는 것은 『뜻밖의 대답』에 수록된 김언희의 시 「검은 택시」에 드러난 것과 같은 어떤 마주침이다. 되는 일도 없고, 몸 상태도 엉망이고, 나를 둘러싼 세계가 그야말로 초현실적으로 망가져 갈 때, 갑자기 검은 택시가 나타난다. 내가 부르지도 않았고, 누가 불렀는지도 모른다. 택시를 탄다고 해서 대체 뭐가 달라지는지도 모른다. 하지만 선택지는 두 가지뿐이다. 택시를 타는 것 혹은 타지 않는 것. 나라면 택시를 탔을 것이다. 아무도 부르지 않은 그 택시는 김언희의 시편들이 독자를 선택하듯이[20] 나를 선택했으며, 심지어 나를 기다리고 있기 때문이다. 내게 아무런 이득도 주지 않는 그 택시를, 그 택시를 타는 것 외에는 아무것도 할 수 없는 내가 탄다.

나는 이 시를 글쓰기에 대한 비유 외에 다른 어떤 방식으로도 읽을 능력이 없다. 같은 시집에 수록된 「오늘도 어김없이」를 읽고 두 시(詩) 간의 연속성을 곱씹어보노라면 당신도 나의 무능이 정당함에 가깝다는 쪽으로 생각이 기울 것이다.

> 오늘도 어김없이 칠판이 오고 시작도 끝도 없는 칠판 검은 복면의 칠판이 오고 끄적거리면서 네가 사라지는 끄적거려지면서 네가 사라져가는 밤의 칠판 아침의 칠판 오후 네 시의 칠판 콧구멍에서 허옇게 석회가 흐르는 徒勞 부러지는 혀 네 질 속 분필처럼 부러지는 성기 면상 가득 허옇게 회가 흐르는 막다른 칠판 새벽 세 시의 칠판이 오고 불면의 악몽의 질주의 칠판이 오고 피할 수 없는 칠판 네가 허연 가루로 으깨어져 내리는 검은 구멍의 칠판이 오고
> (「오늘도 어김없이」 전문)

내가 부르지도 않았고, 택시 역시 나를 부르지 않았지만, 내가 저 택시

---

20   『트렁크』에 수록된 '작가의 말'에서.

에 타는 (어쩌면 조금 굴욕적인) 선택을 하는 순간, 택시는 어디론가 가게 될 것이다. 그것이 택시의 역할이므로. 시인은 쓰는 만큼 사라지는("끄적거리면서 네가 사라지는") 검은 칠판 앞에서 피할 길 없이 분필을 집어 들 것이다. 택시를 타는 이에게, 또 칠판을 마주한 이에게, 어쩌면 '왜 쓰는가?'와 같은 질문은 사치에 불과하다. 그저 검은 택시 한 대가 골목에 서 있다. 타지 않을 방법이 없다. 마치 쓰지 않을 방법이 없듯이. 택시가 시동을 걸고 출발하면, 눈을 찌르고 또 찌르는, 죽고 또 죽는, 그리하여 진실을 응시하고 또 응시하여 시로 써내는 황홀한 반복에 혹은 벗어날 수 없는 검은 구멍에 시인은 갇히게 된다.

오규원은 자신의 시 「한 잎의 여자 1」에서 오로지 여성성만을 가진 ("여자만을 가진 여자 / 여자 아닌 것은 아무 것도 안 가진 여자 / 여자 아니면 아무 것도 아닌 여자"),[21] 그래서 "물푸레나무 그림자"처럼 연약하고 가냘픈 여자의 아름다움을 노래했다. 김언희는 이에 대한 패러디로 「한 잎의 구멍」이라는 시를 썼다. 「한 잎의 구멍」의 구멍 역시 「한 잎의 여자」에서의 여자가 여자만을 가지고 있었던 것처럼, 오로지 구멍만을 가지고 있다("구멍만을 가진 구멍, 구멍 아닌 것은 아무 것도 안 가진 구멍, 구멍 아니면 아무것도 아닌 구멍"). 그러나 「한 잎의 여자」가 "누구나 가질 수 없는 여자"를 갈망하며 끝날 때, 「한 잎의 구멍」은 "누구나 가질 수 없는 구멍"으로서의 자기 자신을 자부(自負)하고 '가지다'라는 동사의 주도권을 빼앗아오며 마무리된다.

---

21   오규원, 『한 잎의 여자』(서울: 문학과지성사, 1998).

나는 「한 잎의 구멍」의 마지막 문장 "그러나 누구나 가질 수 없는 구멍"을 마음속 깊이 새겼다. 누군가는 '그로테스크'라 부르고 누군가는 '외설적'이라고 불렀던 그것. 그로테스크하고 외설적인 방식으로 종이 위에 살아났던 그 검고 깊은 구멍. 그 구멍은 "누구나 가질 수는 없는" 철저하게 고유하고도 소중한 시의 원천이다.

오규원이 "물푸레나무 그림자 같은" 연약한 여성의 여성성을 숭배하면서도 안타까워했다면, 김언희의 시는 자기 자신의 "눈물 같"고 "슬픔 같"고 "병신 같"은, 이제껏 은폐되어온 여성성으로서의 구멍을 늘 그래왔듯 "솜털"(「한 잎의 구멍」) 하나까지 뚫어져라 응시한다. "시집 같은" 그 구멍을, 아마도 시는 시가 되기 위하여 "크르륵거리"며(「황혼이 질 때면」) 죽음 이후까지 응시하고 있을 것이다. 여자가 여자를 쓰듯이, 시가 시를 쓰듯이, 시인이 시인을 쓰듯이, 검은 구멍은 검은 구멍을 쓰기 위해 검은 구멍을 바라볼 것이다. "누구나 가질 수는 없는" 유일무이한 슬픔의, 증오의, 사랑의 구멍이 되어 끝까지 갈 것이다. 쓰고, 쓰일 것이다.

끝까지!　　　37

연필 끝으로 입매 찌르기   성훈

1. 262801시간 22분 49초

종잇장 위에 선혈이 흐르는 시상이 없어진다. 매장되지 못한 산 주검의 면면들이 갖은 '시쳇말'과 더불어 본래의 맥락에서 적출된다. 적출되어 누덕누덕 기워진 시의 신체로 이식된다. 김언희의 시 세계에서 빈번히 일어나는 외과적 집도다. 저기 냉장고 속에는 "날 때부터 고기"였다고 읊조리는 인육이 불고기 대신 재워져 있다. 트렁크 안에는 토막 살인의 추억이 아닌 "토막난 추억"이 눌러 담겨 있다(「트렁크」). 관에는 제 "가슴에 대못 좀 박아줄" 이를 기다리는 드라큘라가 누워 있고(「드라큘라」), 한편에서는 인간 좀비 대신 "집단 폐사시킨 오리들이 집단 부활"해서 떼 지어간다(「9999 9999 9999」). "나는 나밖에 될 수 없었다"는 흔해 빠진 조소의 경구는 "너는 / 썼지 너는 / 쓸 수 있었지 / 나는 나밖에 될 수 없었다고 / 웃기지 마 / 나는 나조차 될 수 없었어 / 나조차도 / 될 수가 없었어"라는, 라킴의 힙합 리듬을 띤 연극적 격분으로 변모한다(「The 18th Letter」). 고요한 아침의 나라는 "고요한 백정의 나라"로 개편된다(「고요한 나라1」).

김언희의 「필리버스팅, 262801시간 22분 49초—진행 중」이 카데바의 절개도를 시문(詩文)으로서 매달아 놓을 때도, 카데바의 출현은 마찬가지로 당혹스럽지 않다. 김언희의 산 주검들은 곧잘 스릴러, 괴담, 스플래터 무비와 같은 소위 B급 장르에 기원을 둔다. 산 주검이 장르에서 왔을 뿐만 아니라, 장르 자체가 산 주검의 은유라고 말할 수도 있을 것이다. 장르란 무엇보다도 반복하며, 돌아오겠다는 약속을 벽돌 삼아 구축된다. 장르는 이미 생기를 잃고 죽어 있는 것, 곧잘 시체에 비유되는 진부함의 사지를 당기고, 분해하고, 조립해서 가지고 노는 네크로맨서 게임이다.

다만 「필리버스팅, 262801시간 22분 49초—진행 중」의 절개도는 특정 장르에서의 기원보다는 흡연 경고 사진의 콜라주를 더 강하게 연상시킨다. 시의 카데바는 그 안의 내용물을 기술적으로 지시하기에 가장 편리한 방식으로 절단 나 있다. 그 절단 난 몸뚱이는 투명 처리된 배경 위의 오브제로서 무감동하게 제시된다. 흡연 경고 사진처럼, 누군가가 기꺼이 자처하는 내장의 파탄을 부위별로 예고하고자 파편화되어 있다. 식도는 주렁주렁 흘러내릴 것이고, 위는 검푸르게 상할 것이다. 기관지에는 구멍이 뚫릴 것이고, 폐는 거무스름하게 착색될 것이다. 당신은 일어날 일이 무엇인지 엄혹한 확률의 힘으로 알고 있다.

흡연 경고 사진이 경고하는 바는 말 그대로의 명명백백한 죽음이 아니다. 담배 공사는 죽어 없어진 이의 흰 골격을 싣지 않는다. 풍화와 망각을 거친 백골의 도상은 지혜롭고 익명의 침묵을, 완전하고 청결한 망각을 내포한다. 노동과 폭식으로 다져지고 새겨지는 남루한 삶의 자취는 벌레의 소화작용과 바람을 통과해가며 훌렁 벗겨져 버린다.

반면 물컹물컹한 내장은 어떠한가? 그건 애도 받을 자격을 차등적으로 분배하는 끝없는 발작과 철저히 결별하지조차 못한 이미지다. 그건 내시경을 통해, 해부도를 통해, 돋보기와 구강 거울을 통해 들여다보며 마주하는 종류의 고깃덩어리다. 그건 누런 지방질이며 도드라진 핏줄을, 병든 혈색을 간직한다. 내장을 담아 이리저리 실려 다니다 마침내 저잣거리에 걸린 포대 자루는 모멸당해 마땅한 마지막 삽화로 박제되고 배치되어 읊어진다. 하나의 생이 보건 위생적 참사로 요약되어 고스란히 남아 있다고. 당신을 위해 오로지 당신의 책임이 될 무절제와 나태를 경고하기 위하여 예언자로 남아 있다고. 이 파산을 보라고. 누군가의 반면교사가 되는 일이 유일한 효용인 육체를, 그 단면도를 보라고.

하지만 안타깝게도 자기 규율을 독촉하는 으름장을 닮아가는 그 속삭임은 사방에서 들려오는 오늘날의 백색 소음이 된 지 오래다. 담배갑 위의 흉흉한 경고 사진은 24시간 내내 밝힌 편의점의 환한 빛 아래서, 반짝거리는 타일과 간편식 포장 속으로 무리 없이 녹아들 수 있다. 이따금 "구강암 한 갑 주세요" 따위로 호명할 때나 이 야외 노출의 이미지는 양각으로 도드라진다. 고름이 새는 잇몸과 검푸르게 변색한 폐 따위는 금세 다시 손안에서 미끈거리는 비닐의 문양으로 돌아간다. 문양은 사실 의식하지 않으면 거의 보이지도 않는다. 매직아이를 시도하지 않으면 읽히지 않는 입체화와 같이 말이다. 그 내장은 혐오 사진으로서의 두 번째 생조차 소진해버린 것이다.

「필리버스팅」은 담배갑에서 가장 친숙하게 혹은 가장 낯설게 발견되는 해부 도면, 무능한 혐오 사진의 친족에게서 기원을 빌려 온다. 「필리버스팅」에서 사진과 시제의 관계는 사진과 사진의 내용을 기술하는 캡션의 관계로 환원되지는 않는다. 사진은 김언희의 시 속에서 순환해온 일련의 연쇄적인 시어에 편입된다. 「Eleven Kinds of Lonelinees」에서 "30년동안카데바노릇을하고있어"라고 중얼거리던 화자의 거울상이 있으며, "몸뚱아리 전체가 아가리가 되어 벌어지는" 노출증에 걸린 사물인 트렁크가 있다(「트렁크」). 독자는 "아가리가 되어 벌어지는" 시집의 한 면 위에 썰려 얹힌 이 고깃덩어리가 시의 내용, 시의 신체인 '시체'임을 알아본다.

이 시에서 화자와 그 화자의 말하기로 가정된 시의 내용은 '필리버스팅' 중인 카데바 위에 구분이 어렵게, 또 불가해하게 중첩되어 있다. 필리버스터는 의사 결정을 지연하고 마침내는 좌절케 하는 것을 목표로 하는 정치적 말하기다. 필리버스터는 결말과의 간격을 끝없이 벌리는 어색한 진행형 어미를 띠고서 262801시간 22분 49초에 접어든다. 무표정한 낯짝을 뛰어넘어 낯짝조차 없는 표정을 고집하는 고깃덩어리는 바로 지금, 여기까지 이르렀음에도 자신의 필리버스터는 "진행 중"이라고 증언한다. 필리버스터는 법의 생산과 의미의 확정을 방해하고, 간격을 지연시킴으로써 자신의 목적을 달성하려 한다. 입에서 흘러나오는 말이 국어사전 읽기나 아침 드라마 대본 낭독일지언정, 떠들기를 지속하기만 한다면 흘러나오는 말들의 구체성은 무의미하다. 그 말들은 자신의 무의미함을 포기하지 않은 채 유의미한 말이 되려 한다. 모든 말은 필요한 말이며, 모든 말은 시간을 죽이는 말이다. 최후의 가결을 지연하며, 마침내 모두를 완전히 물리게 하고 포기케 하는 한에서 모든 소음은 구제받을 것이다.

그렇게 사보타주는 262801시간 22분 49초에 달했고, 표결은 여전히 부쳐지지 않았다. 당장이라도 표결이 취소될 것 같지만 그렇다고 취소되지도 않는다. 초침으로 분절된 기한은 대략 삼십 년에 육박한다. 세심하기까지 한 시간적 구체성은 그 구체성을 내포한 시간 자체에 대해서 실상 구체적으로 말해주는 바가 없다는 점에서 중요하다. 필리버스팅의 형식 안에서 말들의 구체성이 무의미한 형식소로 전락하는 것과 마찬가지로 말이다.

'필리버스팅'이 발의자를 "오장육부까지 / 꺼내" 보이도록 만든 건지(「⋯⋯?」), 그렇지 않으면 '필리버스팅'이 이 변형된 신체가 갖는 경험에 유일하게 용납되는 말하기 양식인지는 명백하지 않다. 이 시체만 못한 신체에 도대체 무엇이 더 일어날 수 있을까? 그 신체가 반발할 만한 사건이 도대체 무엇이 남을 수 있는가? 구체성을 향하는 상상력은 헛웃음과 함께 한계를 맞는다. 이미지의 인과는 드러나지 않는다. 여전히 한 가지는, 알아듣기 이전에 분명히 알아볼 수 있다. 절개당하고 폐사하는 와중에도 빨아내고, 넘기고, 배출하며 꾸르륵거리는, 그렇게 충분히 소음을 생산하고 방해 공작을 펼칠 수 있는 연동운동 기관만은 시가 갖추고 있다는 것을. 그리고 여전히 "내게 일어날 수 있는 가장 더러운 일은 아직 일어나지 않고 있었다"는 듯이(「사련(邪戀)」), 불길한 아집으로 시는 자신의 소음 기계들의 외형을 내보인다.

네크로맨서의 집도를 통해 카데바는 혐오 사진이 담지한 죽음에서 소생한다. 그러나 그것이 무엇이 되어, 무엇이 되기 위해 소생한 것인지는 분별할 수 없다. 우리는 시체가 혐오 사진과 무관한 새로운 시간성을 입고 재출현한다는 걸 읽을 수 있을 따름이다.

혐오 사진과 달리, 시는 여기가 바로 파국의 장이며 결말의 국면이라고 지시하지 않는다. 차라리 그것은 결말과 시간적인 대척점에 놓여 있으며, 결말의 대척점은 출발선이 아니라 도중에, "진행 중"에 있다. 시의 신체는 결딴이 난 카데바에게 허락된 유일한 효능감과 가장 멀리 떨어진 곳에, 24시간 편의점의 사자가 되는 일과 가장 멀리 떨어진 곳에 머물러 있다.

저주와 긍지를 구분하고 애도 받을 자격을 매기는 가치 판단의 축마저 저 자신을 되새김질하는 유보 상태로 붕 뜬 채 매달려 있다. 그러므로 끝맺음과 최후의 호명을 연기하는 역량이 저주의 내용인지 긍지의 자원인지는 말하지 않는다. 기원에서 종말까지 연결하는 직선적인 시간에서 튕겨 나간 채로, 벌어진 몸뚱이는 현재 의미가 교착 중임을 표시할 따름이다. 현재는 현재의 종결이란 희박한 환상과의 연관 속에서 이해되며, 그 연관 속에 갇힌 특수한 체증의 구간으로 변모한다. 시제와 함께 아무런 해명 없이 그 '아래로 매달려' 늘어진 육체는, B급으로 치부되는 장르와 특정한 시간 감각을 유발하는 기술을 또한 공유한다. 「필리버스팅」은 김언희의 작품 세계 전반에 걸쳐 나타나는 서스펜스의 초상이다. 입매를 떨게 하는, 불안한 헛웃음을 동반하는 이 특수한 서스펜스야말로 그의 시 세계의 투명한 골격을 이루는 뼈대다.

2. ……배반하려고

김언희는 『트렁크』의 「자서」를 통해 선언한다. "이 시편들 역시 독자를 선택할 것이다. ……배반하려고." 시편이 독자를 선택할 것이다. 단, 배반하기 위하여 독자를 선택할 것이다. 그의 시편은 대안적인 선택을 하기 위하여 배반하는 것이 아니라, 오로지 배반하기 위하여 선택할 것이다. 일찍이 발송된 경고장은 경고장이라기보다 초대장으로 기능한다. 시편은 배반당하기를 기대하는 독자마저 선택하고 또 배반할 미래를 약속한다. 그토록 철저한 기대를 품게 만든다. 초대장이 시편의 지향점으로 강조하는 바는 배신의 내용도 배신의 충격도 아니다. 초대장의 주안점은 "진행 중"이자 "······"에 해당하는 간격이 불러일으키는 서스펜스에 있다. 배신당할 줄 알면서도 그 모호한 앎과는 또 같지 않을 배신을 그리며, 또 그것이 닥치기를 기다리는 도중의 시간, 더 나아가 그 서스펜스의 시간이 불러오는 황홀경에 포획되는 것에 있다.

김언희의 "배반"이 지향하는 정조를 더듬기 위해서 우리는 우선 서스펜스와 놀라움을 구분할 필요가 있다. 서스펜스는 돌이킬 수 없는 사건이 다가오는 걸 감지하지만 시간을 견디는 게 고작인 상황에서 오는 불안, 긴장감, 기대감 등의 정동이자 그러한 정동을 유발하는 기술이다. 서스펜스는 반전의 놀라움과 혼동되기 쉽지만, 그 놀라움과 오히려 대조되는 방식으로 규정된다.

대표적인 일례로, 알프레드 히치콕은 서스펜스의 연출을 놀라움의 연출과 구분해서 예시한다. 그는 테이블 아래 10분의 타이머에 맞춰진 시한폭탄이 놓여 있으나, 관객에게 폭탄이 보이지 않는 경우를 생각해보자고 제안한다. 화면은 그저 신사들이 둘러앉아 한담하는 주말 카페를 보여준다. 그대로 10분이 고스란히 흘러 폭탄이 터지면 관객은 흠칫 놀랄 것이다. 만일 반전의 놀라움이 아닌 서스펜스를 불어넣고자 한다면, 감독은 의도성이 짙은 편집을 통하여 관객만이 폭탄의 존재를 알아차리도록 유도한다. 관객은 주말 카페의 일상성을 끝장낼 시한폭탄이 시시껄렁한 잡담의 배후에서 째깍거리는 걸 듣는다. 죽음의 위협이 쇼트와 쇼트 사이의 간격에서, 프레임의 외곽에서, 인물들의 맹점에서 똬리를 틀고서 너저분하게 일상을 물들인다. 관객은 이제 덧없는 잡담 한 마디 한 마디를 이전과 다른 주의력으로 듣는다. 운이 좋다면 폭탄은 미리 발견될 수도 있고, 손님들은 우연의 일치로 제때 떠날 수도 있을 것이다. 엉덩이가 무겁다면 죽을 것이고, 엉덩이가 가볍다면 살아남을 테다. 그게 전부다.

감상자는 놀라움과 함께 새로운 대상과 대면한다. 반면 서스펜스와 함께라면 대상과의 대면이 지연되는 시간 탓에 괴로움과 흥분을 맛본다. 대상은 감상자의 흥분된 상상력이 덧그려야 하는 희미한 윤곽으로 남는다. 충격은 전통적으로 대상을 '낯설게 하기' 효과와 결부되며 진실의 계시와 같은 한순간에 방점을 찍는다. 하지만 서스펜스는 대상을 대상으로 고정해 두거나 대상을 대상의 자리에서 풀려나오게 하는 시간 자체에 관여한다. 시간의 흐름은 주체가 극복하거나 통제할 수 없는 한계로 출현한다.

특히 오락적인 서스펜스의 전개는 재앙의 유예가 일시적일 것임을, 재앙을 회피할 방안을 찾을 시간이 극도로 제한되어 있음을 예고하고, 그 예고를 현실화한다. 이언 플레밍은 생사의 갈림길에서 항상 문제의 해결책을 찾아내는 제임스 본드라는 캐릭터를 내세우면서도, 그가 해결책을 찾지 못할 가능성을 극대화하고 서스펜스를 불어넣기 위하여 시간을 압박하는 방식을 도입한다. 악당은 제임스 본드의 등에 총구를 들이대고 열을 다 셀 때까지 물러나라고 낮게 속삭인다. 물러날 수도 도망칠 수도 없지만 카운트다운은 그런 사정을 봐주지 않고 끝나버릴 것이다. 결정적인 사건의 출현은 더 극적이고 효과적인 강조를 위하여 대기한다. "열, 아홉 …"에서 "… 이, 일, 영"으로, 영점을 향해 밀고 나가는 서스펜스 전개에 덩달아 밀쳐지면서, 감상자는 앞으로 일어날 재앙의 여파에서 제임스 본드가 벗어날 수 있을지 모른다는 걸 실감한다. 현재가 매듭이 터질 듯 팽팽히 묶여 있는 '기간'일 때, 현재의 사각지대인 미래는 그 매듭이 결정적으로 풀려나갈 소실점이기도 하다. 소실점은 폭발로 눈부신 '쾅'이거나 발포에 귀가 먹먹한 '탕'일 것이다. 그 소실점에 이르기까지의 시간 동안, 감상자 그 자신도 미결정 상태의 시간을 견디는 긴장 상태의 엉덩이가 되어 얕게 숨을 쉰다.

이언 플레밍의 카운트다운을 예로 들며 분석한 리처드 게릭에 따르면, 관객은 서스펜스를 통해 시간의 흐름 앞에서 근본적으로 무능한 해결사라는 곤란한 위치에 몰입하도록 장려된다.[1] 시간은 결국 해결되지 않는 것이다. 다가오는 사건에 대한 여분의 앎은 감상자에게 전능함을 주지 않는다. 그 여분의 앎은 차라리 자신의 무지와 무능을 인식하는 단초로 기능한다. 시간은 인력으로 도무지 해결될 수 없는 무엇이나, 시간 이외의 모든 문제를 해결하기도 한다. 폭탄이 터지면 반박할 여지없이 폭탄의 위협은 종결되고, 총알이 발사되면 반박할 여지없이 총알의 위협은 종결된다. '시간이 답'인 것이다.

시한폭탄이 째깍거리는 소리를 들려줄 때, 서스펜스는 그 종식을 예고한다. 서스펜스는 그 종식과 짝을 이루며, 그렇게 항구적이지 않고 일시적인 한에서 이야기를 전개하는 동력이 된다.

롤랑 바르트는 이 일시성에 주목하며 서스펜스를 '서사적 보류'로

1   Richard J. Gerrig, and Bernardo Allan B. I., "Readers as Problem-Solvers in the Experience of Suspense." *Poetics*, vol. 22, no. 6(1994): 459–472. https://doi.org/10.1016/0304-422x(94)90021-3.

규정한다. '서사적 보류'는 사건의 전개를 통해 소멸되기를 기다리고, 소멸됨으로써 의의를 획득하는 간격으로 작동한다. 히치콕과 달리 바르트는 자연스러운 것으로 정립되는 '논리적' 시간의 재현 또한 삶에서 마주하는 '실시간'에 대한 왜곡이자 편집임을 지적한다. 빈 의자에 앉으라 초대하고, 그 초대에 부응해 자리에 앉는 식으로 진행되는 논리적 시간은 허구적 재현에서 일어나는 여러 왜곡 중 가장 규범적인 왜곡일 뿐이다. 논리적 시간의 장애물로 기능하는 서스펜스는 실시간에 대한 여러 가상적 왜곡 중 극단적으로 '악화된' 한 양태에 대해서는 불가하다. 논리적인 시간 구조는 이 악화된 양태를 결국에는 불식시키는 역할을 맡음으로써, 그 서스펜스의 일시성을 확언함으로써, 더 큰 영예와 권위를 얻으며 자신의 재현 논리를 권위적으로 강화한다.[2] 즉 바르트에 따르면, 일어날 사건이 아직 일어나지 않았다면, 아직은 일어나지 않았을 뿐이라는 것이다. 더 나아가, 일어날 사건이 아직 일어나지 않은 건, 일어날 사건이 항상 마침내는 일어난다는 걸 확인시켜주기 위해서다.

서스펜스를 '서사적 보류'로 본다면, 그것이 서사 예술의 독점적인 기교이자 정조라는 일반적이고 암묵적 전제를 납득할 수 있게 된다. 반면, 시와 서스펜스의 연결은 미심쩍게 다가올 수 있을 것이다. 물론 사건으로서 분기되는 시간의 흐름을 전달하는 매체에서 서스펜스는 더욱 쉽게 식별되고 분석될 수 있다. 하지만 시 또한 경쟁하는 시간의

---

2   Roland Barthes, *Image, Music, Text*. tr. Stephen Heath(London: Fontana Press, 1999), 119.

논리로 지어 올린 구조물로 기능할 수 있으며 그렇게 기능한다. 김언희의 시가 일으키는 긴장감도 결말이 아닌 결말의 유보에서, 밝혀지는 진실이 아닌 증식하는 무지에서, 단언의 마침표가 아닌 "……?"에서 일용할 양식을 얻는다. 「필리버스팅」이 그러하듯, 그의 시는 카운트다운이 끝나지 않은 도중의 시간에 어떤 폭도 없이 갇힌 육체의 이미지를 내건다.

다만 김언희의 시가 서스펜스를 조장하고 선동할 때, 그 서스펜스는 시의 물성을 통과하며 굴절된다. 그 자신의 종결을 담보로 생기를 얻는 서스펜스의 본성도 함께 굴절된다. 일시적 보류의 감각은 허리가 잘린 문장과 차용된 단어, 문장 부호, 행과 연 사이를 가로지르는 다수의 공백으로 미시화된다. 서스펜스의 패러다임이 '서사적 보류'로서 품고 있다는, 스러지고 영영 닫힐 운명 또한 김언희의 시 세계에서 개조된다. 필리버스터는 목적하는 중지를 완수하리라는 어떠한 담보도 얻지 못하고 수십 년이 되도록 일시적인 '필리버스팅'에 머물러 있지 않던가?

온전하게 죽지 못한 카데바는 쩍 벌어진 채로 자신의 존재론적 지위와 애도 받을 자격을 오리무중으로 만든다. 끝맺는 문장은 완성되지 못한 상태로 남아 있다. '시간이 답'이라는 시쳇말에 대한 항구적 투쟁 혹은 '시간이 답'이라는 구원으로부터의 항구적 배제는 김언희의 시에서 고집스럽게 돌아오는 장면이다. 자기 소멸을 담보받지 못하는 카데바의 유예는 구문론적 미결과 그 미결의 반복을 통하여 거듭 변주된다. 그 변주를 대표적으로 확인할 수 있는 시편이 「6분전의 생물」과 「직벽」이다.

「6분전의 생물」은 구체적으로 어떠한 사건, 어떠한 '교대'를 기준으로 6분 전인지는 밝히지 않는다. 이 시의 운율은 "교대6분전의 // 생물"로 한계 지어져 있는 생물을 끝없이 돌아오게끔 초대할 뿐이다. 생물은 "너같은게대체왜있는생물"이며, "그러고도목구멍으로밥이 넘어가냐 / 넘어가는생물"이며, "여기있었을리만무한생물"이며, "오 줌이눈알까지차오르는 / 6분전의생물"이고, "죽은 // 다음에야이목 구비가생기는생물"이다. 우리는 서술어가 그 생물의 동작과 변이를 설명하고 문장을 맺어줄 거라 기대한다. 그러나 마지막까지 돌아오 는 건 누름돌과 같은 완고함을 간직한 "생물"뿐이다. 6분 후로 예정된 "교대"의 성질에 대해서 독자는 그것이 기어코 일어나고 말 사건이란 사실만을 간신히 파악할 수 있다. 관형어구를 통하여 끊임없이 부연 되고 있을 뿐, 결코 명제로 완결된 설명을 주지 않으려 하는 이 "생물" 은 맥거핀의 역할을 맡는 듯 보이기도 한다. 그 자체의 의미를 통해서 가 아니라, 이야기가 나아가는 조류를 일으켜 형식적인 의미를 획득 한다는 점에서 말이다. 그러나 서서히 독자의 주의에서 멀어지는 맥 거핀과 달리, "생물"은 운율적 강박이 구문론적 오류를 감수하고서도 ("내가나를씹어삼키는생물") 거듭해서 되돌아오는 좌표가 된다.

　마찬가지로 「직벽」도 본론으로 들어가지 않고 잠시 부연하고 있을 따름이라는 행세를 하며 "(…)는데"를 영영 반복하며, "(…)는데"로 돌아온다. 쏟아지는 것도, 쌓여가는 것도, 들이치는 것도, 보이는 것도 물결에도 흩어질 만큼 물렁한 두부다. 그리고 두부로 얻어맞고, "콧속 으로 귓속으로" 두부가 들이치는 중인 "너"가 있다. "손바닥만 한 두 부가 철썩 싸대기를 후려치는데, 후려치면서 으깨어지는데," 그저 두 부 산정을 걸어가는 너, "두부에 맞은 뒤통수가 철퍽, 떨어져 나가는 데" 그저 서 있는 네가 있다. 시는 '너'를 "너"로 부름으로써 멀찍이 떨어트려 놓는다. 그 "푸슬푸슬"거리는 쇠락을 지켜볼 뿐이란 식으로 시는 말한다.

"두부에 맞은 뒤통수가 철퍽, 떨어져 나가는" 걸로 보아, "너" 또한 두부로, 혹은 두부보다도 약한 물질로, 혹은 두부의 내부 장기로 구성 된 게 분명하다. 두부 속에서 "눈을 뜰 수"도 없고 "눈을 뗄 수도" 없다 는 인식만이 "너"와 두부를 구분하는 연약한 경계선으로 남아 있다. "두부로 두부를 뭉개고", "두부로 두부를 지우는" 이 온 천지에서는 그 사소한 차이조차 일시적인 것으로, 얼마 못 가 깨끗하게 지워질 것 이다. 이미 "너"는 두부로 지워지고 너 자신이기를 관뒀을지도 모른 다. 그러나 그 여부는 쉼표로 끝을 뭉개는 이 시에서는 알려지지 않는 다. 어쩌면 두부는 애초부터 국어사전에 등재된 '두부'의 두 번째 뜻인 '동물의 머리가 되는 부분'을 뜻하는 두부를 이르는 것일 수도 있다. 그 두부도 장도리로 내려치거나 고층 빌딩에서 떨어트리면, 입속의 두부와 마찬가지로 푸슬푸슬 무너지리란 점에서 크게 다르지 않을 터 다. 아무튼 시의 종결 이후에도 "너"가 여전히 '너'인지, 혹은 '두부'인 지, '두부'라면 그 두부의 첫 번째 뜻인지 두 번째 뜻인지, 더 나아가 그 걸 분간하는 일이 중요하기나 한지조차 알려지지 않는다.

김언희의 시에서 서스펜스의 역학이 빈번히 다루는 대상은 말할 수 있는 것과 말할 수 없는 것의 경계 위에 선 몸, 더 나아가 말할 수 있 는 것과 없는 것 사이를 가로지르는 경계 자체가 되어가는 몸이다. 그 의 시에서 서스펜스는 특히 '나'라는 표상 아래 순순히 통합되지 않고 들끓는 분신, 절단된 장기, 부패한 가스 냄새를 풍기며 액화되는 신체 들이 드라마를 지배하는 시간성으로 나타난다. 죽지 못하거나 살았던 적도 없는 몸뚱이들의 시간을 지배하는 김언희의 서스펜스는 전통적인 장르의 서스펜스에서 적출되어 이식되며, 다시 한 번 궤를 크게 달리한다. 두 시에서 서스펜스는 최종적인 긴장의 완화와 짝을 이루는 '규범적 시간의 악화'로서 배치되지 않는다. 서스펜스에 특화된 일시성이 부인되는 것은 아니다. 두 시의 서스펜스는 다만 이 일시성의 외부에 대한 상상력을 차단하고자 한다. 그것은 유일무이한 시간의 논리로 부상하고서 독재자로 군림한다. 운율적 반복은 사건의 지평선을 향해 공전하고 다가가지만, 그 끝에의 도착은 도저히 관측되지 않는 기이한 포물선 궤도를 그린다. 서스펜스의 최종적인 해소는 희미하게 암시되기만 할 뿐 결코 시 안에서 도래하지 않는다. 포물선 궤도를 따라가는 김언희의 서스펜스는 에밀리 디킨슨을 빌려, "새로이 살기 위하여 소멸하는(perishes—to live anew)", "그리고 그저 새로이 죽기 위해(But just anew to die—)" 새로이 사는 서스펜스로 나타난다.[3]

3. 이 바닥의 풍토병

"신선하게 불멸의 도금을 입힌(Annihilation—plated fresh / With Immortality—)" 소멸을 거치며 다시 소생하는 서스펜스를 디킨슨은 "죽음보다도 적대적"이라고 표현한 바 있다.[4] 벗어날 길 없는 미결의 시간과 결론인 죽음을 대비하여 미결을 더더욱 견딜 수 없게 여기는

---

3   Emily Dickinson, *The Complete Poems of Emily Dickinson* (Boston: Little, Brown & Co. 1927), 359.
4   같은 책. 359.

태도는 김언희의 시에서도 흔히 발견된다. 「그해 여름」에서의 여름은 "숨을 / 끊었는데도 / 금단 현상이 없던 여름, 숨을 끊었는데도 / 아무 것도 달라지지 않던 / 여름, 죽어주면 / 끝일 줄 / 알았는데, 끝이 아니라서 미치던 여름"이다. 「Endless Jazz 19」은 추락하는 자에게 다음과 같이 반문한다. "얼추닿은것같지?진짜바닥이다싶을때좌악열릴거야 바닥이자동개폐식으로그러고는등뒤에서스르르닫혀." "절대로아무 것도끝장이나지" 않는 시간, "이바닥의풍토병"은 김언희의 시 세계에서 '죽어주는' 것으로도 해소할 수 없는 사태다.

반전과 서스펜스의 혼동만큼이나, 죽음의 유예와 서스펜스의 동일시는 고전적 독해에 해당한다. 죽음의 칼날이 다가오고, 상어의 지느러미가 해변을 배회하고, 살의를 품은 악령들은 가구에 덮어둔 흰 천들 아래에서 진을 친다. 「히치콕의 서스펜스」에서 파스칼 보니체르는 "만일 우리가 맨살이 드러난 목에 다가가는 칼의 이미지와 먼지 자욱한 길을 따라 달리는 한 대의 차의 이미지를 교대로 보여준다면 관객은 그 차가 범죄를 막기 위해 과연 시간 안에 도착할 수 있을 것인지가 궁금해질 것"이라고 명쾌하게 서스펜스의 기제를 요약한다.[5] 죽음을 품고 다가서는 흉기와 그 흉기의 다가섬을 막으러 달려가는 자동차의 대조는 단순 명료한 평행 몽타주로 가동되는 서스펜스의 대표적이고 중립적인 환유다. 서스펜스는 확실한 죽음 혹은 죽음의 확실한 회피를 통하여 종식되며, 그 양식인 일시성을 확보한다. 소위 '잠시 빌려온

---

5   파스칼 보니체르, 「항상 라캉에 대해 알고 싶었지만 감히 히치콕에게 물어보지 못한 모든 것」. 슬라보이 지젝 편저, 김소연 옮김(서울: 새물결, 2001), 36.

생'이라 불리는 필멸의 운명이야말로 서스펜스의 토대로 보이기도 한다. 그러나 '죽어주는' 걸로도 해소할 수 없는 서스펜스, '죽음보다도 적대적'이고 불멸하는 서스펜스의 구도는 이런 단순한 유비가 놓치는 바들을 암시한다.

그 암시를 따라가보면, 우리는 보니체르가 예시한 흉기의 중립성이란 사후적으로 부가된 것임을 재발견할 수 있다. 평행 몽타주의 시원에서 발견되는 것은 백인 여성을 강간하려는 괴물 같은 흑인 남성과 그를 처단하기 위해 바람처럼 달려가는 정의의 사도 KKK단의 대조다. 그리피스는 단조로운 추격 장면에 평행 몽타주를 사용하고, 클로즈업을 적극적으로 활용함으로써 영화적 서스펜스의 초기 언어를 확장했다. 그의 ‹국가의 탄생›이 영화사에서 차지하는 단락에는 노골적인 백인우월주의 선동을 편집상의 혁신과 '별개로' 보며 주의하자는 말들이 언제나 따라다닌다. 서스펜스는 기술적인 혁신의 결과물로서 언뜻 중립적으로 나타난다. 그러나 서스펜스는 규범적인 인종 질서에 대한 옹호와 갈구를 조장하는 탁월한 능력을 갖춘 상태로 영화사의 무대에 등장한다.

‹국가의 탄생›은 서스펜스의 구도를 백인 남성성의 공포스러운 패배와 죽음을 관객들로 하여금 상상하게 하고자 특수한 풍경을 선택한다. 그 풍경은 말 그대로의 죽음과는 무관하며 백인 여성과 흑인 남성의 성적 관계를 불길하고 음험하게 그리는 풍경이다. ‹국가의 탄생›의 뒤틀린 세계에서 필살의 칼날은 검은 손에 쥐여 있고 필살의 구원은 KKK단에게서 온다. 이십 여 년 후 빌리 홀리데이는 린치를 당한 검은 피부의 시체를 남부의 고목에 매달린 "이상한 열매"로 빗대어 노래한다. 두들겨 맞고 목이 죄인 채 매달려 흔들리는 "이상한 열매"는

KKK단의 '필살의 구원'이 빚는 결실에 대한 적확한 직유다. 이것이 '국가'가 '탄생'한 방식이다.

한편, 메리 앤 돈은 헐리우드식 스릴러 및 서스펜스 영화가 관습적으로 이성애자 남녀의 키스와 얼싸안음으로 마무리되는 것에 주목한다. 죽음의 위협이 "선형적인 움직임을 추동하는 영구히 지연된 것"이자 "최악의 이미지"의 자리를 차지하며 서스펜스하에 쇼트가 전개되는 방식을 지배할 때, "거리, 분리, 부재의 필연성을 극복하려는 영화적 욕망"은 축원받는 이성애자 남녀들의 합일로 죽음의 위협을 종식함으로써 표현된다.[6] 포옹으로 안착한 한 쌍의 남녀는 물론 언젠가는 죽음을 맞을 것이다. 가족에게 둘러싸인 채로 침대에서 죽거나, 외따로 목을 매거나 할 터다. 그 언젠가의 죽음은 감상자가 주의를 기울이는 대상이 더는 아니다. 감상자의 관심은 저들이 문제시되며 응시를 요구하는 특정한 죽음으로부터, 특정한 모독으로부터 살아남는지 살아남지 못하는지를 가리는 것이다. 애틋한 이성애적 결합의 장면은 그 특정한 '끝장'에서 벗어나 그들이 누려 마땅한 삶의 편으로 돌아왔다는 걸 보증해준다. 그저 숨이 붙은 채로 삶을 살아가는 것으로는 위기에서 벗어났다는 보장이 불충분하며, 생을 확신하기 위해 반드시 으스러질 듯이 포옹하는 남녀가 있어야 한다는 식으로 말이다.

서스펜스는 미래로부터 다가오는, 주체를 파산시킬 무엇에 대한 불안을 증대하기 위하여 현재의 정치적 적대를 단순히 참조하는 걸

---

6   Mary Ann Doane, *The Emergence of Cinematic Time: Modernity, Contingency, the Archive* (Cambridge, MA: Harvard University Press, 2002), 195.

넘어선다. 그것은 두렵고도 최종적인 미래의 환영과 그 미래에 저항하는 힘의 긴장 관계가 이미 적대와 오래된 불화를 통하여 구성되어 있음을 드러낸다. 죽음 자체는 경험될 수 없는 미답의 영역에 남는다. 결국에 각자의 협소한 인식론적 한계 안에서 불멸인 인간은 죽음 충동에 대한 파편적인 이미지들을 가질 수 있을 뿐이다. 그 이미지들은 그리고 죽음 충동의 둘레를 맴도는 정치를 함축하고, 서스펜스는 이 둘레에 자신의 빨판을 흡착해 활력을 얻는다.

그래서 그 정치는 어떠한 구체성의 얼굴을 지니고 현현하는 걸까? 서스펜스는 눈을 멀게 하거나 고막을 찢는 치명적인 사건이 단지 지연되고 있을 뿐이라고 예고하지만, 예고된 미래가 미래이기를 그만둘 때 직접적인 죽음의 이미지가 더는 위협이 되지 않는다. 연인의 포옹만이 아니라 상어가 반쯤 먹어 치운 피서객의 시체 앞에서 우리는 안도의 한숨을 내쉴 수 있다. 이제 상어의 출현과 유혈 사태를 예고하는 불안한 음악은 적어도 멎었기에. 이해할 수 없는 심령 현상이 악마의 소행임이 밝혀졌다면 다소 실망하면서도 긴장을 푼다. 서스펜스의 전개에서 진정 우리를 겁먹게 하고 긴장하게 하는 촉매는 그저 암시되고 유예될 따름인 기간에 한해서 실체의 아우라를 가지는 미래, 어제와 오늘, 오늘과 내일이 같은 나날을 재생산하는 현재를 종결하는 미래, 의미 사슬 너머 저 상상할 수 없는 미래라고 할 수도 있을 것이다.

미래는 곧 누군가를 '누군가'이게 하는 전제, 그가 애착하는 정체성의 조건이 주체로부터 탈구되어 있음을, 더 나아가 주체야말로 그러한 탈구의 자리임을 진정으로 경험케 하는 시간이다. 이 조건들은 머물 뿐 영속하지 않고, 계속해서 자신의 몸뚱이를 불리고 존속하게 할 먹이를 요구한다. '나'와 '너'는 '나'와 '너'가 됨으로써 그 조건을 재생산하기 위한 먹이를 내어준다. "논리적인 시간의 구조"가 서스펜스를 마침내 불식시키는 역할을 맡으며 권위를 확보한다는 바르트의 말을 빌려, "서사적 보류"로서의 서스펜스는 어쨌거나 최후에는 해소될 운명이다. 참혹한 피투성이 주검을 뒤로 하고, 산 것과 죽은 것의 규정이 연기되고 유보되는 혼동과 그 한시성이 가하는 고문은 적당한 수준에서 끝난다. 비 온 뒤 더 단단하게 굳는 땅처럼 직선적이고 '논리적인' 시간은 다시 한 번 영광스러워진다. 죽은 것은 죽은 것에게, 산 자는 산 자에게 귀속된다. 상상할 수조차 없는 소위 '최악의 사태'는 언제나 일어나지 않는다. 감상자는 진정한 종말이 연기되었다는 것에 은근히 좌절하면서, 시간적 해명의 체계를, 뒷맛이 깔끔한 쾌감을, 어제와 오늘, 오늘과 내일이 근본적으로 같다는 인식이 주는 보잘것없는 것에 안심한다.

다만, 죽어도 끝장나지 않는 "이바닥의풍토병"으로 자리 매김하는 김언희의 서스펜스는 회복적인 자기 종식을 허락하지 않는다. 죽음보다 더 죽음다운 미래가 서스펜스의 구도에서, 가학적인 환상의 면면들에서 가차 없이, 쉼 없이 상상된다. 미칠듯이 촘촘한 그 도돌이표는 "나"의 재생산에 대한 격렬한 혐오와 거부를 넘어서, 재생산의 가능성에 대한 근본적인 불신을 표시한다. 「직벽」과 「6분전의 생물」에서 김언희는 서스펜스의 해소를 예고하기만을 반복하는 구문 사이에 신체적 경험의 전부가 자리하게 한다. 두부의 "첩첩산중"뿐인 천지를 헤매는 "너"는 두부가 코로 들이치고, 두부로 뒤통수가 으깨어지며, 두부에 파묻히는 와중에도 쉼 없이 두부 속으로 걷는다. 미결의 구문 "(…)는데"는 최초이자 마지막이 될 "너"의 말 한 마디를 위한 자리를 마련하는 듯하다. 그러나 그것은 착시에 지나지 않는다. 두부가 두부로 지워지고 지워낸 두부조차 지워지는 공백을 향해 가며 "너"는 그저 희미해질 것이다. 부드럽고 텁텁한 두부만이 행위를 하고 두부만 축적되는 두부-일원론적 세계에서, "너"는 의미 있는 예외 사항이기보다는 한시적으로 자신이 두부임을 잊어버린 두부와 같다. 그리고 그러한 오해를 통해서만 "너"는 혹은 "나"는 존립할 수 있다. "너" 혹은 "나"의 협소한 시간적 전제들은 「복숭아」에서도 두드러진다.

「복숭아」의 화자는 "어디 있는 것일까 복숭아는", "어디에 복숭아는", "도대체 복숭아는"이라고 중얼거리며 알레르기를 불러일으키는 근원을 찾아 헤맨다. "진물"이 흐르고 가렵고 손가락 자국이 남는, 복숭아로 추측되는 이 촉감과 냄새의 근원은 자신의 몸이다. 복숭아 알레르기를 가진 복숭아이자, 자신이 복숭아인지 모르는 복숭아 알레르기 환자. 그것이 "나"인 것이다.

복숭아 향의 근원을 찾는 질문의 되돌아옴은 1연을 넘어서지 못하고 끝난다. 질문의 되돌아옴에 집념하는 운율적 반복도 끝이다. 2연에서 화자는 행과 연의 분할이 가하는 긴장 없이 "문득 보니 손가락 한 마디가 발등 위로 툭 떨어져 문득 보니 발가락 여덟 마디가 문드러지고 없어 (…)"라고 심상하게 중얼거린다. 화자는 사지가 떨어지고 눈알이 흘러내리는 자신을 "문득" 발견한다. 마치 컵에서 엎지른 물과 같은 형상으로, 뒤섞인 채 숙성되고 부패한 음식물의 유연성으로, 글자들은 행의 나눔도 없이 퍼져 나간다. 바로 화자가 그 자신을 알아보지 못하는 한에서, 앎이 유보되는 한에서 그 "나"는 존립한다. 화자가 그 자신으로 존립할 수 있던 토대는 서스펜스가 벌려 두는 간격이며, 직선적으로 진행하는 시간의 분단이다.

"나"로부터 행위의 인장을 양도받은 "교대6분전의" 생물은 "나"에게서 간격을 두고, 또 미래의 "교대"와 간격을 둠으로써 살아남는다. 그 생물은 운율적 반복의 축이면서, 올바른 주술 관계의 한계 지점으로 출현한다. "매순간내가나를씹어삼키는생물", "개돼지도못견디는 나를견디는생물", "정신을차려보면내가또내뒤통수를버석버석씹고 있는생물"과 같은 표현은 결코 봉합될 수 없는 "나"와 "생물" 사이의 거리에 천착하는 동시에, 역설적으로 바로 그러한 거리에 천착함으로써 이 생물이 "너"와 단절된 "나"의 분신임을 드러낸다.

"이 한밤 얼굴보다 더 큰 틀니를 끼고", 웃다가 "또 내 몸속에 **첨벙!**" 몸을 던진다는 「누가, 또」의 누군가도, 「월인천강」에서 "펄떡펄떡" 뛰는 피칠갑의 "모가지"들을 서로에게 돌팔매질하는 "나"도 같은 맥락에서 읽을 수 있다. "생물"은 내가 나를 알아볼 수 있는 관계적 조건들을 상실한 나의 분신이다. "살아서는아무눈에도안보이"고, "숨이끊어져야눈에보이"고, "죽은다음에야이목구비가" 생긴다는 생물에게는 "너"에게 말을 걸 수 있는 "나"의 가시적 형태가 여전히 도래하지 않았다. 그 생물의 신진대사는 자신의 종식을 통해서, 그리고 사후평가를 통해서 비로소 그 효용과 의의를 확보할 수 있는 서스펜스의 이율배반을 닮아간다. 「로데오」에서 "아무하고도 못 넘기는" "8초동안"만 "아버지"는 "아버지"이고, "죽음"은 "죽음"이고, "연애"는 "연애"인 것으로 나타난다. 전진 없이 불멸하며 죽지도 않고 거듭 소생하는 "교대6분전의" 서스펜스, 그 시간적 간격만이 「필리버스팅」의 카데바와 친족 관계를 맺는 "생물", "아버지", "두부", "복숭아"가 생존할 수 있는 서식지의 전부로 제시된다.

전통적인 서스펜스의 시간적 구도에서 현재는 매듭이 터질 듯 팽팽히 묶여 있는 '기간'이자 보류라 정의되며, 미래는 그 매듭이 결정적으로 풀려나갈 소실점으로, 궁극적인 격변이자 재앙으로 그려지면서 정말로 닥치지는 않는다는 걸 우리는 보았다. 김언희의 서스펜스는 어떠한가? "나"나 "너"를 단일한 "나"나 "너"로 묶던 매듭은 이미 풀려나갔다. 격변이자 소실점이 되어줄 미래는 이미 현재를 꿰뚫으며 지나버렸고, 그 힘을 다했다. 현재는 그걸 눈치채지 못한 채, 혹은 눈치를 진작 채고서도 헛되이 괄약근을 수축시키는 시간일 뿐이다. 그의 시 세계에서, 그리고 그의 시 세계 속 "생물"들에게서 서스펜스는 특별한 변곡점이 아니라, 겪어낼 수 있는 시간의 전모이자 전부다.

　「필리버스팅」의 카데바와 유사한 "너"의 심상을 등장시키는 「에필로그」에서 우리는 이 서스펜스의 객관화된 판본처럼 보이는 장면을 얻는다. "너"를 비웃듯이, 혹은 자조하듯이 시는 말한다. "너"는 "네가 몇 살인지" 모르고, "네가 노인인지 노파인지도" 모르고, "네 원수"도 "네 성기"도 모두 너를 잊었노라고. 자신이 몇 살인지도 "노인인지 노파인지도" 모르는 "너"는 "젖퉁이에 좆까지 합쳐 단 노파 놈"이라 일컬어진다. 양성의 기관을 단 채 모든 생식 능력을 잃은 "노파 놈"이란 욕설은 모멸적으로 들리지 않는다. 차라리 숭고해지는 그 "노파 놈"은 이미 욕설이 욕설로서 폭력을 가할 수 있는 세계와의 접점을 잃었다. "원수"도 그의 욕망의 기관도 그를 잊었다. 그는 극점 너머에, 최종 장 그 너머에 도달했다. 그럼에도 그는 여전히 막이 내린 무대의 장치로서 허공에 매달려 있다. 행여나 "너"가 무언가 여전히 일어날 수 있다고 생각한다면, 그건 그가 자기 자신을 잊었기 때문이지 다른 이유가 있는 것은 아닐 테다.

　얼라나 마이클 테인은 서스펜스를 "시간 속에서 타자가 되려는 몸" 자체의 경향성으로 읽어내면서, 서스펜스를 "시간에 따라 신체를 재구성하는 차이의 사소한 형태에 대한 집중적 인식", "즉각적으로 몸의 안전성을 침해하는 미래성의 감각", 그리고 "집약적인 관계성으로 그 안전성을 다시 열어젖히는 기술"로 명명한다.[7] 서스펜스는 말끔히 종식되고 해소되기 위해 자리를 차지한 간격이 아니고, 예상치 못한 이물의 출현을 위한 여지와 계기를 마련한다는 것이다. 서스펜스에 관해서 김언희는 "너를 무대 위의 허공에 둥둥 떠 있게 하고는 그냥" 가버리는 "마술사"와 같다(「에필로그」). 이 마술사의 쇼에서는 태초부터 안전한 몸으로 존재해본 바 없고, 미래는 현재 이전에 고갈되었으며, 타인보다는 오로지 벌떼처럼 많은 제 분신들과의 관계만을 아는 듯한 "노인인지 노파인지"의 몸들이 지나간다. 그리고 나는 김언희가 제시하는 이 불모의 시간 속에서, 이미 주어져 있는 '타자'의 참혹한 형상보다는 '타자가 되려는 몸'에 방점을 찍어야 한다고 주장하고 싶다. 분신과의 수음이 가능한 관계성이 전부인 세계를 택하는 그 믿을 수 없는 주체성, 차라리 '아집'으로 불릴 그 주체성이 반어법이 아닐 가능성 말이다.

최후에 우리의 시선을 분명하게 사로잡는 것은 그 아집을 지키는 생물들이 짓는 표정이다. "교대6분전의" 생물은 "너"와 교통할 수 없다는 분신의 한계를 자가당착의 말장난으로 변주하며 번성한다. 생물은 "그렇게까지웃을필요가없는웃음"을 "그렇게까지" 웃는다. "그러고도목구멍으로밥이넘어가냐"는 질문에 "넘어가는생물"이라고 반응한다. "생물"은 적당한 정도의 웃음과 식욕 앞에서, 소위 "너"들의

---

7   Alanna Michael Thain, *Bodies in Suspense: Time and Affect in Cinema* (Minneapolis: University of Minnesota Press, 2017), 42.

미친, 사랑의 노래

사회적 합의 앞에서 청개구리같이 구는 편에 선다. "생물"은 구멍을 자지로 돌려 막는 대신, 저 구멍을 이 구멍으로 돌려 막으며, 저 자지를 이 자지로 돌려막는다.

그 생물에게서 발견되는 몸은, 물리적으로 가능한 것과 사회적으로 불가능한 것, 물리적으로 불가능한 것과 성적인 비유로서 가능한 것의 괴악한 접합이다. "나" 아래에 통합되지 않는 분신들의 언어는 주판치치가 "이질적인 질서들 사이의 즉각적인 연결을 설립하는 합선" 위에서 번성한다고 표현한 코미디의 차원에서 기술된다.[8] 주판치치는 이것과 저것을 호명하는 질서가 무력화된 동안 벌어지는 오해의 소극을 예로 들며, 희극적 서스펜스를 "대타자를 지연"시키는, 일시적인 정체성의 "미결 상태"이자 "지위 혹은 위치의 일시적 박탈"로 규정한 바 있다.

김언희 시의 서스펜스는 종식되지 않는, 종식되지 않고자 하는 일시적 발작의 연속이다. 거듭되는 반복으로 탄력을 잃고 늘어진 이 '희극적 서스펜스'는 누구도 웃기지 않으려 하는, 누구를 따라 웃는 것도 아닌 웃음의 입매를 연필 끝으로 찔러 표현한다. 희극적 서스펜스가 유발하는 웃음은 어리석은 이유로 왕좌를 잃고 모멸받는 신세가 된 왕이나, 도플갱어가 된 제우스가 자신의 아내와 관계하는 동안 신분을 잃고 방황하는 주인을 보며 은근하게 조롱하는 광대와 하인에게 속한다. 김언희의 시 또한 자신의 지위와 의미의 자리를 박탈당한 주인들을 보며 웃는 광대의 유머를 구사한다. 김언희의 서스펜스에서

---

8   Alenka Zupančic, *The Odd One in: On Comedy* (Cambridge, MA: MIT Press, 2008), 8.

희극성은 차가운 증오에서 자원을 얻으며 때로 그 증오와 구분되지 않는다.

김언희는 또한 광대의 유머가 광대 자신을 쇠락하고 소진케 한다는, 또 다른 차원의 진실을 시화한다. 그럼에도 김언희의 "생물"들은 웃는 채로 남기를 택한다. 「너는」의 "너무 / 웃는" 웃음, "이빨이 모조리 쏟아져 흩어지는" 웃음을 통과해 우리는 「필리버스팅, 262801시간 22분 49초—진행 중」의 물컹물컹한 소음 기계로 다시 돌아오게 된다. 법의 생산과 의미의 확정을 훼방 놓고, 매 순간 법의 지연을 갱신하려는 목적에 헛웃음이 나올 지경으로 집념하는 이 낯가죽 없는 무표정을 지으며 "적당하게 더러운 인생보다 더, 더러운 인생은, 없어"라고 읊조리는 김언희의 카데바들은 적당함도, 적당한 유의미도, 적당한 자기 인식도 용서하지 않는다. "아직도 무엇이, 모자란다 더, 추잡한 무엇이, 더 기름진, 무엇이"(「아직도 무엇이」)라고 되뇌는 카데바는 '시간이 답'이라는 식의 지혜도, 그 지혜를 기록하고 반복하는 언어도 모조리 용서하지 않는다. 그렇게 매달린 채로, 목이 죄인 채로, "웃는 / 것이냐"하고 되물을 수밖에 없는 웃음을 지으며(「너는」), 자신의 "부장품"으로 전락한 세계를 지켜보고자 한다(「4장 4절」).

파란 죄의 역공학[1]   밀사

*   미주 부분은 필자가 김언희 시인의 시를 차용한 부분임을 밝힌다. 해당 차용 부분의 시 출전은 미주에 실렸다.

1   역공학(逆工學) 또는 리버스 엔지니어링(reverse engineering, RE)은 장치 또는 시스템의 기술적인 원리를 그 구조 분석을 통해 발견하는 과정이다. 이것은 종종 대상(기계 장치, 전자 부품, 소프트웨어 프로그램 등)을 분해해 분석하는 것을 포함한다. 리버스 엔지니어링의 기원은 상업적으로 또는 군사적으로 하드웨어를 분석한 것에서 시작되었다. 목적은 원본 생산의 절차에 관한 지식이 거의 없는 상태에서, 최종 제품을 가지고 설계 과정을 추론하는 것이다. (출처: 위키백과)

회고하기를, 내가 나에 대해 알고 있는 것은 오직 하나.

나를 구성하는 것의 태반은 당위이다. 매순간 반드시 이곳이 아닌 다른 어딘가를 향할 것. 차안이 아닌 피안을 바라볼 것. 오로지 그것만이 나를 나로서 존재케 허락하노니.

아니, 나는 존재가 아니다. 나는 상태 내지 현상에 훨씬 더 가까울 것이다.

아니, 모든 존재는 곧 상태이자 현상이며, 세계 도처에서 숱하게 발생하는 생명 활동의 '잦아듦'이란 존재가 저 자신의 본위, 즉 있음의 없음, 멈춘 것들의 움직임, 정적의 소음, 물성의 틀 아래 모든 것을 그러안기보다 만면으로부터의 흐름에 모든 것을 맡기기, 그로써 흐름 그 자체가 되기, 이에 다다름을 의미할 것이다.

아니, 나는 단수(單數)에 속하지 않는다. 나는 내가 아니며, 당신이자 그에 가깝다. 나는 우리가 아니며, 당신들이자 그들에 가깝다. 나는 복수(複數)에 속한다기엔 조금 모자란다.

그럼에도 나의 이야기는, 나의 이야기이기보다 당신의 이야기. 우리의 이야기이기보다 당신의 이야기에 가까울 것이다. 이 글은 글쓰기로써 지어졌으며, 글쓰기의 본령은 배반이며, 이 글을 읽는 당신은 내가 아닌 당신이고, 이로써 만사의 신비가 증명되므로. 이 폭로가 폭발과 파열음을 유발하고 비극을 피워 올리므로.

내가 백지에 "여기에 당신이 있다"라고 적을 때, 당신은 정말로 여기에 있게 된다. 이 정언이 야기하는 명령은 절대적이다. 글쓰기의 참혹함이 바로 이와도 같다. 무엇이 글쓰기의 참혹함인가? '당신의 존재함'이라는 마법을 일으키는 것? 파훼 불가한 마법의 술식(術式)으로서 글쓰기라는 행위가 엄존한다는 것? 아니, 글쓰기의 참혹함은 그것이 이루어내는 확정과 자아내는 윤곽, 그 너머에 가해지는 철저한 배제, 이로써 성립하는 흑백의 배타성에 있다.

"여기에 당신이 있다"라는 문장이 드러날 때, '여기에 당신이 없'는 모든 가능세계[2]는 즉시 소멸한다.

따라서 물이 슬픔의 마티에르라면, 글은 멸망의 마티에르다. 내가 아닌 이로서 내가 감히 말하건대, 이 글을 읽음으로써 당신은 모든 것에 종말과 안식을 부여할 수 있을 것이다.

당신이 이 글을 완독하는 횟수만큼. 몇십 번, 몇백 번, 몇천 번.

몇십 번, 몇백 번, 몇천 번을, 세계는 죽고 망하고 또 살아나기를 반복할 것이다.

그저 당신이 원하신다면, 모든 것은 고결하고 우아하신 그대의 손아귀 안에.

그리고 당신은 탐하게 될 것이다.

---

2   백은선의 시집 제목 『가능세계』(서울: 문학과지성사, 2016)에서 차용.

얼굴을 물속에 담근, 건져낼 수 없는, 건드리면 철철 썩어 내리는, 문장을 망치고 문맥을 잘라먹으며, 문장 한복판에 있는 문자를, 적출된 눈알처럼, 시퍼렇게 있는, 피할 수 없는 얼음 구멍으로, 발밑이 쩌억 갈라져가는 얼음의 문장을.[1]

✳

나는 작은 계시를 듣고 동그랗게 모여 앉아 하찮은 고민을 시작한다. '아버지'의 기호를 언급하지 않고서 아버지에 대해 이야기할 수 있을까?

계시의 내용은 다음과 같다. 인류는 멸망하리라, 그들의 증오 아닌 사랑으로 인하여. 모든 예언은 카산드라를 그 본령으로 둔다. 나는 불신하고 우회하기 위해 인류사가 시작되는 순간부터 끊임없이 예언을 청해, 마침내 지금에 다다른다.

선명한 실존을 세우려는 모든 시도는 와해된다. 윤곽은 반드시 그 자신이 딛고 선 잔해로만 성립되기 마련이다. 나는 눈을 감는다. 안구와 닫힌 눈꺼풀 사이의 검은 장막이 온갖 빛무리 잔영을 제 신체에 상영한다. 언어 이전의 표상, 음절조차 되지 못한 것들이 폭죽처럼 터진다, 폭발한다, 만개한다. 화자는 눈을 뜬다. 이렇게, 불꽃놀이가 소환되었다.

이것이, 마법이다.

든 자리는 몰라도, 난 자리는 안다고 하지.

모든 서사는 지난했다. 호명조차 어려운 물귀신들이 각자의 자리에 배당되었다.

그러니까, 나는 파편에 대해서 이야기하고자 했다. 환대에 휩쓸린 파편들은 그 낯을 지상에 드러낸 순간 존재 의의를 잃고 융해되거나 분열되었다. 그때마다 성실하게 소환되는 것은 핵융합로의 표상. 좌판에 던져진 비곗덩어리처럼, 빛무리가 골목마다 푸지게도 내려앉았다.

어째서 나는 아버지를 생각했는가? 나는 언제나 여자가 싫었다. 그들만큼 매서운 사랑의 능력으로 무장한 자가 도대체 어디에 있겠는가? 남자는 반드시 그들의 생존으로써만 재현되었다.

감히 이를 나는 누설한다, 그리고 영원한 가뭄이 시작된다.

반사각의 줌 인, 온갖 불결한 것들, 각질과 체모와 벌레 시체의 데뷔.

나는 지반을 투시하였다, 내가 딛고 선 자리를 내려다보아,
무언가가 날아들고
무언가가 깨지고
내용물과 체액과 내장이
미끄러져
쏟아져 내린다
사태가 발생한다. 수습될 수 없으며, 돌이킬 수 없어진다.
거기 그 자리에 그저 멀거니 서 있다, 만약 거기 무언가 존재했다면.

돼지 멱 따는 소리가 들린다.

나는 여로를 설정해야겠다고 생각한다. 그러나 도대체 그것이 될 턱

이 있나, 나의 손아귀는 펜은커녕 모래알조차 쥘 수 없는 뼈다귀인걸. 뼈마디 사이사이 우스꽝스럽게 끼어들어간 분진만이 그나마 선물이자 위안이다. 온몸의 뼈다귀들이 필라멘트처럼 빛을 낼 때까지,[2] 나는 인내해. 아름답잖아. 그것 말고 내가 도대체 무엇을 할 수 있겠어.

GPS니, 노트니, 지도니, 모든 것이 무용했다. 나는 분골쇄신, 영육에 새 지도 잣기를 결의한다. 이 속절없는 거짓말. 나는 그것이 그런대로 흡족하고 괜찮았다. 세계를 모조리 피연(被鉛)할 수 없다면, 차라리 헤벌어지게 하자. 까발려진 아가리처럼, 효용을 다한 카데바처럼. 누출되고 폭로된 것들끼리 얼싸안자, 손을 잡고, 원을 돌며 춤추자.

그러면 나는 묻는다. 계시가, 예언이, 사실이라면, 발생한 사태로서의 묵시가 실존한다면, 어째서 도망치지 않는 것입니까? 당신은 멸망이 두렵지 않습니까?

아아⋯ 지겨운 말들.

평생을 도망다닌 자는 어떠한 종말을 맞이하는가?

도망치는 것은, 그것은, 언제나 여자의 일이기보다 남자의 일이었다. 나는 도치된 풍경을 멀거니 관조하였다. 온갖 굵고 가는 촉수들이 재고 둔탁한 몸을 굴리며 가파르게 그 뒤를 쫓고, 남자는 그러다가 넘어져도, 할 수 없다, 강간당하는 법도 틈입하는 법도 모르는 소생이여, 비록 살아생전 그는 너무나 많은 의료폐기물을 받아내었으나 감내했으나.

튀어 오른 검은 잉크는 검은 앞치마로 닦아내면 그만,
페인트칠 된 하얀 벽에 솟아오른 흑점의 유성
은하수도 유성우도 되지 못하는 우주 이면의 사그라듦,

쪼그라듦, 빨간 풍선은 언제든 재활용할 수 있다.
셀로판 테이프와 바늘을 준비하라

격벽의 심상. 혹은 침상. 적벽. 직벽. 격벽을 끊임없이,
하염없이 치대는 파도여….

＊

나는 전부가 원수가 될 하루를 맞게 될 거야, 세계는 사과처럼 두 쪽으
로 빠개질 거야, 나는 그 모든 참상을 목도할 거야, 다정한 손길이 나
를 박제하고, 그럼에도 나는 이리처럼 울부짖겠지.[3] 애매하게 죽어
애매한 반송장이 된 고독, 흰소리를 해대는 고독, 본인의 죽음에 불참
한 두개골을, 깨진 연탄재 같은 두개골[4]을 나는 얻게 될 거야.

그런데, 그런데 말이에요.

사실 난, 좋았거든?

나는 좋았어.

치정의 끝, 화냥의 끝, 엽색의 끝, 이것이, 맥락의 끝, 갈 데의 끝, 방
향의 끝, 이것이, 핏물이 흥건한 토설의 끝, 말소가 불가능한 저주의
끝, 생살에서 무지개를 짜내던 착즙의 끝, 누설의 끝, 이것이, 생선 내
장처럼 미끌미끌하고 비릿한 인(人)내의 끝, 물물의 끝, 이것이.[5]

이것이 말이야.

나는 좋았다고.

그런데 나는, 그렇지 않은 모양이더라.

도륙내기 배반하기 씹어 삼키기, 입과 항문이 하나가 되기, 원추생물이 되자, 그를 기쁘게 하자 살을 훑자, 사람 개를 가진 개 주인이 되자.

고막 찢어진 개들은 여기 깜빡 잠들고, 늙은 개들은 고요히 고인 빗물을 핥는다.[(6)]

종아리 살가죽으로 품었던 알이 툭 끊어진다, 근섬유가 짜릿해지고 알끈은 총을 맞고, 산탄은 무한하여 다리 역시 존속한다. 어미 모를 여신을 품었던 허벅지는 여한 없이 쪼그라든다, 존재는 죽지 않는다. 척수를 타고 기어올라 뇌를 모두 먹어치운다, 골육 골수 신경줄 신경 전달물질.

피를 넣으면 피가 나오고 살을 넣으면 살이 나오는 자판기, 뉴런 뉴로틱 멜랑콜리 센티멘탈리즘.

아버지를 사소한 것으로 만들어버리더라도, 그것이 쪼그라들고 말라비틀어져 볼품없어지더라도, 나는 모욕을 감내해야만 할 것이다. 한 뿌리가 사라져도 테라토마는 계속해서 생겨날 것이기에—'출아된 나'에 대해, 나는 도대체 어떤 관점을 가져야 할까? 나를 어떻게 대해야 하지?—, 인간 된 이상 짊어져야 할 모욕은 소멸하지 않으며, 절대다수의 순간 모든 자는 모든 알려진 종양들을 폐기조차 거부된 낯선 이름을 주렁주렁 제 몸에 매달아 걸쳐 메고 구천을 떠돌아야 하는 운명이기에.

결정화된 광물이 불온한 빛을 발한다 혀를 쭉 뻗어 닿으면 아린 짠맛이 나는,

거침없이 침습하는 영원한 삶의 신산함을 거부하는 나는,

그러면 나는? 나는
콜라주, 패치워크, 누구라도 손쉽게 모욕을 살 수 있을, 그런. 태도,
그런 무성의.

    저민 여주의 쓴맛이 나는 여름
    벌이 날지 않는 여름 부드러운 붓을 들고
    비닐 날개를 펼친 인간이 푸르고 시린 것들의 뚜껑이로 나
    서는
    푸짐하게 베어진 살덩이가 멀뚱, 이쪽 한 번 바라보고 마는
    다정한 멸망

내가 내가 아니었던 이래 지금에 이르기까지, 텍스트 더미들을 엿볼
때마다 반복한 생각은, 그 음절들을 분쇄해 다시금 되짚을 때마다 따
라붙는 생각은 이런 것이었다. 거참 고생이 많으셨습니다. 아니 그런
데 이게 정말 남의 일인가? 텍스트 더미가 이루어낸 시공이란 좌표이
기보다 매질에 융해된 어지러운 분자 같은 것이고, 아무리 사람이 관
념으로 지어진 형상일지언정 그런 것들을 처소 삼을 수는 없는 것이
라, 나는 나로 분(扮)했고, 나의 지겹고도 고통스러운 곤경으로써 그
가운데 철길을 깔기도 했다.
    하지만 들어보세요. 유수의 여성주의 고전에서 교시하듯, 권장해
마땅한 실천이란 차안과 피안을 횡단하기인데, 나는 그것이 참 좋으
면서도 가끔 눈물이 났던 것이다. 이곳과 저곳을 가로질러 걷는 대신,
내가 나와 나를 섞어 빚어 사막을 잣고, 그것을 종단하면 안 되는 걸까?

죽음은 돈이 된다. 부의금이 없어도,
죽음은 허공을 품는다 허공은…
반드시 다른 곳과 이어져 있고
희망과 구원과 볕과 같은 인간상을 노래하던 사람들이
인간 찬가가
불심검문 한 번에 꽁무니를 질질 흘리며
모두 도망가버렸다
차올랐던 곳으로
설설 기어가
멀거니 무언가 주워 올리면
해지다 못해 반으로 갈라진 아기 신발
땀에 절은 배내옷

짜디짠 바닷물이 할퀸 상처로 틈입한다
너무 가렵다… 이게 양수일 리 없는데
여기에 애가 담궈졌다간 짠지가 되겠어요.
그 작고 곱은 손과 발들을… 모조리 소금에,
염화된 나트륨에 절이게 된단 말이에요.

헛헛한 허공….
얼굴이 진짜 가려워서, 가려워서, 푸르르르,
얼굴을 손으로 손바닥으로, 잔뜩 비볐다
거참, 이미 태어나버린 우리는
어쩌면 좋담 이 죽어가는 대지에

핵무기 1만 2천 정과 함께 어린 채로 던져진

아. 너무 가렵다. 가렵다. 가렵다. 얼굴이

너무 가렵다… 하지만 딱히… 딱히

피폭된 건 아닌

영원한 아이.

거짓말입니다. 고깃덩어리의 표층이 훼손되는 현상은 단 한 번도 관측된 적 없습니다. 다만 나는 소양증으로 발갛게 달아오른 살갗에 상을 내렸습니다. 속이 텅 빈 큰 바늘로 콕콕 살점들을 찔러주었다는 말이에요. 우리의 유년은 주사기의 심상과 더불어 발아했습니다, 이 지엽적인 외로움을 도대체 누가 알겠어요.

　시름하던 나의 살덩이들이 쇠꼬챙이에 꿰어 지글지글 구워 나와요 전기구이

　향기의 진창, 향기의 뺄, 복숭아 알레르기, 손톱 밑에 묻어나는 찐득한 향기의 살점.(7)

　등천하는 저 향기, 저 신선한 과육들.(8)

　짜릿해.

＊

어떤 세대의 인류는… 자신의 취향이 자신의 존재를 증명한다고 믿었습니다….

　어떤 세대의 인류는… 자연물의 이름을 전혀 몰라도 시를 쓸 수 있었습니다….

휴대폰에 케이블을
꽂는다 영원한 수급의 장
폴리곤 전사들이 전투를 치른다 자동전투, 영원히
내가 손끝 한 번 두드려주지 않으면 영원히
성장하고 경험치를 삼키고 레벨이 오르도록
영원히. 근데 나는 화자가 되기로 했는데? 손끝이 온통 딱
딱해졌는데?
이 모든 것을 결딴내줄
죽음을, 생장 부진을 가져와줄
말랑한 손끝이 그리워서
말랑한 손끝이 죽도록 그리워서
말랑, 한 물성은 없어 계속
펜 끝을 긁어 북죽북죽
검은 피를 누출해 전투는
끝나지 않아 내가 죽더라도, 영원히
뼈를 갈구하는
내 사랑, 레티나 디스플레이 액정 너머
플라스마의 맛이 나는

체스, 마작, 트럼프 카드.
　온갖 고전적인 보드게임의 규칙을 잘 알지는 못하지만, 온 세계가
배신 불가한 거대한 규례 아래 세워져 있다는 것만큼은 잘 알고 있다.
그것들은 하나같이 일련의 배열을 지닌다. 엉거주춤 있다 가는 것은,
정말이지 아무것도 없다. 빛마저 입자를 지닌대, 점묘화를 생애 처음

마주했을 때 느꼈던 버석거리는 생경함, 입안 가득 들어찬 모래알갱이가, 질리고 물린 혓바닥이, 점막이 절은 배추처럼 우스워지는 순간.

자연물의 이름을 전혀 몰라도 시를 쓸 수 있었던 어떤 세대의 인류는 컴퓨터 롤 플레잉 게임 내부의 삼라만상으로밖에 모험을 상상하지 못했고, 이렇게밖에 모험을 체험하지 못했다. 보급형 모험, 손쉬운 체현. 고통과 스펙터클의 컨텐츠화, 트라우마의 공공재화.

하나를 움직이면, 하나씩 이동한다. 얼키고설킨 톱니바퀴는 부드럽게 맞물린다. 창작 기계는 여전히 혈석을 탐해 존속한다.[3] 지겨워서 탈출을 감행하거나 안온한 외벽에 푹 잠겨들거나 똑같이 다리 한 짝을 잘라 내줘야만 하는 세계, 허벅지 안쪽이 허여멀겋다. 금방이라도 녹아내릴 것처럼.

식충식물의 형세, 곱슬거리는 머리카락을 벅적벅적 긁으면, 온갖 보석이 손톱마다, 손아귀마다 끼어 나왔다. 비듬처럼, 풍화의 섭리에 미처 제 몸 못 싣고 존재가 유출되어버린 돌가루, 보석 가루도 함께였다 그것을 뭐라 부르든, 도대체 그 모든 것이 무슨 소용이겠는가.

꿰지 못해 꾸어다 놓은 보릿자루가 되어버린 귀하디 귀한 것들, 악성 재고조차 되지 못하는 다대한 폐기물, 멋쩍어 다시금 뒤통수 긁으며 허위허위 걸어 나가는 배우가 빠져나간 무대는

신도 아닌 것, 드라이아이스로 구성된 조악한 뭉게구름만이 빈자리를 채우는

---

3   밀사, 『티타임의 마르크시즘』(서울: 민음인, 2019), https://britg.kr/novel-group/novel-post/?np_id=149988&novel_post_id=74664

취향의 시절이 사망하고 있다.

화자의 인형 옷도 분장 소품도 강산에 닿은 천처럼 녹아내리고, 화학 반응의 여파만 녹진하고 지독한 악취만 온 사방을 감돈다, 숨길 수 있으면 좋았을 것을, 숨어들 수만 있다면 정말로 좋았을 텐데. 결국 모든 재료는, 소품은, 분장은, 부산물은, 잔여물은, 내가 입으려 했던 그것은 결국 나를 입고 내가 된다. 발기발기 찢어버린다.

마스커레이드가 이룩되기는 했다. 단지 도착(倒錯)당했을 뿐.

나는 표피가 되고, 시는 내장이 될 뿐.

> 도주의 시도조차 우스워지는 절경
> 그 어느 곳 하나 진실 아닌 곳이 없는 사람의 세계

삶은 완벽했다…. 덧댈 것이 없었다.

그래서, 이런 시편이 탄생한다. 우리의 행복은 이런 것입니다.[4]

행복, 아마도 비어져나온 신경줄을 길게 뽑아낸, 바늘귀에 그것을 통과시켜 서툰 삯바느질을 한. 그러나 그 뒤에 남는 것은 한 푼 돈도 되지 못할 이 잘그랑거리는 잔해. 형광빛 플라스틱 모금함도 질겁하며 마다하는 십 원짜리 구리, 여남은 오색실로 둘둘 말아주면 하지만 꽤,

---

4   박시하의 시집 제목 『우리의 대화는 이런 것입니다』(파주: 문학동네, 2016)에서 차용.

그럴싸했다 액과 혼령을 쫓는 인형으로서는.

온갖 사랑이 피어오르는 무대 뒤편에서 여전히 돌돌 굴러다니는 쉬어 터진 밥알, 밥알 사이 실곰팡이 허이옇게 늘어지는, 손가락 사이가 쩍쩍 들러붙는 희미한 옛사랑의 그림자 한 그릇, 밥주발 가장자리 말라붙어 찌르는 회한의 밥풀.(9) 그래서 내가 지겹게도 반복하는

배반하기 전속력으로 달리기 펑, 깨져버린 구슬 파편이 되기.

아 젠장, 죄송합니다, 목숨을 초개처럼 내다 버리는 일이 이렇게나 쉬워서야….

마침내, 영육의 창작 기계화.

이 글을 쓰는 내내 내가 그것이 되었지 뭐, 내내 갖고 싶어 하던 것이 되었구나 기어이 내가

환장할 사람 비린내에서 해방되어, 사람이 그리워 주둥이가 질질 끌리는 봄날(10)을 견디며

인간이 죽어도 많은 것들이 생육하겠지, 좋겠다…. 그런 흰소리나 하면서, 마침내 다음과 같은 문장 무더기로 말을 맺을 수 있게 된다.

모든 것이 남몰래 둘러쓴 탐스러운 피막을 상상하며, 마치 소금에 닦인
하얗고 커다란 알배추 이파리처럼
자기위로라도 엉거주춤 물러버리는 밤,
어쨌든 묵은 빵은 맛있다. 유통기한 안이기만 하면 되지,
방부제 넣은 음식을 먹으면 기분이 푸르게 좋아진다.(11)
다들 부패하다 만 생육신을 한번 견뎌보시지
나는 항생제를 사랑했으니, 너희에게 무균실의 무시무시함

을 겪게 해주마

*

뇌 잃은 노인마냥 지겹고 구차한 말마디만을 중얼거리는 내가, 어떤
전망을 가지고 있을지 궁금해하실 것으로 압니다. 수복하려면 돌이켜
야 하니까요. 돌이키려면 파괴해야 하죠. 정말이지 나는 참 예리합니
다. 내 집은 유리집, 통유리 집, 통유리 천장, 통유리 방바닥, 스물네 시
간 조명이 꺼지지 않는 유리방, 이음새 없는 통유리 집.[12] 그 안에서
잠을 잤습니다. 계속해서 길고 긴 개잠[13]을 잤습니다. 그러면 내 뇌의
백그라운드 프로세스가 끊임없이 연산을 대신해 준답니다. 왜 유리로
이루어진 집에 사냐니, 아무래도 다채롭고 화려한 것이 좋으니까요.
빛깔이 하나씩 드러날 때마다, 그것은 완벽한 도주로가 되어주니까
요. 아, 세상 것들은 왜 이리도 하나같이 좋나 무거울까요?

성령,
은 그곳에도 존재했고, 이곳에도 존재한다.
무궁한 영광과 영원한 생명을,
내리쬐는 볕
풍요로운 성혈
그 자리에서 배불러하지 않으면, 내 영혼의 가난함을 탓하며
뒤통수를 따갑게 하던
성전

나는 내가 신성 앞에 겸허하기를, 또한 내가 부디 신성과 더불어 겸허해지기를, 간절히 또 간절히, 바라고 또 바랍니다. 신성으로써 상존하는 자는 불가해와 불합리의 얼개와 인과를 모두 이해하며, 그럼에도 끝내 모든 것을 내려놓고 이치 앞에 고개 숙여 순종합니다, 그로써 세계를, 생로병사와 희노애락을 초극합니다. 나의 경우 그것만이 사랑이고, 끝내 남을 내 유일한 자질입니다, 곁에는 붉고 탁한 피가 수채화의 질감으로 말라붙어 있지요. 누구의 것인지는 차마 알지 못할, 내 손으로 파놓은 구덩이에 온몸으로 발을 굴러가며 처박히면 처박힘의 힘으로, 삶은 나를, 나는 삶을 튕겨 올려요.[14] 이것이 나의 전망입니다.

신성은 경건한 몸가짐이나 신실한 마음가짐만으로는 획득되지 않습니다. 신성을 이루기 위하여 필요한 것은 시간, 오직 시간입니다. 그리고 시간의 칼바람에 상처 입지 않을 것. 혹한의 추위에서도 살결 하얀 처녀와도 같이 오롯하고 강건할 것. 신은 허겁지겁 뛰어가는 자를 굽어 살피지 않으니까요.

첨벙, 유리알 하나가 물속으로 빠집니다 지저를 넘나듭니다, 건져낸다면 말갛고 빛나는 것, 그러나 아마도 영원히 그럴 일 없으리라. 생의 첨병(尖兵). 미끄덩거리는 오장육부를 잔뜩 펼쳐 보이는 일이야, 아무렇지 않은 일이죠 사소하지, 뱃속에, 횟배 앓는 몸속에, 뭔가 들었단 사실을 숨기다가 전속력 돌진하는 트럭에 온몸이 짓뭉개져 죽어버리는 일보다야. 골육을 분쇄하는 스테인리스강 기계의 소리는 언제나 흥겹고 경쾌합니다.

전망을 드릴게요,[5] 내가 당신에게 드리는 것은 파열된 방광, 어리석은 고무나무. 백 개의 개밥 통조림으로 가공된 나, 운명의 자동 무작위 추출 방식에 의한 시식용 피륙, 음탕한 넝마를 꾸역꾸역 처먹어 들어가는 구멍의 식탐.[15]

기억하세요. 끝의 끝에는, 반드시 너머가 있다는 것을.

피안은 차안을 전제하며, 차안은 피안을 바라 존속한다는 것을.

연단이란, 참으로 아름답지 않나요? 페니스를 잃은 나의 신이 나의 절대자, 전지전능한 나뭇가지가 한없는 빛무리와 더불어 활활 불타는, 아니 몸은커녕 손끝조차 타버리지 못한, 어디서도 흑연을 구할 수 없고, 젖으로도 잉크를 만들 수 없어, 나는 나를 소환한다, 그새 살이 뒤룩뒤룩 찐, 팔뚝 안쪽이 허옇게 물든 지방질로 푹신한, 풍성해지는, 그래도 뼈마디는 잊지 않았어요, 살살 긁으면 여전히 모래알이, 아이보리색 분진이, 그 메마른 연골 근처에서 소로록 소로록 떨어져 나와 준답니다.

앙상한 손아귀로 무언가를 쥐는 일도 꽤 익숙해졌으니까요, 이제는 미숫가루도 먹을 줄 알아요, 텀블러에 물을 우유를 넣고, 여상하고 평온한 강간의 잔여물, 온갖 뒤범벅된 곡물의 빻인 것들, 빻은 것들의 계보를 구태여 가늠하며, 뼈뿐인 손바닥으로 쓸어주면서 뚜껑을 꽉 돌려 잠가 위아래로 흔들면

으악! 어째서 빨대 구멍을 잠그지 않은 거야

---

5   정세랑의 소설집 제목 『목소리를 드릴게요』(서울: 아작, 2020)에서 차용.

실패한 수음
마무리는 물티슈로 하세요.
크리넥스의 시대는 저물었으니까는

차갑디차가운 봄의 마른 햇살이
주거지역의 벽 그림자처럼 기울어가는 오후 네 시
신산하다는 말조차, 이제는 가볍지
그러니 결국, 무겁냐 가볍냐, 가
아닌 다른 것이 문제가 된다
성기냐 빽빽하냐, 질었냐 메말랐냐,
물성과 성심을 심판할 잣대는 아직도
차고 넘친다 위태로운
썸머 타임의 끝을, 기어이 다 살아내고야 말았다
허물뿐인 알레고리가 집하된 두개골 아래,
이런 걸 품느니 자결하겠다고, 투신을 결의한
대뇌피질이 잔뜩 도열했고
점은 선이, 선은 면이 되었다.
그 위에 몸을 누이고 남은 그것들을 몸
위에 덮으니,
참 안온하네.
참 좋네….

나는 더러운 것을 싫어하며 강박적으로 쾌적함을 추구하는데, 말인
즉슨 항문을 땀띠를 질구를 침샘을 매일매일 잦게 마주해야만 한다는
소리, 이제는 지긋지긋하다 이 점막들도, 점막과 점막이 닿는 소리도.
하여 고개를 모로 돌려 외면하면 시야각에 도열하는 것은 온통 거울,
거울은, 어쩌면 좋지 모두가 거울을 이야기해도 거울 그 자신에 대해
선 이야기하지 않으니까, 당연하게도, 은칠 된 너머, 유리, 합판까지가
거울, 아무래도, 반영은 거울의 것이기보다는 나의 것, 죽도록 이용당
하고 싶습니다 죽을 때까지, 착취의 관성으로 생사마저 초월하는, 반
영은 거울의 것이기보다는 나의 것, 아무래도.

손으로 만진다 양파를, 가지를, 애호박을 흐르는 물에 박박 씻어낸
다 칼같이 자른다, 도마 두드리는 소리, 노크 소리가 난다, 만진다, 두
부를 으깨고 일주일 묵은 설거지 거리에 처박힌 기름진 국그릇 하나
를 건진다 부신다 퐁퐁 거품 거사가 끝나면 손 세정제 거품으로 박박
손 씻기 분탕질 시치미 떼기 그래도

사라지지 않는다
극(極)과 독(毒)으로 내공을 쌓는[16]
우리가 존재했다는 사실은
베란다로 나서서
담배를 피워
검지와 중지 사이로
타르가 스며 나오면
이제는 만족스럽지 이제서야 제자리로. 모든 것이.

칼에 피가 듬뿍 적셔지면, 고기가 짓뭉개지면, 설레지 않아요? 나만 그런가. 나는… 좋았어. 너도 즐겼지 않냐고 언젠가 내가 내게 물었지? 나도 즐겼지, 그럼.

불투명하게 이쪽을 넘볼 수 없게 표층을 온통 얽어버린 유년의 유리창에 다이아몬드의 형상으로 번지는 가로등… 백열색 초조와 불안, 소금 한 꼬집만큼의 적막, 적적함. 어서 엄마가 귀가했으면, 날 죽어라 흠씬 두들겨 패줬으면, 구몬 한 장 두 장, 온갖 낱장들 눈처럼 날아올랐으면, 우라질 쌍년, 빌어먹지도 못할 개년 해줬으면. 안 그러면, 잠을 못 잔다. 한국의 백야는 백열등색, 아니 오렌지색, 내가 거기에 돋아난 한 영원히, 영 원 히, 나의 오장육부는 온통, 주황색 백야.

목이 마르면 문드러진 살을 누르고 쥐어짜 진물을 착즙했다. 훌륭하네. 단맛이 난다.

한숨 쉬듯 교접한다… 그것은 정말로 한숨이 나오는 일이니까, 아무리 해도 움직이지 않는 나를 몰아세우려면 위태로움이 필요하다 경각, 급박, 긴박함, 숨이 꿉 꿉 넘어가도록, 금지된 것들 중 특히 금지된 것들만, 그 무슨 짓을 저질러도 절대적인, 엄혹한 징처럼, 묵직한 안전을 보장받을 시공에서 내 몸을 저미고 내 내장을 훈연해도 육신이 닳아 사라져도 멀쩡한 나, 투명하게 부활합니다 비닐처럼, 표백된 것마냥 언제든 대수롭지 않고 싶은데, 이렇듯 모든 일상이 사태(事態)가 되어서야.

아름다운 비애감. 이를테면, 그렇습니다 많은 젊은이들의 이상대로 우미하고도 간결하게 도열한 향신료병 같은 것이요, 거기에 모든 근원이 결정화되어 물질화되어 담겨 있는 겁니다 향신료통에, 입구를 살피면 흩뿌리거나 퍼부을 수 있도록 두 개의 뚜껑이 반원으로 자리

해 있고요 비애는 사카린, 감동은 에리스리톨, 동병상련은 자일리톨,
비애는 응축된 커피즙과 어울립니다 과육을 모두 훑어버리고 씨앗을
오래도록 공들여 태운 소탐대실, 마시고 나면, 사라집니다 슬픔이, 내
소화기관은 온통 유리로 코팅되어 있어서요 나와는 상관이 없는 일입
니다, 시간이 지나

　갑주(甲冑)를 교체할 시기가 되면
　그때엔 조금은 구경하겠네요 실패한 침습과 좌절된 사랑을
　반드시 성벽 안에서만 전쟁이 일어나는 영지를
　세계는 나의 편이나 나는 나의 편이 아닌 흔한 역설을
　오후는
　낮은
언제나 길게 눌어붙는다, 걸음마다 쩌억 쩍 소리를 얽어 놓는 비닐
장판마다, 한때는 액체였던 것이, 마른 피막처럼 건조 오징어처럼
　찰싹, 사후 몸을 무르기조차 지난한 집요한 교미
　칼을 눕혀 그것을 싸악, 발라내는 상상.

*

　폭로당한 분진들
　큰일 난 분진들
　역사(歷史)가 기어오른다, 역사 아래 잠긴 역사(驛舍)가
　제 몸을 힘차게 접고 함께 기어오른다
　튀어오른다

역사가 쏘아올린 작은 공[6]
대체 저 안에 사람 목숨 몇 개가 뭉쳐진 거야?
피와 땀, 뼈와 살은 또 어떻구요
탐스럽네… 맛있겠다. 잦아든 혀가 제 살덩이로
잠가낸 두 침샘이
미끈하게 아립니다
마스크가 없으면 사람 취급을 못 받는 시절
하얀 부직포 아래 오물오물, 입술이 수축했다 이완합니다
치아들로 단단히 가두어진 너머, 혀가 꿈틀댑니다
언젠가 잘려나갈, 목숨 없이 움찔거릴 때를 기다리며
뇌 없이 사는 연습
컨트롤 타워 없이 꿈틀대는 연습
나는 사막을 기다리고 있어요
달궈진 모래더미에 온몸을 탐스럽게 익혀줄
팡팡 터지는 육즙의
증언자가 되어줄

신은 언제나 가장 낮은 곳에 계신다 신께서는 나를 노리신다, 나는 그
분께서 배불리 자실 죄를 배양하는 샬레의 곰팡이, 조금만 수틀려도
픽 죽어버리고 아무 데서나 버섯 포자를 들여와 품는. 요즘 애완할 목

---

6   조세희의 소설집 제목 『난장이가 쏘아올린 작은 공』(개정판)(서울: 이성과힘, 2000)에서 차용.

숨들은 예쁘고 말 잘 듣는 것만으로는 모자라요 반항할 줄도 알아야 죠, 탈선하고 말 안 듣고 사건을 일으키고 한 번쯤 주인 똥줄 빼줄 줄도 알아야 합니다 올 인 원… 그렇게 살갗을 찢고 핏줄을 당겨 끊고 근육을 뒤틀고 뼈를 발라주어야죠 그게 요즘 애들의 사랑법인데, 애완의 운명을 타고났다면 마땅히 그리 해야죠 경쟁력을 갖추지 못하면 낙오될 겁니다

아카시 향기만은 여전하더라고요 비록 아직은 4월이지만 꽃도 이파리도 없이 풍기는 냄새라는 게 있잖아요, 그 아찔하고도 향긋한 그러나 아무도 눈치채지 못하니까 아무에게도 들키지 않을 것 같고 아무도 망하지 않을 것 같고… 봄이 지나도 미세먼지는 괴롭더라고요 스마트폰 날씨 어플리케이션에서는 해골 픽토그램까지 띄우며 대기질이 사람을 죽일 거라더니 처참하다더니 하늘은 구름 한 점 없이 시퍼렇게 푸르더라고요 그걸 보느라 온몸에 피멍이 들어버렸어요 하늘이 무너졌거든요 시퍼런 파란색이 온몸을 물들였거든요 우리는 모두 스머프가 되었는데 아무도 새 시대의 규율을 몰랐어요 나는 곧 도살될 운명이에요 멋져라 운명이란 필경 드라마틱하더라더니 이렇게나 쉽게, 간결하게, 산뜻하게,

나는 월경했어요 스너프의 세계로,

죽어도 죽어도 죽은 것 같지가 않은, 죽은 뒤에도 더, 죽고 싶은, 더 더 더 더 죽고 싶은[17]

나는 그 무엇도 놓을 생각이 없어요. 그렇게는 안 되지.

이것을 보십시오. 길을 잃을 목적으로 설정된 항로입니다. 린스를 바른 머리카락, 융해된 실리콘으로 외벽을 두른 실타래들. 어디로든 갈 수 있다, 언제든 떠날 수 있다. 미인의 머릿결을 이루자, 광활하

게 펼쳐지는 온갖 실의 향연. 허공을 날 것이다 지상에 도래한 삼도천처럼, 공무도하의 심상처럼, 시를 온통 도륙을 내고 이게 뭐 하는 짓이죠… 그치만 언제까지나 까뒤집힌 채 오장육부 안에서 삭일 수는 없는 거잖아요?

방주는, 반드시 대홍수를 예비하나요? 아무 일이 없어도… 그저, 방주를 지으면 안 되나요? 거기서 그냥… 놀기만 해도? 생존주의를… 유원의 장으로 겁탈해도?

*

나는 내가 도대체 죽음을 무엇이라고 생각하는지 알 수가 없습니다. 나는 시뻘건 벨이 울려도 폐건물에 매몰될지언정 탈출하지는 않을 것입니다. 일상의 감각을 포기해야만 얻을 수 있는 삶과 생명이라면, 그 고통스러운 것을 왜 쟁취해야 하겠습니까? 그렇다 해도, 나는 도무지 알 수가 없습니다. 움츠리거나 도망가거나 화를 낸다면 알겠는데 왜, 도대체 왜 벌벌 떨면서 고함을 치는 거지? 울면서 웃는 거지? 나는 내가 시끄럽고 가증스러워서 견딜 수가 없습니다. 나는 망자에 대한 예의를 모르기에 스스로를 소중히 여기지 않습니다. 세상은 본디 이 모양 이 꼴, 이 아니었습니다. 이 모든 것은 내가 초래한 것입니다.

경건의 미덕은 진창에 처박은 채, 나는 감히 돈을 태웁니다. 감히 구원을 바라 진혼가를 읊습니다. 나에게 살기 위해 몸을 파는 일은, 듣는 것만으로도 즉시 이 목을 베고 싶을 만큼 수치스러운 일입니다. 사실 독을 삼키고 모든 것을 잊을 용기 같은 것은 없습니다만, 아무튼 그렇습니다.

하지만 경멸하기만 해서는 되는 일이 없겠죠, 오로지 온고지신 타산지석 반면교사로서 성불하는 얄밉고 불쌍한 나, 그래요, 내가 아니면 그 누가 이렇게까지 치열하겠어요?

고름에 대해. 삶에 대해.

물을 입력하면 오줌을 출력하는 여과기[7]로의 신체에 대해.

신성을… 떠올려요. 그 뻔뻔한 생명의 빛, 빛의 샘. 사랑과 행복을 돌보고 번영을 바라는 유일신[8]의 오롯한 처소이자 시원. 이제는 돌아오렴, 수요일[9]엔 돌아오렴.[10] 도망쳐봤자 숨어봤자, 소용이 없으니깐

돌아오면 도륙당하겠지
뼈가 발리고 살이 갈리겠지
그래도 돌아오렴
수천 번
수만 번을
밤하늘에 초신성 넘쳐나는 백야가 찾아와도
모래 위에 그림을 그리는 놀이[11]를
대대손손 세세무궁

---

7   단도의 말.
8   반려의 말.
9   사순절의 시작을 알리는 교회력의 절기 '재의 수요일'의 변주.
10   416세월호참사 작가기록단이 엮은 세월호 유가족 증언록 제목 『금요일엔 돌아오렴』(파주: 창비, 2015)에서 차용.
11   반려가 알려주기를, 인생의 무상함을 깨닫기 위한 불교의 수련법.

영원히

망각(忘却), 망각(芒角), 그것도 아니라면 망각(妄覺). 모든 것의 무상함을 왜 알라는 걸까요, 괴로움 없는 삶은 삶이 아닌걸. 내가 보기에, 내가 원하는 건 초극하는 것 자체입니다. 이곳이 아닌 다른 어딘가로. 그것이 나의 유일한 마법, 유일한 주문.

나는 무감동합니다. 세계의 처염(凄艶)함을 모르기 때문이 아닙니다. 그 모든 것 뒤에도 이어지는 것들이 있다는 사실을, 그것의 양태를 우리가 보았기 때문입니다. 실과 시간. 땡그란 청포묵. 개구리알. 눈알들이 개구리가 되는 과정. 진 것을 관찰하며 메마른 것을 꿈꿨어요. 이를테면 풍장 같은 것. 새와 바람과 모래먼지로 이루어진 사후세계. 굴종의 산뜻함, 찢어발겨짐의 지난함. 메마름의 아름다움.

이 처절하고 참혹한 절경을, 그저 멀리서 관조할 뿐이라는 사실이 미안합니다. 길을 잃어버리려고 기를 쓰면서, 너무 멀리 와버린 것입니다.(18) 그저, 돌아나는 공포 앞에 포자를 뿌립니다. 나는 주께서 사랑하시는 샬레니까요. 확실히 글쓰기는 악행입니다. 하지만 글을 쓰는 내게 내가 묻기를, 기꺼이 죄를 짊어질 거지?

주께서는 너무하십니다. 피와 살은 살리시면서 숨은 살리시지 않다니요,[12] 사실은 당신도 숨 거두셨기 때문이지요? 정말이지, 정말 슬퍼요, 아시나요…? 내 눈물이 성혈 이루사, 만세에 당신 은총, 벽 뒤덮

---

12   바리공주 설화에 등장하는 피살이꽃, 살살이꽃, 숨살이꽃에서 차용.

는 담쟁이처럼 기식하시나이다. 나는 나를 잊었습니다. 나는 한 존재가 거느리는 생애와 역사에 빠짐없이 무능했기 때문입니다. 나는 만개하는 해오라비난초[13] 사이에서만 말을 잃고, 나는 만개하는 은하수 너머에서만 눈을 감습니다, 요컨대 그 외의 시간마다 그는 아주, 아주, 시끄러웠다는 이야기예요.

내가 신호할 때 군집한 내가 들어 올리는 십자가는 스테인리스, 그러나 선단마다 검은 얼룩이 진. 녹슬지 않고 싶다면, 미리 녹슬어버리면 됩니다. 그것이 스테인리스의 오의, 말하자면, 죽고 싶지 않다면, 미리 죽어버리면 될 일입니다. 영생은 소멸을 전제합니다. 가장 아름답고 완벽한 죽음, 유일무이 전무후무한 그것을 거머쥐기 위해, 집합한 총체로서의 나는 혈안이 되어 온갖 자리를 수색하기 시작했습니다.

눈알을 씹어 삼키는 것은 아주, 어려운 일이었어요.

날것의 눈알을 먹고 싶었기 때문에, 불꽃을 일으키지는 않았습니다. 서서히 어금니를 악물며 턱 어드메에 신중히 악력을 더해 가면 어느 순간 톡, 상큼하게 터져 나오는 눈알 속의 핏물, 우리가 고대한 생명수, 그 풍성한 질감, 우아한 점성과 더불어 내용물을 한참 음미해도, 절대로, 무슨 일이 있어도 찌그러지지 않는 구체가 있습니다, 작은 구체 사람 손가락 하나 족히 아작낼 만큼 있는 힘껏 깨물어도 절대 훼손되지 않는 그것을, 우리는 진리라고 불렀습니다.

13   인디 게임 OMORI에 등장하는 꽃, 꽃말은 '꿈에서라도 만나고 싶어.'

*

    그리고 갑자기,

    모든 것이 끝나버린다.

*

우선 나로부터 당신을, 여러분을 뜯어내기로 하자.

    함께 해서 더러웠고 다시는 만나지 않겠어.[14]

    역시 나 아닌 자를 나처럼 여겨 나인 양 삼켜 대하는 일은, 그런 식의 사랑은, 인간이 해서는 안 될 짓이다. 내 말 이해해?

    지구 기온 상승폭 저지 목표는 실패로 돌아가 이상기후의 참상이 연이어 보고되는 가운데, 나와 당신이 제 수명을 다 살지 못하리라는 고밀도의 진실은 미온수처럼 하찮다. 우리는 해를 거듭해 작열하는 지구에서 길바닥에 눌어붙은 껌처럼 서서히 말라죽을 것이다. 이걸 알고 나서 가장 먼저 느낀 게 무엇인지 짐작해? 위안이었어. 내가 기어이 인류의 종말을 살아생전 이 두 눈으로 보는구나, 특권처럼도 느껴졌어. 무엇보다도 좋았어. 사람이 죽는다는 것이, 다른 누군가 때문이 아닌, 그 자신이 야기한 과보로 인해 모두가 죽어버린다는 점이. 나의 반려가 지적한바, 나는 죽음에 가까운 사람을 편애하니까. 나의 반

---

14   한국의 인터넷 밈 '함께해서 더러웠고 다신 만나지 말자'의 변주.

려는 매일 누워만 있는 사람, 머릿속엔 온통 혁명뿐인 사람, 도살과 살육, 유디트와 살로메와 릴리스와 세이렌을 삼킨 사람, 피안으로의 월경을 동네 마실 나가듯 빈번히 저지르는 습속에 단단히 젖은 사람, 그곳에서는 날기만 해서 여기에서는 누워만 있는 사람. 차안에서는 도무지 가망이 없어, 평생을 미리 팔아 마련한 양산형 신체를 하루가 멀다 하고 갈아 끼우는 사람.

나의 고유성은 조합식에서 나와. 조합식에 입력할 질료는 쓰레기장에서 찾아. 쓰레기는 우리의 과거이자 미래다. 쓰레기가 쓰레기가 된 이유를 알아? 그것이 쓰레기가 아니었던 시절, 적절하지 않은 방식으로 사용되고 소진당하고 착취당했기 때문이다, 피안의 이치대로라면 세계에 존재해서는 안 되는 잔여물이기 때문이다. 사람들은 모든 일이 일어나고 난 뒤, 남는 것이 아무것도 없다고 믿었다. 왜냐하면 당신들 입장에서 살피기에 주저앉아 질질 우는 모든 것들은 실패했으니까, 별것 아니었으니까. 하지만 말이야, 잔여물의 존재 자체가, 쓰레기장의 실존 자체가, 당신들이 틀렸음을 증거한다.

하지만 있었던 것이 사라지다니, 말이 안 되잖아. 사라진 것처럼 보일 뿐인 그것을, 당신들은 완전히 사라진 것처럼 대하지. 질량 보존의 법칙 반박을 꾀해 특수 상대성 이론이니, 양자역학이니 끌어오지는 말도록, 고전 이후의 세계에서조차, 사라진 것은 드러난다. 버려진 것은 되돌아온다. 버려진 것의 귀래. 버려짐이란 불가능한 역동이다, 억압된 것의 귀래라는 테제가 영원한 억압의 불가능성을 증거하듯이. 비천한 것일수록 소생한다. 자 입을 벌려, 당신의,

우리의 과보를 온몸으로 받아낼 시간이야.

죽여도 죽였는데 또 있는, 또 있고 또 있고 또 있는, 썩는 데 걸리는

오백 년 동안 오억 년분의 그것이 또 생겨나는, 네가 할 수 있는 게 아무것도 없는, 네가 할 수 없는 게 아무것도 없는, 이… 공포[19]를 말이야.

걱정 마. 안심해. 드디어 끝났어.

죽어도 죽어도 몇천 번을 고쳐 죽어도 죽어지지 않는 빙글빙글 전기구이 통닭 영원회귀의 삶은, 이번에야말로 확실히 끝장날 거야.

*

그리고 당신은 고백해,
사실은 살고 싶다고. 죽을 것처럼 살고 싶다고.
나는 웃으며 말했지
내가 네 살 방도를 알아
잘 찾아주었어
그동안 외로웠지
고생 많았어
나는 당신을 끌어안아
그리고 당신을 찔러
내 것을 깊이 밀어 넣어
당신은 죽었다 그러면 난
죽은 당신 곁에서 다시 말해주는 거야
―말했잖아? 죽고 나면 다시는 죽을 수 없다고
자, 이제 유한하고 피로한 만물을 만끽해
이번에야말로 네 목숨은

단 한 번뿐이다

*

자, 다시 돌아가. 있어야 할 자리로.
이 글의 첫 페이지로.
너의 일독(一讀)은 너무나도 가볍다.

나는 영원히 불화하마 너와 함께, 손수 개축하고 증축한 이 지옥[20]
에서.

주(註)

(1)   「오문행誤文行」
(2)   「반감기」
(3)   「09:00」
(4)   「또 하나의 고;독──after」
(5)   「격에게」
(6)   「고요한 나라 2」
(7)   「복숭아」
(8)   「왜, 모조리」
(9)   「겸상」
(10)   「춘궁」
(11)   「비디오 가을」
(12)   「유리집」
(13)   「유리집」
(14)   「육자배기로」
(15)   「ARS」
(16)   「거미」
(17)   「스너프, 스너프, 스너프」
(18)   「착오 102」
(19)   「릴리 슈슈의 모든 것」
(20)   「Endless Jass 19」

누가 그에게 여성을 배반했다 했는가

박수연

1995년 여름 첫 시집 『트렁크』를 열면서 시인은 다음과 같이 말했다. "길들일 수 없는 짐승. 밤보다 더 검은 놈. 배반의 명수. / 고양이는 주인을 선택한다. 이 시편들 역시 독자를 선택할 것이다. ……배반하려고." '배반(背反)'은 신체 부위 중 등을 가리키는 글자와 돌이키는 움직임을 의미하는 글자로 이루어져 있고, 종합하면 (유다가 예수에게 그랬듯, 누군가의 신의로부터) 등지고 돌아서는 것을 뜻한다. 한 명의 김언희 독자로서, 그리고 동시에 그에 대해 쓰는 일에 도전하면서 나는 배반에 대해서 고민하지 않을 수 없음을 느낀다. 더 구체적으로, 나의 문제는 독자를 선택하는, 그것도 곧장 배반하기 위해서 그렇게 하는 시에 대해서 취할 수 있는 최선의 몸짓이 무엇인가이다.

'trahir'라는 프랑스어 동사는 최종적으로 도달하는 의미 면에서 '배반하다'와 비슷해보이지만, 무심코 감춰야 했던 진실이나 속마음을 드러내 보이는 것, 즉 누설이라는, 국어로 선뜻 떠올리기 어려운 묘한 뉘앙스를 포함한다는 점에서 배반을 비껴 보기 위해 유용한 참조점이 된다.[1] 이 뉘앙스는 'trahir'의 어원('가로지름trans-'이라는 방향과 '건네다dare'라는 행위의 결합)이 함축하는 구체적인 몸짓에서의 차이에서 오는 것 같다. 나는 이 글이 배반을 수행할 수 있기를 바란다. 배반에 고유한 '진실치'를 고민하는 것, 그러니까 내가 시를 읽는 것. 그리고 더 나아가, 그러한 진실치가 있다면, 나 자신에게 저항해서라도 그것을 보여주는 것, 그것이 시가 나를, 시의 음란함에 필적하는 나의 음란함을, 읽고 심문해서 드러나게 하는 것과 통한다고 해도 기꺼이.[2]

1.

1990년대 후반부터 2000년대 초반 사이 시기에 김언희를 대상으로 두고 행해진 비평은 극과 극이라고 말할 수 있을 만치 상이하고 서로 대립하는 의견을 보여준다. 이곳에서 굳이 20년도 넘은 옛 논쟁을 재방문하는 이유는 그 논점이 순전히 김언희의 시 세계에만 한정되지 않았음을 지적하기 위해서이다. 김언희를 둘러싼 격돌은 한국 문단이 거대 언론 권력과 유착되어 권력을 (재)생산하며, 이 과정에서 시대착

---

1   이 속뜻은 차지연이 바타유 사상의 양가성에 접근하기 위한 관점으로 채택한 것이기도 하다. Ji-yeon Cha, "La trahison chez Georges Bataille: l'homme souverain et lalittérature," *Littératures*, Université Sorbonne Paris Cité, 2016 참고.
2   "독자는 내 시의 살인적인 음란함에 놀라고, 내 시는 독자의 살인적인 음란함에 놀란다. 독자는 놀라는 척하고 내 시는 정말로 놀란다." 김언희·김남호. 「[대담] 無償, 無常의, 無想의, 無上의 놀이」, 『시와세계』 제12호(2005): 113.

오적으로 경화된 제도로 기능하고 있다는 인식을 토대로 하며, 『조선일보』와 『창작과비평』 등을 둘러싼 소위 '문학 권력' 또는 '문단 권력' 논쟁으로 비화하기도 했다. 김언희는 그 도화선 격이었다.

시인인 동시에 평론가이기도 한 한 저술가는 문단 권력의 주축인 남성 평론가들이 대표적인 타자의 담론 중 하나인 페미니즘을 표방하는 이들을 철저히 배제한다는 문제의식을 표현했다.[3] 우리가 흔히 주류 혹은 '보편' 문학으로 칭하는 일련의 제도적 비준은 철저히 성별화된 틀이었음에도 이를 은폐해왔다. 남성 문인들은 스스로가 어떤 시를 진정 여성적 자질이 돋보이는 시('여류시')로 비준해줄 수 있는 자격이 있다고 믿는데, 이 자격이란 따지고 보면 생물학적 차이에 기반한 허구적 여성성을 신비스러운 상품으로, 자신들의 문학을 그와 변별적인 것으로 구조화해온 관행이다. 남성 시각에서 (바람직한) '여성성'으로 추켜올리는 자질을 의식적으로 재현한 결과물을 '여류시'라고 한다면, 이 범주에 안주하는 것은 저자(여성인 시인)가 아니라 그 명명자(남성 평론가)의 권력 존속에 기여하는 것이나 다름없다. 그 결과 여성은 타자로 지정되어 허구의 생물학적 운명과 객체의 지위를 벗을 수 없게 된다.

이 저자에 의하면, 여성 자신에 의한 여성 정체성의 탐색은 위의 외적 강제에 저항하는 것이다. 특히 70–80년대 한국 여성 시인들의 실

---

3   김정란, 「비평정신과 여성시: 90년대 여성시 운동의 성과와 가능성」, 『문예중앙』 (1999년 가을호). 강준만, 『한국 문학의 위선과 기만: 성역과 금기에 도전한다』(개마고원, 2001), 106에서 재인용.

천은 기성 (남성) 주체의 한계를 돌파하는 대안적 주체로서의 여성 정체성 탐색으로서 의미가 있다. 이 저술가는 성모 혹은 어머니의 형상이 그러한 여성적 자질의 범례(範例)라고 간주했는데, 서 있는 성모를 뜻하는 '스타바트 마테르'는 그가 각주를 통해 밝히듯이 크리스테바를 참조한 형상이다. 이 논지의 끝에 그가 전하고 있는 크리스테바의 전언 일부를 여기에 옮긴다. "도덕과 분리된 이교적 윤리, 즉 '이단 윤리'란 삶 속에서의 관계와 사상, 결국은 죽음의 사상을 견딜 만하게 해주는 것에 다름 아니기 때문이다. 이교 윤리란 비죽음(amort), 곧 사랑(amour)이다. 그러니, 다시금 '스타바트 마테르'에 귀를 기울이자. 그리고 음악에."[4] 사랑(에로스)과 죽음(타나토스)이 사실 동전의 앞뒷면과 같은 것이라는 통찰은 죽음의 사상을 '견딜 만하게 해주'고 결국 우리가 죽음에 천착하여 삶 가운데로 껴안아 내면화하도록 추동한다. 그렇게 해서 그는 여성 시인들이 남성이 부과한 여성성을 추구하는 강박에서 벗어나 그 신화를 파괴하고 진정 스스로 글 쓰고 말하는 여성의 견본이 되기를 희망한 것 같다. 낡은 신화의 죽음은 세계를 재편할 가능성에 잇닿아 있다.

실정적 주체로서의 여성시인과 상술한 '스타바트 마테르'의 유비가 (잠깐이라도) 성립되는 것처럼 보이는 순간에 김언희의 수사법을 접하게 되면 충격적일 수밖에 없다. 가령 김언희는 하나의 물건인 화

4   크리스테바, 「사랑 이야기들」, 성화용 옮김, 『작가세계』(1991년 봄호): 489. 김정란, 「서 있는 성모들, 스타바트 마테르—한국의 여성시인들」, 『비어 있는 중심—미완의 시학』(서울: 최측의농간, 2017), 140에서 재인용.

장지로부터 희고 깨끗하고 부드러운 이미지의 여성을 연상한다. 이
여성은 "입 없는 / (…) 이빨도 혓바닥도 없는" 존재다. 특히 혓바닥은
"살균 표백"되어 "희고 부드러운" "두루마리"로 말려있는 동시에 "뒤
를 훔치는" 도구로 활용할 수 있기 위해 적시에 원하는 길이로 "하늘
하늘 풀려"야 한다(「모나리자 화장지」). 이와 같은 시어들을 통해 김
언희는 여성의 순결성 혹은 순결한 여성이라는 이념에 극도의 수동
성을 투사한다. 순결한 여성과 수동적인 여성이라는 관념이 하얀 화
장지라는 오브제이자 장소 위에서 은근하게 교차하는 것이다. "늙은
창녀"로 지칭되는 김언희의 또 다른 화자는 빚 독촉에 시달리다 못해
"화대"를 반드시 받아낼 수 있다는 보장조차 없는 "저기 저 공사장 개
잡부들"에게까지 몸을 맡겨야 하고, 빚을 꼭 갚겠노라고 "짐승처럼
사지를 / 비끄러매인 채 울부짖는" 처지에 있다. "표정 없는 집달리
들"은 화자가 빚을 갚을 수 없다는 것을 진작 알고 있는 것 같다. 그들
은 단 하루라도 더 화자를 기다려줄 생각이 없이, "달수도 못 채우고 /
겸자로 찍혀 나온" 화자의 핏덩이를 대신 **빼앗아 간다**(「늙은 창녀의
노래 3」).

위에 거론된 시인-평론가는 김언희가 이중적으로 문제라고 읽었
다. 첫째, 김언희는 "동시대의 여성 시인들이 그토록 이해받지 못하며
힘들게 경작하고 있는 여성적 정체성이라는 돌짝밭의 개간노력을 한
꺼번에 초토화"한다. 한국 문단의 지형에서 여성시와 여성 정체성에
대한 탐구가 열띠게 이루어지던 시기, 김언희는 여성을 엉뚱하게도
다만 육체에 불과한 것으로 축소한다. 그것도 도륙되고 난자되어있으
며 추악한 육체로. 이는 "육체에 대한 뒤집힌 환상에 불과"하거니와,
더 근본적으로는 "생에 대한 '증오'"에 부추김 받은 것이다. 둘째, 이

증오는 결국 "생을 담보로 하고 있지 않은 가짜 코드"임이 드러날 얕은 것에 불과하다. 무차별적이고 맹목적인, 대상을 가리지 않는 듯한 비속화의 어법, 시인이 기꺼이 일으키는 파란의 "흙탕물"이 시인 "자신에게[는] 한방울도 튀지 않"는 데서 이를 볼 수 있다. 해당 논설은 김언희 문학의 발로와 이면의 욕망을 다음과 같이 요약한다. 김언희는 여성에 대한 가학적 환상을 충족하고자 하는 이들의 만연한 욕망을 청산하는 것에 무관심하다. 그의 시의 골자는 여성 육체에 대한 관음과 폭력의 대리 수행이며, 더 직설적으로는 "여성에 의해 여성 육체에 가해지는 성폭행"이자 "시의 이름으로 자행되는 강간"이다. 그가 그와 같은 행동으로 추구하는 것은 그저 자신의 몫을 챙기는 것뿐이다. "남성을 대신해서 기꺼이 여성의 육체를 난도질해서 구경시켜주고, 그 몫을 문학적으로 챙기는 것"이다.[5]

이에 반하여 김언희 시는 도리어 "우리 문학에서 페미니즘의 저변을 확대한 주요한 텍스트의 하나"로 평가할 수 있다는 독해가 제시되었다.[6] 이 저자는 김언희 시가 체화하는 것은 오히려 "자아/세계의 추악한 실체를 드러내는 메두사의 시선"이라 주장했다.[7] 그 응시에 따라 드러나는 실체란 본디 감추어져 있다가 폭로의 결과로 나타나게 되는 어떤 '것'이기보다 "은폐/폭로의 이분법" 자체가 은폐를 위한 하나의

---

5   김정란·남진우·이희중, 「올해의 詩를 말한다」(특별좌담), 『현대시』(1997년 12월호).
6   남진우, 「메두사의 시: 김언희의 시세계」, 『문학동네』(2000년 겨울호): 19.
7   남진우, 같은 글, 2.

수단이라는 것이다.[8] 더 구체적으로, 김언희 시는 지배 문화의 규약이나 세계의 절대성에 맞서 모든 것을 "추문화"하는 "끔찍주의"를 통해 남성들의 시각적 쾌락에 붙들린 사람을 삶과 죽음, 현실과 비현실의 경계지대로 초대하는 "메두사적" 응시가 나타나는 장소가 된다.[9] 이 주장에 의하면, 이와 같은 확대된 저변을 보지 못하고 몰이해에 호도된 채 상대적 약자인 '김언희 죽이기'에 나서는 위의 첫 번째 평자야말로 오히려 스스로의 기득권을 남용하는 문단 권력자에 해당한다. 여기에 반해 김언희는 오해받은 페미니스트로, 그 자신 여성 문인이기도 한 첫 번째 비평가의 핍박으로 여성 시인이라는 동성 사회 바깥으로 내쫓긴 이방인이라 할 수 있을 것이다.

당시 여성 문인으로서 명시적으로 페미니스트를 표방하거나 페미니즘에 대해 발화하는 것은 문자 그대로 자신의 입지를 위태롭게 만들고 공격을 감수할 결단이 필요한 일이었기에, 페미니즘 운동 주체로서의 자기동일성에 관한 담론이 동시에 '타자'에 관한 대표적인 담론으로도 간주되는 일은 자연스러웠다. 이는 무크지 『살류쥬』가 공유하는 의식이기도 했다.[10] 특히 3호는 "문학권력이 여성문인이라는 타

---

8   남진우, 같은 글, 4.
9   남진우, 같은 글, 25.
10   무크지 『살류쥬』(서울: 인물과사상) Vol. 3 참고. 표지 안쪽에 적힌 글에 따르면, 제목인 '살류쥬'는 **살려달라는 비명**[강조 원문]", "[여성들]을 죽이는 자에 대한 **불온한 반항**[강조 원문]", "그저 고통 때문에 터질 수밖에 없는 필사적이고 **본능적인 부르짖음**[강조 원문]"을 의미한다. 살류쥬는 경남 지역 여성 동인들이 서울 제도권 남성 중심의 기존 문화 지형도에서 벗어나려는 목적으로 만든 여성주의 동인 모임을 자처했다. 특히 3권

자를 [어떻게] 주요한 존재적 기반으로 삼아 왔"으며 "제도권 평론가들이 여성 작가들을 자신들의 권력 구축에 어떻게 효과적으로 이용해 왔는지"에 대해 지적한다.[11] 남성 문인들이 차별적 도식과 그에 부합하는 타자-여성들을 만들어내는 데 대항하여 여성, 특히 문인으로서의 여성들은 스스로 자유로운 주체로서의 자기규정의 주도권을 필수적으로 탈환해야 한다는 인식은 위의 여성 비평가 혹은 여성 시인들의 공통된 입장이다. 문두에서 살펴본 저자가 여류시/여성시 구별을 화두로 빚어냈다면 특집기사의 기자는 "여성시"가 "페미니즘적 운동성"을 포함한 역사적이고 한시적인 범주이자 문학운동이라고 못박았다.[12] 페미니즘이란 곧 여성 정체성 및 자의식에 관한 진지한 탐구를 의미했고, 또 여성시의 정신으로 꼽힌다. 따라서 그에게 여성 시인은 페미니스트-시인과 동의어이며, "여성들 특유의 경험"에 도매금으로 '2류'라는 낙인이 찍힐 위험을 우회하는 것이야말로 페미니스트-시인에게 마땅히 주어지는 과업이 되었다.

요컨대 여성시의 이념이란, 여성 시인이 무엇보다 여성시의 저자여야 하고 여성시야말로 여성 시인의 술어이기 때문이라는 것이다. 이처럼 여성시와 여성 시인의 규정은 서로에게 동어반복적 내지 순환

기획의 글 「문학권력과 페미니즘」에서 대표 장정임은 "여성적 자의식이 부족한 여성작가들"이 (남성) 평단의 주구로 순치될 것을 우려한다(장정임, 「문학권력과 페미니즘」(기획의 글), 위의 책, 176). 그러나 동인 살류쥬는 대표가 2002년의 '박근혜 공개 지지 논쟁'의 여파로 사임하면서 점차 화력을 잃었다.

11   장정임, 같은 곳.
12   노혜경, 「'여성시' 논의에서의 안티 페미니즘적 위험에 대하여」, 같은 책, 181.

적으로 기대어 있다. 겉으로 보기에 매끄러운 이 순환성은 여성시/인의 내재적 필연성을 보장하고 궁극적으로 우리를 목표하는 바와 같은 문학적–보편적 인본성("궁극적으로는 남성/여성의 이분법이 아닌 인간으로서의 시"[13])으로 고양시켜 주는가? '진짜' 페미니스트-시인이 지향하는, 차이를 포함한 새로운 인본성은 은밀하지 않게 배제적 규정과 공모하는 것처럼 보인다. 페미니즘을 고작 비평이나 창작에서 특이한('팔리는') 이론 틀 내지 방법론 정도로 조악하게 전유하고 축소하며 엉뚱한 시에 페미니즘적인 함의를 갖다 붙이는 남성 문인들을 경계하느라 금기의 목록이 길어진다. 가령 "여성에 대한 고전적 이분법인 성녀/창녀의 이미지 가운데 후자에 중점을 두는 여전한 성차별적 선택"에 동조하는 것, 여성을 "단지 몸"이나 "질(膣)"로 환원시키지 말 것 등이다. 혹여나 가학-피학적인 욕망을 표현했다간 순수한 여성이 아니게 되거나 혹은 일체 여성이 아니게 될 것을 각오해야 한다. 그러한 수사는 "여성 자신의 적"으로 언제든 돌아설 준비가 되어있는 일종의 배반자, 심하게는 "남성을 대신한 (…) 유사남성", 한마디로 "안티페미니스트"들이나 쓰는 것이다.[14] 진정한 여성 시인은 적어도 매춘부와는 다른 존재로 표명되어야 한다.

이와 같은 엄숙한 금기의 원천의 하나는 시적 화자를 '늙은 창녀'로 설정하는 김언희의 연작에서 어렵지 않게 찾아볼 수 있다. 이미 본 일례를 다시 상기해보자면, 시인-여성을 늙은 창녀로, 그 미숙아를 시

13   노혜경, 같은 글, 190.
14   노혜경, 같은 글, 191.

로 빗대는 등의 이미지가 아연한 감상을 불러일으킬 가능성이 있기는 하다. 하지만 화자가 하필 그러한 이미지를 사용한다는 점에서부터 '진정한 여성(또 시인)'이 붕괴되는 위험을 감지하는 것은 지나치지 않은가? 그것은 최소한 여성 내 특정 군상을 고찰할 기회를 의식적 또는 무의식적으로 저버리는 것이고, 나아가서는 어쩌면 진정성 및 순수성의 기획 자체가 얼마나 취약한 것인지에 대한 시인이기도 할 것이다. 그러나 섣부른 결론으로 내닫기 전 수사와 이미지의 비천함과 '역행성'이 정말 문제인지를 생각해보는 것도 필요하겠다. 그러한 것이 쟁점일 때 참고하지 않을 수 없는 형상은 조르주 바타유이다.

2.

주지하듯 미셸 푸코는 바타유를 위반의 언어를 추구한 저술가로 평가하고 줄리언 페파니스 등 다수는 그가 현대 프랑스 철학의 토대를 놓은 저자라고 논평하기도 한다.[15] 그러나 위르겐 하버마스와 같이 바타유에게서 전위를 가장한 보수성을 읽는 사람이 있는가 하면, 많은 독

---

15 푸코는 「위반에의 서문」("A Preface to Transgression" in Michel Foucault, *Language, Counter-memory, Practice* (Ithaca: Cornell University Press, 1977)에서 바타유의 철학자로서의 중요성 및 후세성을 지적한다. 또한 『이질성의 철학 그리고 바타이유, 보드리야르, 리오타르』(원제: *Heterology and the Postmodern: Bataille, Baudrillard, and Lyotard*)에서 페파니스는 바타유의 이질학 개념에 계보학적으로 접근하면서 보드리야르와 리오타르로까지 이어지는 해당 문제의식이 포스트모더니티의 개념을 철저히 조명하는 데 유효하다고 주장한다.

자들은 직감적이고 생리적인 수준에서 바타유에 대한 반발을 표시하기도 한다. 과연 바타유와 김언희의 글은 정액, 생리혈, 분뇨와 같이 통상 불결하게 여겨지고 존재의 안팎 구별을 흐리게 하며 심하게는 어쩌면 그와 같은 이유로 금기에 처한 이물질 및 부산물을 중요한 소재로 한다. 더 나아가 불결한 것, 불경한 것들과 일상적으로 고결한 경외의 대상으로 여겨지는 것들을 서로 중첩시키는 것이 그들의 공통된 전략인데, '성'(聖과 性)의 양가적인 측면을 형상화하는 것을 그 일부로 볼 수 있다.[16]

상기한 (남성) 평론가가 김언희를 읽기 위해 위에서 언급한 성의 양가성이나, 자기상실의 극점으로서의 비-지(non-savoir)와 같은 바타유적 개념을 유효한 여러 틀 중 일부로 동원한 사실은 특기할 만하다. 위의 간행지 특집기사 저자 또한 김언희가 바타유와의 친연성을 표명한다는 점을 중요한 참조점으로 삼는다. 그러나 그는 김언희가 정작 바타유의 에로티시즘에 관한 스스로의 해석을 내놓지는 않았음을 지적하고, 이를 "자신의 시론을 지닌다는 것과 유행하는 담론가의 이름에 기대어 자신의 시를 설명하는 것 사이의 이 엄청난 괴리는 비단 김언희만의 문제가 아닌 전반적인 시단의 고질병"이라 적는다.[17] 이 저자가 옳게 짚듯 바타유 이론을 통해 김언희를 해석할 여지가 있

16　『눈 이야기』에서 시몬느의 여러 "놀이"라든지, 성당의 돔을 유방에, 제단의 초가 녹아 흐르는 모습을 "쾌락의 비지땀"에 빗대는 김언희의 시 「성당」이 그러한 일을 보여준다. 바타유, 『눈 이야기』(파주: 김영사, 2017).

17　노혜경, 같은 글, 186, 각주 26.

음이 필연적으로 김언희의 '문학적 가치' 유무를 판단할 잣대가 되지는 않을 것이다.[18] 그렇다 하더라도 김언희와 바타유 사이의 여러 유사성을 본다면 김언희가 바타유의 이름을 단순히 추상적인 이름값이나 토큰으로 사용한다고 판단하기 어렵다는 것을 알 수 있다. 그렇다면 어쩌면 진짜 문제는 다른 것이 아닐까? 하나 생각해볼 수 있는 것은 김언희 시에서 드러난다고 보는 '안티페미니즘적 성향'의 근거가 혹여 서로 연결되는 두 가지가 아닌가 하는 것이다. 먼저 바타유가 (주로 남성) 평론가들에게 '정당한' 이유 없이 애호된다는 판단과 김언희가 특별한 의식 없이 그러한 바타유에게 편승한다는 혐의 말이다. 그렇다면 바타유의 논설의 의의를 구체적으로 살펴보는 것은 그에게 뒤집어 씌워진 혐의를 적어도 한 층 정도는 걷어내는 데 유효할지 모른다. 이를 위해 나는 먼저 바타유가 자신이 활동을 개시하던 시기 파리의 지배적인 예술운동이었던 초현실주의에 어떻게 비판적으로 관여했는지 톺아볼 것을 제안한다. 초현실주의의 목적과 방법부터 살펴보자.

초현실주의는 문예운동으로 발원했지만 단지 예술 유파로 구상되지는 않았다. 초현실주의에서 중요한 문제는 예술이란 인간의 현실 인식 및 현실 그 자체를 변형시킬 수 있는 정신의 상태이자 존재 방식임을 표명하는 것이었다. 초현실주의적 착상의 목적에서 중요한 또

---

18 이는 또 하나 생각할 거리를 제시해주기도 한다. 시와 시에 대한 설명은 다른 작업일 텐데, 시인이 때때로 자신의 시에 대한 설명을 요구받을 수 있으며 거기에 응할 수도 있다 하더라도 시 자체를 주된 통로로 말하는 것을 비겁함으로 축소할 수 있을까?

다른 하나는 현실이 무엇인지, 혹은 무엇이어야 하는지에 대한 지식을 획득하는 것이었다. 초현실주의자들은 그러한 지식을 활용하여 궁극적으로는 섹슈얼리티, 무의식, 꿈 등 실증주의적 전통에서는 비합리적이며 비현실적인 것으로 여겨졌던 영역들을 새로운 고차의 현실(surréalité) 내에 통합하고, 그렇게 해서 정신이 상상한 것이 자유롭게 현실화될 수 있는 세계를 만들기를 원했다. 현실세계에서 반대되는 것처럼 인식되는 정신과 물질, 추상과 구체, 현실원칙과 쾌락원칙 등은 기실 그들에게는 파괴할 수 없는 유비적 관계에 놓여 있었다. 그것들이 반대되는 것처럼 여겨지는 것은 단지 현실과 그에 대한 인식이 실제적인 것에 한정되어 있었기 때문으로, 그와 같이 한정된 인식을 깨뜨리면 지금 모순되는 것처럼 여겨지는 것들의 유비 관계가 분명하게 드러날 것이었다. 그렇게 되면 인간의 현실은 실제적인 것에 구속되는 대신 이미 존재하는 질서에 개입하고 또 그것을 개선할 수 있는 잠재성을 포괄하게 될 것이다.[19]

---

19   바타유가 『도퀴망(Documents)』을 통해 펴낸 일련의 기사는 초현실주의 혹은 브르통을 명시적으로 비판하지 않고 관념론을 공격하고 있다. 그러나 그러한 공격이 사실 초현실주의 운동의 방향이 잘못된 것임을 겨냥한 것이라는 이해가 널리 공유되고 있다. 브르통은 『도퀴망』 기사들을 읽고 바타유를 직접 겨냥하여 "사실 이상에 대한 그의 병적인 공포심은, 그가 이상을 의사소통의 대상으로 생각하는 그 순간부터 바로 이념적인 방향 전환을 할 수밖에 없는데, 이것은 바타유 씨 그 자신을 위해서도 불행한 일"이라고 말하는가 하면, 최종적으로는 바타유가 "무조건적인 일반화 경향을 가진 정신미숙"의 상태에 있다는 진단을 내리기도 한다. A. Breton, *Manifestes du surealisme* (Paris: J. J. Pauvert, 1962), 184–185. 오생근, 『초현실주의 시와 문학의 혁명』(서울: 문학과지성사, 2011), 342에서 재인용.

초현실주의자들이 자신들의 이상을 주장하는 과정에서 참고한 것 중 하나는 사드의 글쓰기였는데, 그들에 의하면 그 글쓰기에서 나타나는 폭력은 무엇보다 정신의 아나키즘적 혁명에 관한 것이었다. 비록 18세기 문학과 철학의 계몽 담론과 완연히 다른 형태에 있었다고 해도 사드의 글은 당대의 상식과 모럴을 전복하고자 하는 혁명적 정신에 입각한다는 것이다. 브르통이 초현실주의 1차 선언문에서 사드를 "사디즘에서 초현실주의자"라고 칭송한 것은 이와 같은 인식을 따른다. 그런데 바타유에 따르면 사드의 글쓰기에서 혁명적, 아나키즘적 '정신'을 의의로 삼고 승화된 심미적 체험으로 동화하는 것은 사드의 사유를 전복적으로 만드는 핵심 측면(욕망과 자연의 유물론적 에너지를 무제한으로 긍정하는 데서 비롯하는, 사드의 글쓰기의 폭력성)을 도리어 완화하고 엄격히 언어적인 차원에 제한시킨다. 사드를 불후의 문인이자 혁명 정신의 주창자로 고양시킬 의도에서 이루어졌음에도, 사드의 가치를 역사적 실천의 현실 위에 위치시키는 방식의 독해는 결국 사드의 작품을 전복적으로 만드는 유물론적 측면을 희석하여 "모든 실천적 적용에서 면제된" 문학적 현상으로 만들고, 실질적으로는 바로 그러한 요인 탓에 오히려 사드가 전혀 다른 것(das Ganz-andere)으로 완전히 축출 또는 배설된다.[20]

---

20 Georges Bataille, "La valeur d'usage de D.A.F. de Sade (Lettre ouverte à mes camarades actuels)", *Œuvres complètes II, Écrits posthumes 1922–1940* (Paris: Gallimard, 1970), 58. 한편, Ffrench에 따르면 "완전히 다른 것(le tout autre 혹은 das ganz Anderes)"의 개념은 독일 신교 신학자인 루돌프 오토(Rudolf Otto)에게서 가져온 것인데, 본디 이성의 범위 너머의 무언가를 대면했을 때의 '종교적인' 감정을 가리키

바타유는 인간의 정신화 역량에 대한 지나친 신뢰는 사악하고 불결한 것들의 물질성에 대한 거부에 기초한다고 지적하며 '이질론(heterology)'이라 부르는 논의를 개진한다. '이질론'은 이질적인 것 혹은 전혀 다른 것의 문제에 대한 학적 고려를 뜻하는 바타유의 신조어이다. 그러나 이질적인 것을 "결연히 (정의상 동질적인 요소들에만 적용 가능한) 과학적 지식의 범위 너머"에 위치시키면서 바타유는 이질론을 ('학'이라는 단어의 엄밀한 의미에서) 이질적인 것의 '학'으로 간주할 가능성을 일축한다. 예컨대 '학'과 같은 이지적 과정이 생산하는 세계의 동질적인 표상의 목표는 언제나 "우주 속 자극의 원천을 빼앗고 제조와 합리적 소비와 생산품의 보존에나 적합한 예속적인 인류를 발전시키는 것"이기 때문이다. 바타유에 의하면 예속적 인류의 발전과 달리 이질론의 목표는 "지금까지 인간 사유의 불발과 수치로 간주되어온 것들"의 배설 과정을 뚜렷하게 가시화하는 데 있다.[21] 동질적인 것이 동질적인 것으로 규정되는 것이나 반대로 이질적인 것이 이질적으로 규정되는 것은 체계의 규칙성 따위로 측정할 수 있는, 그것 내의 어떤 실정적인 일련의 속성들 때문이 아니라 오히려 양자 간의 차등적 관계에 의존하기 때문이다. 즉, 동질적인 것은 그 자체 동질적인 것이 아니라 동질적인 것으로의 형성(동화)을 거부하는 것이 동질성의 규정 및 체계에 대해 소모적이며 그 존재를 위협하는 것으로

던 단어이다. Patrick Ffrench, *After Bataille, Sacrifice, Exposure, Community* (London: LEGENDA, 2007), 33 참고.

21 Bataille, 같은 책, 62.

간주되어 배제된 덕에 그러한 것으로 규정된다. 그렇다면 이질적인 것의 존재는 결국 그것의 배제로 인하여 동질성의 식별 및 그 체계를 가능하게 하는 동시에, 체계의 총체성이라는 환상을 폭로할 수 있다는 점에서 체계를 위협하는 것이기도 하다.

그러나 반대로 이질적인 것의 규정이 결국 동질적인 것으로부터의 배제와 동근원적이라면 이 배제 바깥에서 이질적인 것을 이질적인 것대로 인식하고 사유하는 것은 불가능하다는 것이 문제다. 이질적인 것의 이질성을 인식하고 사유하기 위해서는 역설적으로 그 역인 배제의 동질적 체계가 다시 환기될 것이다. 상기해보면, 바타유의 비평 또한 사드의 글에 관한 읽기인 만큼 불가피하게 사드에 대한 어느 정도 수준의 관념화를 수반하지 않을 수 없다. 여전히 사드의 이질성에 대한 체계적인 일련의 주장은 우리가 이해할 수 있는 방식으로 이루어지는 만큼 오히려 역설적으로 사드 문학에 대한 동질적 설명이라는 것이다. 그 궁극적인 동화 불가능성에 관한 말조차 이질적인 것의 이질성 자체와 언제나 불가피하게 통약 불가능하다(반복한다면, 정의상 이질적인 것은 그 자신을 지칭하는 용어의 외연조차 초과한다는 의미의 효과로만 알려질 수 있을 것이라는 이것 역시 사실 '합리적인' 설명이다).

그러면 바타유는 학적인 접근 대신 어떤 방식으로 이질적인 것에 접근하려 하는가? 학적인 접근에 한계가 따른다면 어쩌면 문학이, 시가 그 대안이 될 수 있을까? 과연 바타유에게 시는 "전적으로 이질적인 세계에 접근하게 해준다는 점에서 (…) 가치 있는 것으로 보인다." 그러나 이 지점에서 바타유는 시가 표상하는 이질성은 "세계에 대한 전적으로 **시적인** 착상"에 불과할 수 있으며,[22] 이 이질성은 자신의 이질적 성격을 유지하기 위해 실천적으로 무능하기를 요구받는다고 지적한다. 게다가 그 이질성이 현실의 현실성을 "열등하고 범속한" 것으로 강등하고 나아가 제거하려는 목적에 유용된다면, 시는 "다수의 미적 동질성 중의 어느 하나"로 변질하여 "사물의 기준 역할을 수행"하는 것으로 환원될지 모른다.[23] 이러한 인식은 더 후기에는 "시의 무의미로까지 치솟지 않은 시는 시의 공허, 그저 아름다운 시에 불과하다"는 인식으로, 조금 더 나아가서는 "시의 의미를 철저히 퍼 올린 나머지 시 자체가 그 정반대의 것으로, 시에 대한 증오감으로 귀결된 경우"에 대한 상상으로 이어진다.[24]

위의 맥락에서 김언희에게 주목할 수 있는 점은 먼저 그에게도 시작(詩作)이 배설과 등치된다는 것이다. 그가 걷는 길 위에서 마주하는 것, 곧 향기로웠던 과육이나 펄펄 뛰는 도다리, "당신", "하느님"을 비롯한 "모든 것"은 이상화의 반대 수순을 겪고 "찌꺼기만 남아 / 똥이 되어가면서 / 냄새를 풍겨대면서 / 점점 땐땐해져가면서 / 항문으로 밀려가는 / 코를 찌르는 / 구절양장, 이 // 분뇨의 길" 위로 옮겨간다. 걷는 길은 입속의 길에 겹치고, 그 길의 귀결은 항문이다(「입속의 길」 / 「왜, 모조리」). 하기야 조금 진부하게 말하면 필요할 때 먹는 것만큼

---

22   같은 책, 62. 여기에서 바타유는 다른 초기의 글에서 그렇듯 시적이라는 단어를 실효성 없는 것, 비현실적인 것의 의미로 사용하고 있다. 강조는 인용자의 것.

23   같은 책, 62.

24   바타유, 『불가능』, 성귀수 옮김(서울: 워크룸프레스, 2014). 1947년에 최초로 출간되었을 때 이 책은 『시의 증오』라고 불렸다.

내보내는 것도 삶에서 간과할 수 없는 부분이다. 더 정확하게는, 무언가 먹고 내 몸으로 동화시키는 것은 관점만 달리하면 나와 함께 나와 다른 부산물들을 생산하는 과정이기도 하며, 한술 더 뜨자면 '나'를 먹일 것처럼 주어지는, '내'가 동화하는 시적 제재[詩料]는 당장 "입에 짝짝 들어붙"어도 '내'가 사실은 나날이 시체가 되는 중이라는 점에서 보자면 차라리 시체를 짓는 재료, 시료(屍料)이다(「시, 혹은」). 그렇다면 심지어 나는 찌꺼기이고 내가 하는 말들은 나라는 찌꺼기에서 나오는 또 다른 찌꺼기여서, 시와 똥은 등식이 성립되는 관계이다. 일단 몸 밖으로 나온 시와 똥을 서로 분간할 수 없는 이유는 아마 여기에 있을 것이다. 실소인지 기대에 찬 명랑한 웃음인지 분간이 안 가는 어조로 "오늘은 또 무엇을 / 똥으로 만들어줄까" 자문하던 시인은 같은 시의 말미에서는 스스로를 "무서운 / 분뇨의 회로"로 지칭하는 동시에 "모든 것은 왜 / (…) 내게서 / 나 것은 / 왜 모조리" 똥이 될 뿐인가 하는 탄식을 쓰게 읊조린다(「왜, 모조리」).

그런데 역설적이지만 또 한 가지 허투루 보이지 않는 점은 김언희에게 시란 (아무리 더럽고 또 형체를 잃어갈 것에 견주더라도) 그저 '말'이라는 것이다. 게다가 시의 말뿐임을 '더러운' 말로 아무리 덮으려 해도, 덮을 것과 덮는 것이 같다면 덮는다는 그 과정은 덮으려고 했던 무언가를 도리어 덮일 수 없을 것으로 탄로 나게 만드는("드러나게 하는") 과정과 동일하다. 덮음이 잠정적인 드러남이고, 드러남이 늘 완수될 수 없는 덮음이라면, 시료를 '사용'해 손에서 비우려 해도, 시 쓰는 것은 "매물과 매물, 장물과 장물"을 맞바꾸는 것과 같고, 결국 시료는 손을 떠나지 않을 것이다. 이 연장선상에서 김언희의 태도를 다시 비춰볼 수 있다. 시를 아름답게 하려는 대신 찌꺼기에서 나온 찌꺼기이자 찌꺼기 중의 찌꺼기로 보이는 것, 그렇지만 거기에 찌꺼기에 특징적인 악취는 제거되었다는 점에서 시란 어쩌면 찌꺼기에 미치지조차 못한다는 것을 빼놓지 않는 김언희의 어법은 시에서 시가 그러하리라고 여겨지는 관념을 벗겨내는 것과 상응한다. 시는 쓰이는 즉시 스스로를 부정하며, 그 부정에도, 혹은 바로 그렇게 부정함으로써 연속된다. 김언희에게 시는 "숙련된 갈보의, 산들거리는, 문자의, 恥毛,"이면서 "리플레이, / 리플레이, 리플레이 되는 집요한, 荒淫의 트랙" 같은 것이다(「볼레로」). 이로써 시는 아무리 헤집어도 발골도 안 될 고깃덩이처럼 "발기한 채로 죽을, 무덤까지, 발기한 채로 갈" 것이다(「시 혹은」).

3.

비평은 흔히 어떤 작가나 작품의 좋고 나쁨 및 가치를 판단하는 것이라고 이해된다. 비평에 대한 이러한 이해가 구태하고 게다가 성근 것일지 모른다는 점을 잠시 보류한다면, 김언희 시에 대한 비평은 시가 어떠한 이유에서 좋거나 나쁜지에 대한 체계적 언술일 것이다.

김언희에 비판적인 비평이 모종의 진실에 다가서는 데 실패했으며, 그럴 수 있는 대안을 내가 그들 대신 마련했다고 주장하고 싶지는 않다. 오히려 나는 김언희의 글 앞에서 눈물을 쏟아야 할지 화를 내야 할지 웃어야 할지도 모른 채 갈팡질팡하게 되는 것이 때때로 부끄럽다. 한 가지 이유는 김언희 시를 통해 보게 된 풍경이 친숙한 것인지 낯선 것인지 아직도 확신하지 못하기 때문이다. 그것을 늘 봐와서 안다고 하기에는 단정하고 곱고 아름다운 것만을 봐온 것만 같다. 어떤 때는 무슨 말로도 설명할 수 없을 것 같은 낯선 느낌에 마치 바깥에서 겨우 힐끔힐끔 바라보는 것 같기도 하다. 그렇다고 김언희를 계기로 참혹하다든가, 미증유의 ('지옥'과 같은) 무언가라든가, 비슷하게는 내가 아는 어떤 것들도 가뿐히 초과한다든가 하는 너스레를 떨기에는 어쩐지 민망해지는 구석이 있다. 시가 하는 말과 그것이 불러일으키는 것들을 너무 가깝지도 않고 멀지도 않은 일정 거리를 두고 분절하는 것, '바깥에서' 보고 짐짓 놀란다는 느낌은 적어도 의심해볼 만한 대상인 것 같다. 김언희의 시에서 느끼는 기이한 낯섦은 내가 나의 편안함을 위해 적극적으로 유지하며, 또 별일이 있지 않으면 앞으로도 유지할 무언가와 공명하는 것일 수 있지 않을까? 심지어 이 순간에도 나는 그것이 김언희가 "독자의 살인적인 음란함"이라고 지칭하는 바로 그것인지 단언하지는 못하고 있지만, 적어도 나는 이런 이유로 김언희를 기꺼이 어딘가의 밖에 놔두는 것에 동의하기가 어렵다.

그렇다고 김언희의 시를 '여성시'에 편입시킬 여지가 있는가 하는 질문에 '그렇다'고 대답하기도 난감한 것은 그가 시 쓰는 주체로서 여성(혹은 자기 자신)의 동일성과 효능(감), 그리고 이를 통한 여성–자아의 선양이라는 문제를 공유하고 있지 않은 것처럼 보이기 때문이다.[25] 나는 김언희가 '여성시'라는, 시인 여성들의 특정한 일련의 실천 방향을 일관적으로 거슬러왔다고 생각한다. 그 배경과 문제의식을 두고 볼 때 여성시라는 범주가 시사하는 바는 뚜렷하며 이를 모르는 체

---

25   김언희, 「시인은 없다」, 『학산문학』(2021년 가을호): 4.

하고 의의를 깎아내리는 것은 게으르고 부당한 일일 것이나, 여성시가 표상하는 군상을 '역행'하는 바로 그 방식으로 인해 오히려 가능하게 된 것이 있다고 생각한다. 시인이자 여성 된 입장에서 대문자 여성의 관념을 탐구하고 '생물학적'인 동시에 법적인 여성으로서의 적법한 대표성을 획득하려는 것과는 다른 방향성, 바로 그러한 대문자 여성을 배신하고 또 그 표상을 가로질러 여성의 비단일성을 폭로하기.

특히 「스타바트 마테르」에서 김언희는 존속살해, 더 정확히는 딸에 의한 모친살해의 장면을 극화한다. "목이잘린채살아있는 / 한낮의 어머니"로 지칭되는 이 존재는 아무리 생각해도 평범하지는 않은 것 같다. 그것은 징그럽게도 끈질기며 좀처럼 끝낼 수 없는 생명력을 지녔다. 그런데 화자인 딸에게 모친의 머리를 직접 자르는 것은 대수롭지 않게 시험 삼아 한번 해볼 만한 일인 것 같다("어머니의목을 / **자른 적이 / 있었다** / 내손으로"[인용자 강조]). 화자는 성모를 위시한 여성적 계보에 대한 단절(이 화자는 어머니의 목을 자른 데다 두 눈과 입술을 꿰매버리기까지 한다)을 영웅담처럼 부각하기보다 절제된 태도로 일관하며, 이를 그려내는 메마른 시어들은 어쩌면 그 어떤 웅변조의 가락보다도 더 효과적으로 '나'를 무서운 결단력을 지닌 존재로 생생하게 살려낸다. 반면 김언희의 또 다른 표현에 따르면, 시인이면서 여성이라는 것, 혹은 여자가 시인이 된다는 것은 이렇다. "—개가뒷다리로일어서서걷는것과같소……여자가시인이된다는건"(「Eleven Kinds of Loneliness」). 이것은 여성의 설교에 대해 "뒷다리로 걷는 강아지처럼 모양은 좋지 않아도 사람을 놀라게 한다"던 새뮤얼 존슨의 말을 상기시킨다(버지니아 울프는 이 말을 『자기만의 방』에 인용하기도 했다). 여성으로서 시를 쓰는 것, 여성임을 조건으로 시를 쓰는 것이 여성성의 정수를 재현하는 과업을 달성하는 무거운 일이 아니라, 뒷다리로 걷는 개가 되는 것과 살인자가 되는 것 사이의 어딘가를 떠도는 일이라고 생각해볼 때의 묘한 자유로움을 떠올리게 된다.

문득, 내가 줄곧 고개 돌리고 싶어 했던 어떤 오래된 고통이 떠오른다. 언제 겪어도 익숙하지만 겪을 때마다 아직도 늘 낯선 어떤 고통, 나 자신을 그것을 겪는 누군가로서 거꾸로 환기하게 하는 고통을. 울타리 밖에 내쳐지고 평소에 나라고 생각한 것, 내가 가진 자원이라고 생각했던 것들을 탈취당하(도록 내버려두)는 감각을 여전히 기억한다. 극한의 절망을 디딤판 삼아 날아갈 것같이 홀가분했다. 그러나 아무리 많은 것을 잃어버리더라도 '나'는 기대만큼 단숨에 끝장나지 않는다. 메다 꽃힌 뒤에는 촘촘하게 금이 간 시계(視界)가 남는다. 그것을 통과하여 나의 밖과 내면을 보다 보면 자아감도 몸도 말할 수 있음도 모두 흩어질 것을 억지로 모아놓은 것일 뿐으로 드러날까 봐 겁에 질리게 된다. 혼자이지 않기 위해 이러한 경험을 상기시키는 것을 찾아다니기도 하고, 나 스스로 거기에 상응하는 말하기를 늘 꿈꾸었다.

내가 김언희와 바타유의 만남을 시도한 것은 그래서였던 것 같다. 바타유의 '개념'들을 참고하면 김언희의 어법을 더 잘 '알게' 되면서도 그를 하나의 우상처럼 경화시키지 않을 수 있을 것이라 기대했다. 정확하게는 그가 주류적 초현실주의에 제시한 (유심론적인 고양이나 승화에 대척적인) 더 '낮은 곳'으로의 방향성이나, 초현실주의자들의 사드가 본디의 실천적 함의를 잃어버린 채 고귀한 미적 전위성의 척도가 되었다는 진단과 같은 것을 경유하면 김언희에 대한 기존의 앎, 혹은 적어도 그러한 것으로 납득되는('맞는') 이야기에 도착하는 대신 미지가 거주하는 곳으로 출발할 수 있을지 모른다고. 그러나 그러기 위해서는 내게 익숙한 문법과 습속을 완전히 벗어버려야 함에도, 실상 감히 그렇게 못하지 않았나 하는 의심이 여전히 따라 붙는다. 이 글의 끝에 와서 나는 이질성을 통해 김언희를 이해하려는 것조차 곤경이라는 것을 인정하지 않을 수 없다. 그 자체 언어적 표현인 김언희 시와 바타유가 말하는 이질성 사이에 유비를 성립시킨다면 김언희와 이질성은 역설적으로 서로를 소외시킬 수밖에 없을 것이다. 왜냐하면 그 유비 안에서는 이질성도 김언희를 설명하는 개념으로 축소될 것이고, 김언희 또한 그 자신 전혀 다른 것(예를 들면 특정 부류의 페미니스트)으로 대해질 것이기 때문이다. 그것은 냉정히 말하자면 내가 소화할 수 있는 방식으로 김언희를 잘게 쪼개서 내 멋대로 이어붙이는 것과 다르지 않다. 그래서 김언희에 대해 쓰는 것은 내 무능함을 오래도록 곱씹는 경험이기도 하다.

결국 글쓰기를 통해 탈취의 체험을 겪는 이로 자신을 세우려고 노력할수록 바로 그 점 때문에 문제의 체험을 온전하게 다룰 수 없어 배신하게 된다. 사실 나를 탈취당한 사람은 말을 할 수 없을 것이고, 탈취에 대해 말하는 내가 있을 수 있다는 것은 그 탈취가 온전하지 않다는 것이다. 어떨 때는 이것이 일종의 패배이고 굴욕이라고, 누구에게도 들키거나 일부러 노출시켜서는 안 된다고 생각하기도 했다. 그런 시점에서 김언희의 "시인은 없다"는 말은 의미심장하다. 『학산문학』 2021년 가을호의 「시인은 없다」라는 아포리즘을 열면서 김언희는 말한다. "시인은 없다. 있다면, 시의 찌꺼기가 있을 뿐이다. 시론 역시 없다. 시는 논리 밖이기 때문이다. 시가 이래야 한다거나, 시가 저러해야 한다는 말은 우스운 말이다. 제가 시인지도 모르는 것이 시다." 시는 모르는 사이에 저 스스로 시가 된다는 말은 어쩌면 시란 언제나 시 아닌 것과의 접경 가까이에 밀어 붙여져야 한다는, 시는 판돈을 몽땅 건 도박과 같은 것이라는 말일지도 모른다. 이 말은 나의 상상적 자아를 포함하여 아무것도 남지 않은 공터 같은 것을 떠올리게 하고, 내가 떠나고 싶었던 온전치 못함을 겹쳐 보게 한다. 그곳이 내가 출발하고 또 도착할 수밖에 없는 장소라면 나에게 더 남은 게 무엇일까?

양의 늑대는 늑대의 양을 보고 웃는다

이우연

남자가 짙은 남색 휠체어 위에 앉아 있다. 그는 죽을 듯이 숨을 헐떡거린다. 여자가 남자의 창백한 다리를 애무하듯 더듬거리다가 거세게 틀어쥐고 뽑아버린다.

피는 흐르지 않는다. 남자는 입을 크게 벌리고 충격으로 비명을 내지른다.

소리는 나지 않는다. 여자가 남자의 분리된 왼쪽 다리를 자기 배위에 올려놓고 아이를 안듯 부드럽게 안아올린다. 남자가 꺽꺽거리며 신음한다. 남자의 발은 부종으로 심각하게 부풀어올라 있다. 남자의 매끈한 다리. 털 한 올 없는. 불거져나온 뼈와 얼룩덜룩한 멍자국.

여자: 아빠.

남자:

여자: 아빠 임신한 것 같아.

남자:

여자: 아빠.

남자:

여자: 아빠 맞아?

남자가 침을 흘린다. 따뜻하고 슬픈 침이 남자의 턱 밑으로 흘러
내린다.

남자:

여자: 내가 어릴 때 아빠가 나를 씻겨주면서 내 질 속에 손가락을
집어넣은 것 같아. 엄마가 잠들었을 때 내가 엄마의 입속에 손가락을
하나씩 밀어넣었던 것처럼.

남자:

여자: 우리가 엄마한테 그랬던 것처럼.

남자:

여자: 우리가.

남자가 휠체어 왼쪽 바퀴에 꽂혀 있던 티슈곽에서 휴지를 거칠
게 잡아 뽑는다. 그는 덜덜 떨리는 손가락으로 볼펜을 쥐고 휴지
에 무엇인가를 적으려 한다. 휴지가 엉망으로 찢어진다. 여자가
휴지를 잡아챈다. 여자가 웃으면서 휴지를 찢어버린다. 오줌과
피와 침과 정액과 시체 조각이 차곡차곡 쌓여 있는 휴지통에 휴
지를 던져버린다. 남자는 백치처럼 입을 벌린 채 침과 신음을 흘
린다.

여자: 미안.

남자가 새로운 휴지 조각을 잡아 뽑는다. 그가 휴지 위에 펜촉을 대고 손가락 근육의 일부를 움직인다. 그의 얼굴이 고통스럽게 일그러진다.

여자: (휴지조각을 잡아채 허공에 펼쳐놓고 또박또박 읽는다) 나는 아무도 강간하지 않았어 너는 미쳤어 네가 미친 거야 나는 가족을 위해 살았어 나는 너를 강간하지 않았어
남자:
여자: 알아. (미소지으며) 아빠는 나를 강간하지 않았어 하지만 나는 강간했어.
남자:
여자: 나는 내 보지에 손가락을 쑤셔넣었어. 아프다고 그만두라고 했는데 듣지 않고 쑤셔박았어. 나중에는 아프지 않았어.
남자:
여자: 아프지 않았어.

여자가 엄지손가락을 그녀의 입속에 밀어넣고 빨기 시작한다. 엄지 손톱을 물어뜯고 다른 모든 손가락들을 차례로 깨문다. 약간의 신음 혹은 침묵. 남자가 흐느끼는 소리.

여자: 꽃꽂이를 해줄까? 침봉에 한 번 더 꽂혀볼래? 죽여다오 죽여다

오, 애걸해볼래?[1]

여자가 남자의 앞에서 제자리 뛰기를 한다. 땀으로 머리카락이 젖을 때까지 한다. 남자가 왼손을 천천히 들어올린다. 여자가 남자의 쓰레기통에 꽂혀 있는 오줌통을 들어 올린다. 약간의 오줌을 들이마시고 남자의 트레이닝 바지를 내린다. 그의 늘어진 성기를 오줌통에 밀어넣는다. 오줌 싸는 소리.

여자: 인형이 있었어. 눕히면 눈을 감는 인형이 있었어. 치마를 들추고
남자애들이 연필심으로 사타구니를 쿡쿡 찌르며 킬킬거릴 때
죽어 죽어 죽어 죽어 죽어 (웃는다.) 걸레쪽처럼 칼질 될 얼굴이
있었어. 쓰레기더미 위에서 제 몸이 불타 없어지는 걸 끝까지 지켜보던 눈이
있었어.[2] (웃음을 그친다. 잠에서 깨어난 어린아이처럼 한 마리의 벌레도 살지 않는 허공에서 무엇인가를 기다리는 거미처럼
멈춘다.)
남자:

여자: 있었어.
남자: (꺽꺽거린다. 팔에서 힘이 풀려 오줌통을 떨어뜨린다. 기울어진

---

1   김언희, 『트렁크』(파주: 문학동네, 2020), 27.
2   같은 책, 26.

오줌통이 그의 사타구니와 바닥을 적신다.)

여자: 없었어. 아빠가 나를 강간하지 않았다는 걸 알아.

남자: (휴지를 뽑는다.)

여자: 구겨진 티슈곽.

남자: (펜을 들어올린다.)

여자: 아무도 내려주지 않은 청소시간의 의자. 남자아이가 아스팔트 바닥을 향해 집어던지는 병아리. 구경하는 눈들.

남자: (멍하니 허공을 바라본다.)

여자: 터지는 안쪽에서 터뜨리는 바깥쪽에서

남자:

여자: 지켜보던 눈들.

남자:

여자: (흐느끼며) 이해하겠어?

남자:

여자: 아빠 고개를 끄덕여 봐.

남자:

여자: 못하겠어? 연필심으로 사타구니를 쿡쿡 찌르며 킬킬거려도 반항하지 않는 인형처럼.

여자가 남자의 축축한 사타구니 위에 올라선다. 남자가 고통스럽게 신음한다. 여자가 남자의 머리칼을 부드럽게 쓰다듬는다. 여자는 그가 그녀의 아빠가 아니라는 것을 알고 있다. 여자는 그가 그녀를 강간하지 않았다는 것을 알고 있다. 여자는 아무도 그녀의 아빠가 아니라는 것을 알고 있다. 여자는 아무도 그녀를 강간하지 않았다는 것을 알고 있다. 여자가 휴지 몇 장을 거칠게 잡아 뽑는다. 휴지조각을 구겨서 남자의 입속에 조심스럽게 밀어 넣는다. 휴지는 남자의 흥건한 침으로 순식간에 젖어든다.

여자: 왜 아무 말도 안 해. 병신아. 왜 아무 말도 안 해?

남자:

여자: (어린아이처럼 또랑또랑한 목소리로) 아빠는 말을 할 수 없어. 아빠는 병신이라서 말을 할 수 없어. 아빠는 포크로 혓바닥을 움직여주지 않으면 혀를 움직일 수도 없어. 아빠는 움직일 수 없어.

남자: (손을 들어올린다. 얼굴을 찡그리며 손가락을 약간 움직여보인다.)

여자: 아빠는 거의 움직일 수 없어.

남자: (기침한다.)

여자: 아빠는 거의 움직일 수 없어. 아빠는 나를 강간할 수 없어. (긴 사이. 남자를 내려다보며) 죽여줄까?

남자: (반색하며 오른손을 들어올린다.)

여자: 배를 밟아서 죽여줄까. 모가지를 톱으로 썰어서? 말해봐. (약간 웃으며) 말하면 뭐든지 해 줄게.

남자: (꺽꺽거린다. 젖은 휴지 조각을 거칠게 뱉어낸다.)

여자: 목을 졸라서 죽여줄까. 쥐약을 목구멍 속에 부어줄까. 삼키는 건 할 수 있잖아. 그렇지?

남자: (꺽꺽거리며 눈물 흘린다. 아주 천천히 고개를 끄덕인다.)

여자: 싫어.

남자:

여자: 난 아빠를 죽이고 싶을 정도로 사랑하지 않아.

남자:

여자: 아빠를 죽이고 싶을 정도로 미워하지 않아.

남자:

여자: 나를 죽이고 싶을 정도로 사랑하지 않듯이,

남자:

여자: (웃으며) 아빠를 그렇게 미워하지 않아.

남자: (허우적거린다, 혹은 허우적거리려 한다. 짐승처럼 우우거리며 흐느낀다.)

여자: (히스테릭하게 웃음을 터뜨린다.) 미워하지 않아. 아빠가 나를 강간하지 않았던 것처럼.

남자:

여자: 아빠가 나를 살해하지 않았던 것처럼.

남자:

여자: 나는 아빠가 기다리는 사람이 되지 않아. 나는 아빠를 강간하지 않아. 나는 아빠를 살해하지 않아. (참지 못하고 웃는다.) 내가 거짓말 한 것처럼 나는 아빠를 강간하지 않았어. 나는 아빠로 자위하지 않아.

남자: (꺽꺽거린다.)

알람 소리. 여자는 남자의 턱 밑으로 떨어지는 침을 유심히 관찰하더니 부엌으로 들어갔다 나온다. 그녀의 손에는 밥과 반찬이 담겨 있는 은색 식판이 들려 있다. 여자는 능숙한 몸짓으로 남자의 가슴에 빨래집게로 신문지를 꽂아 고정시켜 놓고 그의 휠체어 앞에 간이 테이블과 식판을 올린다. 남자가 떨리는 손으로 음식물을 수저 위에 올려 놓는다. 그가 그것을 휴지와 함께 입속으로 쑤셔넣는다. 그는 절망적으로 긴 시간 동안 씹고 삼킨다. 그는 포크로 그의 입속에서 혀의 위치와 음식물의 위치를 조정한다. 음식물의 절반 이상은 그의 턱 밑으로 떨어진다. 그의 가슴에 고정되어 있는 신문지가 김치 국물과 반찬으로 얼룩덜룩하게 더러워진다.

여자: (다정하게) 아빠, 흘리지 말고 꼭꼭 씹어 먹어.

남자가 기침한다. 기침하고 기침하고 기침한다. 고통스럽게 내장을 토해놓을 듯이 기침한다. 음식물이 사방으로 튄다. 여자의 얼굴이 밥알과 침과 김치 조각과 알 수 없는 짐승의 사체 조각으로 더럽혀진다. 여자는 바닥에 대고 끅끅거리며 구역질을 하기 시작한다. 여자는 그녀가 토해놓은 것을 멍하니 내려다본다.

여자: 미안해.
남자:
여자: 미안해, 아빠. 내가 아빠를 낙태하지 않아서. 아빠가 태어나버려서. 아빠가. 내가.
남자:
여자: 미안해. (흐느끼며) 많이 아프지.
남자: (허공을 응시하며 음식물 찌꺼기를 삼킨다. 그의 목울대가 움직인다.)
여자: 숨 쉬게 해서, 삼키게 해서, 더 많이 삼키게 해서, 토한 것보다,

토해낼 수 있는 것보다 더 많이 삼키게 해서 미안해.

남자: (삼킨다.)

여자: (휴지를 뽑아 남자의 턱을 정성스럽게 닦아주며 노래를 부른다.) 이리 온 내 딸아 네 두 눈이 어여쁘구나 먹음직스럽구나.[3]

남자: (울부짖는다. 남자가 할 수 있는 일은 생각밖에 없으므로 남자는 생각한다. 남자는 죽고 싶다고 생각한다. 남자는 죽을 수 없다고 생각한다. 남자는 미치고 싶다고 생각한다. 남자는 병원에서 처방받은 약을 하루 세 끼니와 함께 꼬박꼬박 챙겨 먹고 있으므로 미칠 수 없다고 생각한다. 남자는 다시 일어나고 싶다고 생각한다. 남자는 말하고 싶다고 생각한다. 남자는 혀를 토해내고 싶다고 생각한다. 남자는 혓바닥을 깨물어 그 피를 토해내서라도 말하고 싶다고 생각한다. 남자는 들리고 싶다고 생각한다. 남자는 인간의 언어를 배운 까닭에 대해 생각한다. 남자는 그의 입속으로 밀려들던 그의 혀가 만들어내던 둥글고 부드러운 소리를 생각한다. 남자는 그의 말에 대답하던 입술들을 생각한다. 남자는 그의 언어를 응시하던 눈들을 생각한다. 남자는 멀어버린 눈들을 생각한다. 남자는 인간의 언어를 배워서는 안 되었다고 생각한다. 남자는 불가능하게 될 언어를 배워서는 안 되었다고 생각한다. 남자는 불가능하게 될 줄 몰랐다고 생각한다. 남자는 그에게 아무런 잘못이 없다고 생각한다. 이렇게 될 정도로 큰 잘못을 저지른 적이 없다고 생각한다. 남자는 죽고 싶다고 생각한다. 남자는 죽을

3   같은 책, 32.

수 없다고 생각한다. 남자는 신을 원망한다. 남자는 신을 믿지 않는다. 남자는 자신을 원망한다. 남자는 자기 비하가 천박하다고 생각한다. 남자는 자신을 원망하지 않는다. 남자는 운명을 원망한다. 남자는 운명이 존재하지 않는다고 생각한다. 남자는 운명을 원망하지 않는다. 남자는 여자를 원망한다. 남자는 여자 외에는 아무도 이 자리에 없다고 생각한다. 그 자신조차도 여기에 없다고 생각한다. 남자는 여자를 원망할 수 없다고 생각한다. 남자는 인간의 언어가, 인간의 구멍이, 인간의 결핍이 그를 질식시키고 있다고 생각한다. 질식해도 죽지는 않는다고 생각한다. 어쩌면 영원히 죽지 않을 것이라고 생각한다. 남자는 태어나지 않았어야 했다고 생각한다. 남자는 어머니의 배를 걷어차야 했다고 생각한다. 남자는 아버지의 자지를 잘라 씹어 먹어야 했다고 생각한다. 남자는 태어나서는 안 되었다고 생각한다. 하지만 남자는 그가 그를 낳지 않았다는 것을 알고 있다. 남자는 그가 아무도 낳지 않았다는 것을 알고 있다.

남자는 아무도 그를 낳지 않았다는 것을 알고 있다.

남자는 말하고 싶다고 말하고 싶다고 말하고 싶다고 생각한다. 남자는 말할 수 없다고 생각한다. 남자는 더 이상 말하고 싶다고 생각하지 않아야겠다고 생각한다. 남자는 말하고 싶다고 생각하는 것이 어떤 의미도 없다고 생각한다.

남자는 말하고 싶다고 생각한다.)

여자: (나지막한 목소리로 노래 부르며) 요리 중엔 어린양의 눈알 요

리가 일품이라더구나.[4]

남자는 말하고 싶다고 생각한다.

여자: 미안해, 아빠. 아프게 해서, 슬프게 해서, 태어나게 해서 미안해.

남자는 울고 싶다고 생각한다. 남자는 울고 싶다고 말하고 싶다고 생각한다.

여자: 미안해. 아빠를 낙태하지 않아서 미안해. 엄마를 낙태했던 것처럼 아빠를 낙태하지 않아서. 나를 낙태하지 않아서.

남자는 죽고 싶다고 생각한다.

여자: 아빠를 사랑하지 않아서 미안해.

남자는 죽고 싶다고 말하고 싶다고 생각한다.

여자: 그런데 내가 뭘 할 수 있겠어.

---

4   같은 책, 32.

남자는 죽고 싶다고 말하고 싶다고 생각한다.

여자: 뭘 할 수 있겠어, 내가. 아빠. 내가 아빠를 사랑하지 않는데 어떻게 죽일 수 있겠어. 아빠, 내가 나를 사랑하지 않는데 내가 어떻게 죽일 수 있겠어.

남자는 살고 싶다고 생각한다.

여자: 우리가 어떻게 죽을 수 있겠어.

남자는 살아서 죽어버리고 싶다고 생각한다.

태양이 검은 곳에서 떨고 있다. 남자는 실패했다. 남자는 말이 되는 데 실패했다. 남자는 말하는 데 실패한다. 하얀 피 속에 잠긴 떨리는 눈. 눈은 더 이상 남자를 지켜보지 않는다. 남자의 망가진 형상을 아무도 바라보지 않는다.

여자: (노래한다.) 요리 중엔 어린양의 눈알 요리가 일품이라더구나.

여자가 자기 눈을 남자의 더러운 입가에 가져다 댄다. 남자는 여자의 눈을 깨물지 않는다. 남자는 여자의 눈을 씹어 삼키지 않는다. 여자는 번들거리는 무방비한 눈으로 남자의 입속에 남겨진 음식 찌꺼기들을 바라본다. 여자가 남자의 입속에 비명을 지른다. 남자는 끔찍한 고통으로 턱을 덜덜 떨며 눈물과 침을 흘린다.

여자는 그의 목구멍 속에다 구토한다.

여자: (노래한다.) 잘 먹었다, 착한 딸아, 후벼 먹힌 눈구멍엔 금작화를 심어보고 싶구나. 피고름이 질컥여 물 줄 필요 없으니, 거 좋잖니…….[5]

남자는 침묵한다.

여자: (노래하듯이 높은 목소리로) 중절되지 않았어. 엄마를 중절하고 난 뒤에도 중절되지 않았어. 아빠를 중절하고 난 뒤에도 중절되지 않았어. 어머니가 탯줄을 질질 끌며 간다. (배꼽을 싸잡고) 피투성이 내가 질질 딸려간다. 내가 와락 탯줄을 잡아챈다. (삽을 움켜쥐고) 늙어빠진 어머니가 벌렁 나자빠진다. 몸 밖의 자궁, 자궁 밖의 임신, 사경을 헤매어도 중절되지 않는 어머니. 탯줄에 매달려 어머니 쪼록쪼록 나를 빨아먹는다. 내가 쭈글쭈글해진다.[6]

여자가 비명을 지르며 남자의 휠체어를 흔든다. 남자가 무력하게 고꾸라진다. 여자가 자기 가발을 벗어 남자에게 씌워준다. 여자의 삭발한 머리가 드러난다. 조명 아래 달걀처럼 번들거리는. 남자는 발버둥치려 하지만 이내 체념한다. 약간의 더러운 침과

---

5   같은 책, 32.
6   김언희, 『말라죽은 앵두나무 아래 잠자는 저 여자』(서울: 민음사, 2000), 88.

신음, 경련만이 흘러내린다. 흐느끼는 소리. 남자는 죽고 싶다고 생각한다. 남자는 살고 싶은 만큼 죽고 싶다고 생각한다. 남자는 죽을 수 없다고 생각한다. 남자는 빌어먹을 생각을 그만두고 싶다고 생각한다. 여자가 남자의 속눈썹에 마스카라를 칠한다. 지네 다리처럼 버둥거리는 속눈썹. 여자는 불법적인 꿈으로 오르가즘을 느낀다. 남자는 무기력한 증오로 시체처럼 늘어진다. 남자는 끝내고 싶다고 생각한다. 남자는 끝낼 수 없다고 생각한다. 여자가 깊은 곳을 빌어먹게 깊은 곳을 헤집고 난도질하는 동안 남자는 끝없이 늘어나는 창자를 멍하니 바라본다. 남자의 눈에서 검은 눈이 흘러내린다.

여자: 아빠 따라 해봐, 엄마.

남자:

여자: 어–엄–마–아–

남자:

여자: 따라 해봐.

남자: 아– (흐느낀다.)

여자: 아빠 따라 해봐. 부르지 않으면 엄마는 없어. 부르지 않으면 엄마는 오지 않아.

남자:

여자: 조련사는 서커스 사자에게 따뜻한 젖과 이름을 주었어. 사자는 인간의 언어를 통해 자라났어. 사자의 언어는 인간의 언어였어. 하지만 사자는 인간의 언어를 발음할 수 없었어. 인간의 언어로 말할 수 없었어. 사자는 인간의 언어로 조련사를 엄마라고 부를 수 없었어. 사자

는 조련사를 엄마라고 부르면 조련사가 찾아올지 궁금했어. 하지만 사자가 조련사를 엄마라고 부르지 않아도 조련사는 매일 찾아왔어. 무대에서 사자는 조련사의 머리를 깨물었고 으깨서 삼켰어. 사자의 입속에서 조련사가 엄마하고 부르며 울었어.

남자:

여자: 수학여행을 간다고 아무도 소녀에게 말해주지 않았어. 소녀는 등교했고 교실에는 아무도 없었어. 소녀는 기다렸고 아무도 찾아오지 않았어. 소녀는 아이들의 책상 속에 들어 있던 교과서와 껌과 구겨진 휴지와 과자 부스러기를 전부 끄집어냈어. 아무도 오지 않았어. 소녀는 칠판에 글을 쓰기 시작했어. **아버지가 내 얼굴에 던져 박은 사과 아버지가 그 사과에 던져 박은 식칼 아버지가 내 가슴에 던져 박는 사과 아버지가 그 사과에 던져 박는 식칼 아버지가 내 자궁에 던져 박을 사과 아버지가 그 사과에 던져 박을 식칼**[7] 아무도 오지 않았어. 소녀는 책상에 머리를 처박고 흐느끼기 시작했어. 소녀가 울음을 그쳤을 때 아무도 오지 않았어. 소녀가 다시 울기 시작했을 때 아무도 오지 않았어. 소녀가 비명을 질렀고 아무도 오지 않았어. 소녀가 의자로 유리창을 깼고 아무도 오지 않았어. 소녀가 팔목을 할퀴었고 아무도 오지 않았어. 소녀가 마모되었고 아무도 오지 않았어. 소녀가 살아 있었고 아무도 오지 않았어. 소녀가 페이지들을 잡아 뜯었고 아무도 오지 않았어. 페이지들이 소녀의 손가락 안쪽 살을 잡아 뜯었고 아무도 오지 않

---

[7] 같은 책, 83.

앉어. 소녀는 죽고 싶다고 생각했고 아무도 오지 않았어.

남자:

여자: 엄–마– 따라 해봐, 아빠. 엄–마. 누가 올지도 모르잖아.

　　알람이 울린다. 여자가 방 안으로 들어갔다 나온다. 여자의 손에
는 치약이 묻은 칫솔과 양치 컵이 들려 있다. 여자가 남자의 입안
으로 칫솔을 밀어 넣는다. 깊이. 남자가 구역질을 할 때까지 깊
이. 여자가 칫솔로 남자의 혀와 치아를 문지른다. 남자의 턱 밑으
로 흘러내리는 거품. 남자가 다시는 기억할 수 없을 말을 생각한
다. 여자가 남자의 입 안에 양치 컵에 담긴 물을 흘려 넣고 남자
는 실수로 그것을 삼키고 만다. 남자는 황급히 토해내려 하지만
이내 체념한다.

여자: 고양이에게 사정하는 쥐. 고양이에게 자지를 뜯어 먹히면서도
고양이의 입속에 자지를 처박는 쥐.

　　알람이 울리고 여자가 남자의 초록색 바지를 벗긴다. 남자가 오
한으로 떨며 기다리는 동안 여자는 방에 들어갔다 나온다. 여자
는 간이식 좌변기를 거실까지 옮긴 뒤 남자의 몸을 일으킨다. 남
자가 익사한 시체처럼 여자의 몸 위로 무너져 내린다. 여자가 그
를 간신히 좌변기 위에 올려놓았을 때 여자의 몸은 땀으로 흠뻑
젖어 있다. 남자가 대변을 누려 한다. 남자의 눈은 무력하고 천박
하게 풀려 있다.

여자: 안 나와요, 아빠?

남자는 미동도 하지 않는다.

여자: 안 나온다고?
남자:
여자: 못 싸겠다고?
남자:

여자가 부엌으로 들어갔다 나온다. 여자의 오른손에 세 겹의 비닐장갑. 여자가 남자의 둔부 밑, 간이변기 속으로 손을 밀어 넣는다. 여자가 남자의 항문 속에 손가락을 집어넣는다. 남자가 눈물을 흘린다. 여자가 남자의 항문을 손가락으로 헤집는다. 남자가 짐승 같은 신음을 흘린다. 남자가 여자의 오른손에 대고 똥을 싸기 시작한다. 여자가 웃는다. 기침을 하면서, 격한 웃음.

여자: (폭소하며) 내가 아빠 구멍에 손가락을 한 개 두 개 밀어 넣으니까 싸고 있어.

파리 한 마리가 남자의 이마에 내려앉는다. 남자는 팔을 들어 파리를 쫓으려 하지만 그는 가슴 위까지 손을 올리지 못한다. 파리가 남자의 귓바퀴에 내려앉는다. 남자가 신음을 흘리며 허벅지위에서 손을 움찔거린다. 파리가 더 깊은 곳으로 들어간다. 여자의 웃음소리. 남자가 고개를 좌우로 약간 움직인다. 파리가 더 깊은 곳으로 들어간다. 투명하고 미칠 듯한 날갯짓 소리. 여자가 간이변기에서 오른손을 꺼낸다. 여자의 오른손이 손목까지 똥물로 젖어 있다. 여자가 그것을 남자의 흰 러닝셔츠에 대고 닦는다. 남자는 여자가 그의 옷을 온통 똥으로 더럽힐 때까지 간이변기 위에 가만히 앉아 있다.

여자: 흐트러진 시트. 얼음 속에서 피로 자서전을 쓰는 탐험가. 어린 포로의 아래턱.

남자:

여자: (밝게 웃으며) 창녀 같아, 아빠. (오른손으로 립스틱을 들어 자기 입술에 바르고는 남자에게 키스한다.) 앉아 있는 기계가 되고 똥 만드는 기계가 되고 믿기 어려운 믿을 수 없는 기계가 되고 망상에 끄달리는 기계가 되고 미쳐버리고 싶은 미쳐지지 않는 기계가 되고 헛소리 헛소리 헛소리로 조작되는 기계가 되고 그래도 살고 싶어 아빠? 석 달 열흘 똥피로 쌍똥피를 먹고 피박을 쓰고 살인적으로 살인적으로 음란해지고 이를 갈고 조립되고해체되고해체되고조립되고 무시무시한 기억의 피댓줄에 휘감겨 살고 싶어? 씹어버리고 갈아버리고 마모되면서중독되면서변태가되어가면서절삭되면서파쇄되면서아무것도아닌것이되어가면서 끝난줄알면서도어서끝이 나기만을기다리면서[8] 살고 싶어, 아빠?

8   같은 책, 30–31.

남자:

여자: (장난스럽게 소리친다.) 살려주세요! 살려주세요! 살려줘요 살려줘!

남자:

여자: 죽고 싶어? 죽고 싶을 만큼 살고 싶어?

남자:

여자: 살고 싶은 만큼 죽어버리고 싶어? 끝이 나기를 바라면서. 사막이 낙타를 질컥질컥 씹어 먹기를 바라면서. 뼈도 남지 않기를 바라면서[9] 바라는 것을 그만두기를 바라면서.

남자:

여자: (남자의 긴 가발을 똥 묻은 손으로 만지작거리며) 창녀 같아, 아빠.

남자:

여자: 창녀 같아. 창녀가 아니야. 창녀 같아. 창녀가 아니야. 아빠. 타인과 맞닿지 않고서는 창녀가 될 수 없어.

남자:

여자: 불러줄까?

남자:

여자: 아빠 대신

남자:

---

9   같은 책, 28.

여자: 엄마를?

남자:

여자: 다른 사람들을?

남자:

여자: 창녀로 만들어줄까?

남자:

여자: (노래한다.) 나는야 고양이를 겁탈하는 쥐. 랄랄랄. 내 인생은 피를 보고서야 멈추는 농담. 쥐는 고양이에게 사정한다네.[10]

남자:

여자: 사정한다네.

남자:

여자: 알잖아.

남자:

여자: 아무도 안 올 거야.

남자:

여자: 기다려도 안 와.

남자:

여자: 아무도 널 강간하지 않을 거야.

남자:

여자: 아무도 널 살해하지 않을 거야.

[10]   같은 책, 27.

남자:

여자: 아무도 오지 않을 거야.

남자:

여자: 아빠. 창녀 화장을 하고 창녀 음부를 달고 창녀 행세를 해도 아무도 안 올 거야. 아무도 널 강간하러 오지 않아. 아무도 널 살해하러 오지 않아. 아무도 안 와. 아무도. 아무도.

남자: 아—아—

여자: 엄마도 안 와.

남자:

여자: 내가 엄마를 중절했으니까. 내가 내 자궁을 포크로 파내고 빵 칼로 탯줄을 자르고 자궁 채로 믹서기에 넣고 갈아버렸으니까. 뼛조각은 바다에 뿌리고 갈아놓은 붉은 건 변기에 넣고 내려버렸으니까. 안와. 다시는 안 와.

남자:

여자: 아빠, 나 임신한 것 같아. 아빠를 임신한 것 같아.

남자:

여자: (슬프게) 병신아. 속지 마. 믿지 마. 기대하지 마. 나는 널 임신하지 않아. 나는 널 낙태하지 않아.

남자:

여자: 아무도 널 임신하지 않아. 아무도 널 죽이지 않아.

남자:

여자: 아무도 오지 않아. 아무도 널 끝내지 않아. 아무도 널 사랑하지 않아. 아무도 널 배신하지 않아.

남자:

여자: 우리가 아무도 사랑하지 않는 것처럼.

남자:

여자: 아무도 우리를 사랑하지 않는 것처럼.

남자:

여자: 우리가 우리를 미워하지 않는 것처럼. 사지를 버르적거리며 경련하는 아빠, 좋아? 아빠. 아무도 아빠로부터 아빠를 뿌리째 파내드리지 않아. 아무도 아빠를 목 조르지 않아. 아무도 아빠를 죽이지 않아. 아무도 아빠를 끝내지 않아. 아빠도 아빠를 끝내지 않는 것처럼.

　

남자가 치약 거품으로 하얗게 변한 혓바닥을 쭉 내민다. 여자가 그것을 가위 자 모양을 한 그녀의 손가락 사이에 넣고 자르는 시늉을 한다. 아무것도 잘리지 않는다. 아무것도 변하지 않는다. 남자는 혀를 빼어 문 채로 기다린다. 아무것도 소리치지 않는다. 그들은 기다리는 것을 멈출 수 없다.

파리가 더 깊은 곳으로 들어간다.

구멍 난 피부와　　　　　　　　　　　　　영이
죽음 없는 삶

"죽어도 죽어도 죽은 것 같지가 않지, 당신? 죽은 뒤에도 더, 죽고 싶지? 더 더 더 더 죽고 싶어 // 죽겠지?"(「스너프, 스너프, 스너프」). 모든 죽음은 호상이다. 장례식에 모여 앉은 어른들의 눈물은 시기와 질투의 눈물이다. (아이들은 잘 울지 않는다.) 고개를 푹 숙이고 목구멍이 헐어빠져라 내뱉는 곡소리에는 다음과 같은 메시지가 담겨 있다. '너는 죽기라도 했으니 망정이지, 나는.' 결국 너는 죽었고, 나는 살았다는 흔해 빠진 이야기이다. 죽은 자는 말이 없다. 할 말이 없기 때문이다. 말이라는 것은 욕구에서 나오고 욕구는 결핍에서 나온다. 말할 필요가 없는 사람은 결핍도 없다. 진정으로 행복한 사람은 죽은 사람밖에 없다.

그렇다면 산 사람은 어떻게 되는가? 그렇게도 추잡스럽게, 죽은 사람 바짓가랑이를 붙잡고 나도 데려가지 하고 질러대는 그 치들은 무엇이 그렇게 결핍되어 있는가? 산 사람에게는 죽음이 결핍되어 있다. 결핍의 결핍이 결핍되어 있다. 왜 결핍되어 있는가? 살아 있기 때문이다. 동어반복, 자가당착, 영원회귀의 지옥. 이곳이 김언희의 시가 파내는 반복과 영원의 지옥이다. 지옥은 죽어서 가는 곳이 아니다. 살아서 있는 곳이다.

1. 구멍 난 피부에겐 죽음이 없다

왜 시취는 "썩어갈수록 참혹하게 / 향그러운 // 이 집요한, 주검의 / 구애"처럼(「모과」) 달까? 그것은 산 사람의 몸보다 죽은 사람의 몸이 깨끗하기 때문이다. 산 사람의 몸은 끊임없이 분비물과 배설물을 만들어내지만 죽은 사람의 몸은 더 이상 아무것도 남기지 않는다. 산 사람의 몸 안에 있던 온갖 생명체, 기생충, 박테리아, 바이러스 등은 그가 죽을 때 같이 죽는다. 파리는 사람이 죽고 나서야 그 위에 알을 낳는다. 자신의 아이를 더러운 요람에 뉠 수는 없는 노릇이기 때문이다. 그러니까 엄연히 말해서 썩는 것은 죽은 사람이 아니다. 산 사람이다. 병에 걸리고 늙고 고름이 잡히는 것은 오롯이 산 사람의 몫이다. 다시 말해 부패는 죽음에 다다라서야 끝이 난다.

　김언희 시에 등장하는 몸은 썩어가는 몸이다. "썩는 일만 남"은(「4장 4절」), "오로지 썩는 것이 전부인"(「나는 참아주었네」) 몸이다. 그런데 이 부패가 일어나는 신체는 죽어있는 몸이 아니라 살아 있는 몸이다. 신체는 무덤 안이 아니라 "무덤 밖에서 / 썩어간다"(「그것은 이제」). 그것도 목숨만 간신히 붙어서 단순한 생존 차원에 머무르는 살아 있음이 아니라, "여직도 머리카락이 / 자라고, 손톱 발톱이 길어나오"는(「4장 4절」), 아직도 성장이 일어나는 신체다. 즉, 김언희 시의 신체는 죽은 몸도 죽어가는 몸도 아닌, 오히려 생이 넘쳐흐르는 신체다. 그래서 이 신체의 부패는 죽음에 가까워지는 표시가 아니라 죽음에서 멀어지는 징후로 느껴진다. 도대체 죽음에서 언제까지 멀어질지 모르고 넘쳐흐르는 생을 주체하지 못해서 몸이 썩어 들어가는 것처럼 보인다. 심지어 넘쳐흐르는 생은 신체 자신에게만 고여있지도 않아

때로는 "간다 간다 하는 년이 / 아이 셋을 낳"으며 "여든에 첫아이"를 (「육자배기로」) 보기까지 한다.

부패가 일어나고 부패를 감각하는, 터질 듯이 살아 있는 이 몸은 피부이다. 김언희 시의 신체는 "살도 / 뼈도 없"이(「귀류」) 오로지 바깥으로만, 테두리로만, 피부로만 이루어져 있다. "썩어도 썩어도 주둥이 밖에 안 나"오는, "썩어도 썩어도 항문밖에 안 나"오는, 온몸이 구멍으로만 이루어져 있는 "해삼"처럼, 피부는 오로지 그 가장자리를 나타내는 구멍으로만 규정된다. 그리고 피부 안에 들어있는 내장은 피부를 규정하는 구멍을 통해 언제든지 안팎을 드나들 수 있는 부산물에 불과하다. 해삼은 자신의 "내장까지 게워 바치고도 모"른다(「이슬 같지도, 번갯불 같지도」).

해삼과 같은 김언희 시의 피부-몸은 또한 해삼처럼 단 하나의 구멍만이 있다. 해삼은 하나의 구멍에서 삼키고 뱉고 넣고 꺼내고 싸는 일체의 행위를 모두 한꺼번에 담당한다. 마치 "입이 항문이고"(「셋이며 넷인」) "안구가 질구"이며(「개양귀비」) "입이 보지"인(「이모들은 다」), "어디가 입이고 어디가 항문이어도 좋은"(「시를 분류하는 법, 중국의 백과사전」), "더러운 주둥이로 파헤쳐진 음문이면서, 더러운 주둥이인"(「침대에서 침대로」) 김언희 시의 신체처럼 말이다. 즉, 피부에 뚫린 구멍들에게 각각의 역할 따위는 주어지지 않고 모든 구멍은 다 같은 구멍이다. 마찬가지로 구멍으로 나타나는 피부 또한 개별적 기관으로 구획되지 않는다. 피부는 일찍이 그 위에 어떠한 구분선도 그려진 적 없이 "안이 밖이고 위가 아래고"(「셋이며 넷인」) "이음새 없는"(「유리집」) 하나의 온전한 총체로서 존재한다. 이 구멍 난 총체는 마치 "고무 호스"(「서역」), "장갑"(「생 로랑」)과 같은 형상으로 묘사되는데, 묘하게도 피부가 게워낸 "푸들푸들"한(「월인천강」) 내장, 창자와도 또한 닮아있다.

하나의 구멍으로 이루어진 하나의 피부는 부패의 감각에 고통한다. 피부는 "퍼덩퍼덩 살아 있어도 썩는", "두 눈을 시퍼렇게 뜨고 있어도 썩는"(「한점 해봐, 언니」), "혀가 말리는"(「불안은 불안을 잠식한다」), "숨이 턱턱 막히는"(「월인천강」) "마춰가 안" 되는(「개구기를 물자 말자」) 고통으로 인해 "이를 / 악물"고(「금동미륵」) "비명"(「잎, 또는」), "절규"를(「방」) "울부짖"는다(「늙은 창녀의 노래 3」). 그러나 이 "죽여다오 죽여다오 애걸"하게 만드는(「꽃꽂이」) 고통은 동시에 "환희"이자(「저수지」) "황홀경"이기도 하다(「가족극장, 이리 와요 아버지」). 모든 구멍이 같고 모든 피부가 같은 것처럼 모든 감각 또한 구분되지 않는다. "비명과 교성의, / 경악과 경탄의 // 경계가 // 애매해"진다(「셋이며 넷인」).

피부는 부패와 고통-환희의 끝을, 절정을 원한다. "적당하게 더러운 인생보다 더, 더러운 인생은 없"기에(「아직도 무엇이」), "부패의 척도가 완성의 척도"이기에, 완전하게 더럽고 완전하게 썩은 인생을 원한다(「비정성시」). 그리고 "한 번만 와야 하는 것이 골백번"(「스너프, 스너프, 스너프」) 오듯이, 그 절정이 영원하기를, 절정의 "롤러코스터에서" "영영 / 안 내리고 죽"기를(「운구용 범퍼카」) 원한다. 그러나 절정은 영원히 지속되기는커녕 그 끄트머리조차 보이지를 않는다. "클라이맥스에서 픽 픽 픽 픽 김이 빠지는"(「스너프, 스너프, 스너프」) "하품들"이 "절정에서대개"(「보나파르트 공주의 초상」) 울기에, 결국 피부의 진정한 고통은 "아직도 무엇이, 모자란다 더, 추잡한 무엇이, 더 기름진 무엇이"(「아직도 무엇이」) "죽어야 완성되는 저 미소"의

"**자세를**" 죽지 못해 "**유지하고 있다는**"(「비희도」) 고통이다.[1]

　김언희 시의 신체는 구멍 뚫린 "허불허불한" 몸으로, 절정을 맞지 못한 채 영원토록, 기약 없이 썩어간다. 부패는 절정, 죽음에 다다라서야 끝이 나지만 "한 방울 피에도 되살아나고 되살아나는"(「얘야, 집이 어디니?」) "삶은 나를 / 나는 삶을"(「육자배기로」) "트램펄린처럼 팅겨 올"린다(「수면」). "목구멍에 철사를 박아 더 오오래 / 못 시들게" 하고 "찬물을 뿜어 몇 번이고 / 진저리치며 깨어나게" 한다(「꽃꽂이」). "끝낼 수 없는 / 삶, 끝낼 수 없는 죽음"(「이봐, 지금 시 쓰는 거야?」). "지옥에서는 / 아무도, 죽지 / 않는다"(「옥상 물탱크 속의」).

2. 죽음의 부재─끝없는 시간

"절대로아무것도끝장이나지않아이게이바닥의풍토병이야"(「Endless Jazz 19」). 인간은 죽음에 대한 환상을 갖는다. 실재의 세계에는 "시작도 끝도 없"(「오늘도 어김없이」)지만 인간은 언어를 통해 시작과 끝, 시간의 개념을 창조해냈다. 이로써 결국 인간은 끝의 이후를, 시간의 바깥을, 언어가 없는 곳을 떠올리게 된다. 하지만 인간은 그곳을 알 수 없다. 안다는 것은 전적으로 언어에 의존하는 행위이므로 자신의

1　여기서 피부에 뚫려 있던 구멍도 "꽉 막힌"(「이슬 같지도, 번갯불 같지도」), "터억, 걸린"(「일식 #1」), "칼이 박힌"(「스카이댄서, 영등포」), "부은 목젖에 걸려 / 빠지지 않는"(「용의 국물」), "막힌 변기 같은"(「후렴」), "물은 빠질 새가 없는"(「부생육기」), "제 구멍을 못 이기는 구멍"(「Love Song」), "더 이상 구멍이라고 부를 수 없는 구멍"이(「1, 3, 5, 7, 9」) 된다.

전제인 언어의 바깥을 알 수가 없다. '있음'의 우주 바깥은 '없음'이므로 우주의 바깥은 말 그대로 없는 것처럼, "한 번도 / 없어본, 적이, 없는"(「집요하게 은폐되는」) 인간은 언어의 바깥, '없음'의 존재를 상정할 수만 있을 뿐 그곳을 결코 알 수는 없다. 즉, 인간은 죽음을 상상하지만 죽음을 알 수는 없다. '있는' 인간에게 '없음'은 없는 것처럼, 죽지 않고 살아 있는 인간에게 죽음은 존재하지 않는다. 나아가 에피쿠로스는 인간이 살아 있을 때는 죽음이 없고, 인간이 죽어 있을 때는 그 인간 자신이 없다고 말한다. 따라서 산 자에게는 죽음이 없고 죽은 자는 그 자체가 없으므로, 죽음은 산 자에게도 죽은 자에게도 존재하지 않는다.[2] "우리는 사는 자가 누구인지도 모르고 살다가, 죽는 자가 누구인지도 모르고 죽게 되는 거였소"(「니르바나 에스테틱」).

무언가 시작되면 끝날 것이라는 착각. 그것이 인간 언어의 착각이자 지옥이다. 니체에 따르면 인간은 오랫동안 사물의 이름과 개념을 '영원한 진리'로 믿어왔기 때문에 자신이 짐승보다 우월하다는 자부심에 빠져 있었다. 실제로 인간은 언어로 세계를 인식할 수 있다고 믿었다. 이렇게 인간은 자신이 언어를 직조해 만든 가상의 개념, 시간 또한 영원하고 절대적인 실체라고 굳건하게 믿어왔다. 언어를 쌓아 올리는 자는 자신이 그저 사물들에 이름을 붙이고 있을 뿐이라는 것을 깨달을 만큼 겸손하지가 않았던 것이다. 그러나 이는 어디까지나 언

---

2   Epicurus, "Letter to Menoeceus," *Exploring the Philosophy of Death and Dying* (New York: Taylor & Francis, 2021), 67.

어에 대한 믿음으로 인해 발생한 **끔찍한 오류**이다.[3] 언어 이전의 세계에서 '찾아낸 진실'은 오직 해석만이 있을 뿐 원문을 알 수는 없다는 것이다.[4] 해석의 존재는 곧 원문의 존재를 암시하기에 인간은 원문의 내용을 찾아 나서지만 결코 그것을 읽어낼 수도, 그것에 다다를 수도 없다. 읽고 다다르는 행위 일체가 바로 그 해석-언어의 영역 안에서 이루어지기 때문이다. 즉, 인간의 인식 활동에서 이러한 교착이 벌어지는 이유는 인식 활동의 기반인 언어의 구조화가 실재를 중심으로 이루어지고 있음에도 언어가 실재 그 자체를 표상할 수는 없기 때문이다. 이것을 설명하기 위해서는 "언어처럼 구조화되어 있는" 무의식에 대한 정신분석의 설명을 역으로 빌려올 수 있는데, 언어-무의식에서 기표들이 모여 있는 상징계의 중심에는 실재-주이상스라는 구멍이 존재한다.[5] 그리고 언어-무의식은 상징계의 기표들이 반복되는 끊임없는 연쇄 작용을 만들어내고 여기서 기표들은 자기 자신들의 집합인 상징계에 뚫린 구멍, 실재-주이상스의 테두리를 그리면서 반복된다. 따라서 기표는 실재-주이상스 가장자리의 윤곽만을 그려내고 한정할 수 있을 뿐, 실재-주이상스 그 자체를 표상할 수는 없다. 이처럼 언어에는 실재를 표상할 수 있는 기표가 존재하지 않으므로 인간은

3   Friedrich Nietzche, *Menschliches, Allzumenschliches I und II* (Berlin: De Gruyter, 1988), 30–31.
4   Friedrich Nietzche, *Nachgelassene Fragmente 1885–1887* (Berlin: De Gruyter, 1999), 315.
5   장-다비드 나지오, 『자끄 라깡 핵심이론과 임상』, 라깡분석치료연구회 옮김(서울: 눈출판그룹, 2019), 15.

기표들이 그려낸 구멍의 윤곽을 통해서만 실재의 존재를 가늠할 수 있다. 즉, 이는 해석만이 있을 뿐 원문을 알 수는 없다는 니체의 명제를 증명한다. 그런데 하물며 언어의 구멍조차도 알 수가 없는데 애초에 언어의 한갓 창조물에 불과한 시간 따위에게 바깥씌이나가 존재하겠는가. 따라서 인간은 자신의 시간이 끝날 것이라는, "도시락 폭탄"이 "제 시간에 터져" 줄 것이라는 기대를 안고 살지만 그런 일은 결코 벌어지지 않는다(「운구용 범퍼카」).

결국 '있음'의 존재로 인해 '없음'의 주변부를 더듬게 되는 시간과 언어, 그리고 앎이라는 행위 자체가 곧 기만과 허상, 고통을 의미한다. 이처럼 허무하고 끔찍한 삶과 앎이라는 행위의 과정이 곧 그 존재하지도 않을 죽음으로 향하는 과정이라는 것만큼 아이러니한 진실은 없을 것이다. 본래 이 삶과 앎의 고통, 다른 말로 부패의 과정은 살아 있는 존재가 죽음으로 향하는 과정이다. 혹은 그래야 했을 터이다. 하지만 살아 있는 존재에게 죽음이 존재하지 않으므로 존재는 이 끔찍한 고통에서 결코 벗어날 수가 없다. 무엇보다 죽음의 부재가 고통에서 의미를 박탈시킨다. 고통의 의의가 죽음에 있지만 정작 그 죽음은 다다를 수 없는 목적지라는 이 허무의 부조리로 인해 김언희 시에 나타나는 부패는 죽음에 가까워지는 행위가 아닌, 죽음에서 멀어져 가는 행위로 나타난다.

김언희 시에서 이 '죽어도 죽지 못하는'에 대한 표현은 셀 수도 없이 많다. "웬만해선 숨통을 끊을 수 없는 것", "도끼를 맞아도 언제나 빗맞는 것"(「시를 분류하는 법, 중국의 백과사전」), "이 시체는 / 죽은 게, 아냐"(「어떤 입에다 그걸」), "죽은 것 같지 않은 죽음"(「착오 102」), "죽여도, 죽였는데 또 있는 / 또 있고 / 또 있고 / 또 있는"(「릴리 슈슈의 모든 것」), "배가 갈라져도 숨이 끊어지지 않는"(「불안은 불안을 잠식한다」), "죽어도 죽은 만큼 살아남아 있는 어떻게 죽여도 죽인 만큼 살아남아 있는 미수 밖에 없다"(「지저귀는 기계」). 중요한 것은 이와 같이 '죽지 못함'을 끊임없이 호명하는 행위 자체가 그것의 불합리함, 부조리함, 그리고 가장 끔찍한 고통스러움을 나타내고자 하는 것이라는 사실이다. 김언희 시에는 언뜻 끔찍해 보이는 심상들이 다수 존재하지만 그것들은 단지 끔찍해 보일 뿐, 실상 언어의 기만 아래에 숨겨진, 혹은 사람들이 스스로의 비겁함으로 인해 눈을 피하는 생과 몸의 진실을 드러내 보이는 것이거나, 다다를 수 없는 죽음에 다다르는 환상과 환희(즉, 주이상스)를 나타내기 위한 것들이다. 그러한 심상들을 끔찍한 것이라고 오칭하는 것은 피상적 기만과 비겁의 반복에 다름없다. 김언희 시에서 진정으로 끔찍한 것은 바로 저 '죽지 못함'이라는 영원의 진실이다.

죽음 없는 영원한 삶의 고통은 똑같은 단어의 시작과 끝이 없는 연속, 동어반복의 형태로도 나타난다. 김언희의 문장에는 끈질긴 동어반복이 빽빽하게 들어차 있다. "삼키는 삼키고 삼키고 삼켜서"(「모나리자 화장지」), "기다리는 기다리는 기다리는 노여운"(「고요한 나라 1」), "아버지아버지아버진"(「가족극장, 나에게 벌레를 먹이는」), "육손이, 육손이"(「Knock, Knock, Knock」), "흡혈, 흡혈, 흡혈"(「해 뜨는 집」), "구역질 구역질 애도의 헛구역질"(「더럽게 재수 없는」), "오리대갈통똥묻은오리대갈통똥묻은"(「9999 9999 9999」), "해볼까, 해볼까,"(「대왕오징어」), "비너스 푸티카! 비너스 푸티카!"(「거품의 탄생」), "나팔꽃이 나팔꽃을 내 몸이 내 몸을 감고 감기고 죽어라 죽어라 타오르고 타 올라 훌훌 뛰고 뛰놀고 내 넝쿨이 내 목을 죽어라 죽어라 죽어라 죄고 죄이고"(「아주아주 푸른 자오선」). 여기서 동어반복은 어떤 리듬감을 위한 시적 설계라기보다는 단어들이 쓰인 그대로 반복되는 현상 그 자체에 가깝다. 김언희의 시는 해석의 대상이 아니다. 김언희 시는 언어에 의해 해석되고 왜곡된 실재의 허상을 다시 해석되기 이전의 원래 실재의 현실과 진실로 되돌려놓는 과정으로, 어떤 기술이나 상징들로 파악할 것이 아닌, 단어와 배치의 액면가 그대로를 받아들일 것을 요구한다. 그리고 이 원래의 진실이 바로 죽음 없는 삶과 시간의 영원한 반복이다. 따라서 김언희 시는 실재의 구멍을 그려내는 기표의 반복, 언어 그 자체가 구조화되는 형상을 직조해내고 있다고도 볼 수 있다. 이는 김언희 시에 나타나는 몸의 형상과도 맞아떨어진다. 단 하나의 구멍으로 규정되며 그 구멍을 경계 짓기 위해서만 존재하는 피부. 그런 면에서 김언희의 시는 구조와 심상이 완벽히 일치한다. 즉, 이 주문은 구멍 난 피부를 소환하고 있는 동시에 그 주문서 자체가 구멍 난 피부로 이루어져 있다. 마치 영화 ‹이블 데드›에 등장하는 피부로 만든 책 네크로노미콘을 연상시킨다.[6] 하지만 네크로노미콘과 달리 김언희의 시는 죽은 자를 되살리는 대신, 산 자가 살아 있기 때문에 죽지 못하는 모순의 고통스러운 현실을 폭로한다.

6 ‹이블 데드›의 네크로노미콘에 영향을 준 H. P. 러브크래프트의 네크로노미콘은 인간의 피부로 제작했다는 언급이 따로 존재하지 않는다. 인피로 제작한 실제 도서의 대표적인 예로는 한스 홀바인(Hans Holbein)의 『죽음의 춤(The Dance of Death)』이 있다. Hans Holbein, *The Dance of Death* (London: Printed for J. Coxhead, Holywell-Street, Strand, 1816).

3. 식인과 영원한 삶—『토템과 터부』에 뚫린 구멍

인간은 이 진실의 끔찍함을 마주하는 공포에 못 이겨 오랜 시간 현실로부터 눈을 돌려 왔다. 이의 단적인 예로, 프로이트가 『터부와 토템』에서 근친상간과 식인이라는 두 가지 터부를 다루었던 서로 다른 방식 간의 차이를 한번 살펴보자. 우선 이 두 터부에 대해 설명하려면 두 터부 모두가 각자의 두 발을 디디고 있는 지반인 토템, 그것도 토템 식사(Totemmahlzeit)에 관해 먼저 알아볼 필요가 있다. 토템 식사는 어느 공동체의 조상으로 간주되는 신화적 동물을 해당 집단 전체가 모여 함께 섭취하는 행위다.[7] 프로이트에 따르면 토템 식사 행위에는 두 가지 전제가 원칙적으로 작용하는데, 첫째, 섭취되는 토템 동물은 섭취자 자신을 포함한 친족 구성원 중의 한 명과 다름없으며, 둘째, 토템 동물을 먹음으로써 자기 자신은 토템 동물과 동일시된다.[8] 이러한 전제가 성립하는 이유는 바로 최초의 토템 동물이 이 집단의 아버지였기 때문이다. 어느 날 추방당했던 형제들이 공동으로 행동하여 아버지를 죽이고 그 고기를 먹어버림으로써 아버지 무리를 끝장냈다. 이제 **죽은 사람을 먹는 것이 당연한 일이었던 이 미개한 식인종 형제들은** 먹는 행위를 통해서 아버지와의 동일시를 관철하였고, 아버지가 휘두르던 힘의 일부를 서로 나눠 각자 자기 것으로 동화시켰다.[9] 프로

---

7   W. Wundt, *Mythus und Religion* (Leipzig: Völkerpsychologie, 1906), 116.

8   지그문트 프로이트, 『토템과 터부』, 원당희 옮김(고양: 미래지식, 2021), 198-199.

9   같은 책, 206.

이트는 바로 이 지점에서 두 가지 터부가 발원한다고 주장한다. 그에 따르면 형제들은 권력욕과 성적인 욕구의 강력한 장애물인 아버지를 한편으로 증오했으면서도 동시에 사랑했고 찬양했기에 그들이 아버지를 제거하여 증오를 해소하고 자신들의 소망에 따라 아버지와 동일시하려는 목적을 관철한 이후에는 그때까지 억눌려 있던 다정한 감정이 그들의 마음속에서 솟구쳐 오른다. 따라서 형제들에게는 죄의식이 생겨나고 이를 통해 죽은 아버지는 살아 있을 때보다 더욱더 강력한 힘을 행사하게 된다. 형제들은 마침내 스스로 욕망을 금하게 된 것이다. 이와 같은 자발적 금지가 바로 정신분석학에서 잘 알려져 있는 사후 복종이라는 심적인 상황이다.[10]

여기까지의 설명은 언뜻 흠잡을 데가 없어 보인다. 그런데 이후 프로이트는 이러한 토템 식사에서 생겨난 두 가지 터부가 살인 금지와 근친상간 금지라고 설명한다. 우선 형제들은 아버지와 같은 운명이 재발하는 것을 방지하기 위해 서로 생명의 안전을 보장하면서 어느 누구도 다른 형제를 아버지에게 했던 것처럼 취급해서는 안 된다고 선언한다. 그리고 형제들이 아버지를 제압하기 위해서는 연대했었지만 아버지를 살해한 이후에는 각자가 여자 문제로 경쟁자로 나뉘게 되기 때문에 조직의 분열을 막기 위해서는 어쩔 수 없이 근친상간을 금지할 수밖에 없었다.[11] 이 두 가지 터부의 필요성과 제정 원리에 관한 설명 또한 꽤나 만족스럽다고 할 수 있겠지만, 어딘가 계속 요로

---

10   같은 책, 207.
11   같은 책, 208-211.

결석처럼 걸리는 지점이 있다. 아버지를 살해한 이후에 그 시체를 먹었던 행위는 위의 설명 어디에서 찾아볼 수 있는가? 왜 어느 순간 식인 행위는 그저 살인 행위로 축소되었는가? **죽은 사람을 먹는 것이 당연한 행위였던 미개한 식인종 형제들은 어떻게 해서 죽은 사람을 먹는 것이 당연하지 않은 문명인이 되었는가?** 위의 설명 이후에도 프로이트는 형제들이 삶의 조건 변화 때문에 아버지가 갖고 있던 속성을 위협받을 때마다 친부 살해 행위를 토템 동물의 희생 제식으로 새롭게 반복하게 되었다며 이들에게 심리학적 전이 현상이 일어나게 되었음을 밝히는데, 여기서 또한 아버지의 고기를 섭취하는 얘기는 온데간데없이 사라졌다. 이어지는 서술에서도 논지는 계속해서 '살인을 해서는 안 된다'는 원칙으로만 한정된다.[12] 궁극적으로 이 첫 번째 터부에 대한 프로이트의 논의는 그것이 후대에 종교적 원칙으로 계승되었음을 규명하며 끝을 맺는다. 즉, 과거의 토템 식사는 성찬식으로 되살아나고, 성찬식에서는 이제 형제무리가 더는 아버지의 살과 피가 아니라 아버지의 대체물인 아들의 살과 피를 맛보며, 이 맛봄을 통하여 성스러워지면서 아버지와 동일화된다는 것이다. 하지만 프로이트는 끝끝내 자식들의 아버지 섭취를 단지 아버지를 향한 자식들의 동일시 행위 정도로만 바라볼 뿐, 그것이 터부로서 금지된 과정을 설명하려는 시도조차 하지 않는다. 그는 "아버지를 죽이고 먹으려는 환상적인 소망은 도덕적 반작용을 작용"시킨다고 서술하지만, 아버지를 죽

---

12 같은 책, 210–211.

이려는 환상적 소망이 도덕적 반작용을 작용시키는 원리를 해명하면 서도, 아버지를 먹으려는 환상적 소망이 도덕적 반작용을 작용시키는 원리는 일절 설명하지 않는다.[13] 어째서 프로이트는 엄격하게 보자면 친부 살해라는 원형적 행위의 부수적, 이차적 행위에 불과한 근친상 간 금지를 논의할 때는 누락하거나 왜곡 혹은 축소한 부분이 없었음 에도 정작 친부 살해 행위의 중추 과정에 속하는 식인 행위와 관련해 서는 이와 같은 실종 사고를 벌이고 말았는가?

지금까지 『토템과 터부』에서 논의된 금지들은 아버지와의 동일시 로 인해 자신 혹은 자신의 형제가 아버지와 같은 죽음을 맞을 것에 대 한 공포에 그 근원을 두고 있다. 살인 금지뿐 아니라 근친상간 금지 또 한 친족 내의 여성 거래 과정에서 형제간에 유혈사태가 일어날 것을 우려해 생기게 된 원칙이다. 어쩌면 프로이트는 터부를 만들어낼 수 있을 만한 원형적 공포로서 죽음에 대한 공포 단 한 가지만을 염두에 두었기 때문에 식인 금지를 설명할 만한 근거를 찾지 못했던 것이 아 닐까? 그러니까 죽음이 없는 영원한 삶에 대한 공포를 감히 떠올려내 지 못했기에 식인 금지에 대한 논의를 의도적으로 피해 온 것이 아닌 가 하는 것이다. 식인 금지를 작동시키는 원인을 죽음 부재에 대한 공 포로 볼 수 있는 근거는 다음과 같다. 앞서 설명했듯이 형제들은 자신 들이 살해한 아버지의 시체를 다 함께 먹음으로써 아버지와의 동일시 를 이루었고 그의 힘마저 서로 나누어 가졌다. 그리고 이 동일시로 인

13　같은 책, 221-227.

해서 자신들이 아버지와 같은 운명을 맞게 될 것에 대한 심리적 공포가 그들의 마음속에서 자라나게 된 것인데, 그렇다면 그들이 두려워하는 아버지의 운명은 단지 자식들에게 살해당하는 것뿐만이 아니라 먹히는 것까지 포함해야만 할 것이다. 나아가 이들의 아버지는 자식들에게 먹혀서 자식들에게 동일시를 당하고 '죽은' 이후에 자식들의 심적 기제로 살아 있었을 때보다 더욱 강력한 권위를 휘두르며 형형하게 현존한다. 결국 자식들의 식인 행위를 통해 아버지의 고기는 영원히 회귀하는 생의 과정 속에 들어가게 된다. 형제들은 이 끝나지 않는 운명의 공포에 짓눌려 식인을 금지할 수밖에 없었던 것이 아닐까? 그리고 죽음보다 무서운 이 공포는 프로이트를 포함한 연구자들에게도 똑같이 영향을 미쳐 그들 또한 이 공포와 이 공포에서 발원한 식인 금지를 도저히 제대로 바라볼 수가 없었던 것이 아닐까? 만일 여기서 이 추리가 충분한 설득력을 가진다면 이 시점에서 삶의 영원성에 대한 공포는 크게 두 가지로 분류될 수 있다. 1. 살아 있는 동안에는 죽음이 없기 때문에 삶이 영원하다는, 그리고 이 사실로 인해서 살아 있는 동안에는 끊임없이 고통받을 수밖에 없다는 구조적 공포. 2. 살아 있던 존재가 다른 존재에게 먹히고 동일시당해 자신의 삶이 끊임없이 다시 소환되어 지속되고 영원한 순환 관계 속에 갇혀버린다는, 죽음조차 자신의 존재 자체를 영원히 끝내버릴 수 없다는 세계–우주적 공포. 여기서 후자의 공포는 『토템과 터부』에서도 단편적으로나마 잠깐 언급되는 아즈텍의 식인 제의에서 가장 명백하게 드러난다.[14] 아즈텍 인신 공양 문화의 중요한 신화적 역할 중 하나는 시간이 끊이지 않고 순환할 수 있도록 유지하는 것이었다. 아즈텍의 신화에서 "농포로 둘러싸인 신" 나나와친(Nanahuatzin)은 스스로 불에 뛰어들어 태양이 되었고, 그가 단순히 하늘에 가만히 떠 있는 것이 아니라 밤낮으로 순환하며 움직이도록 하기 위해 다른 신들 또한 자신들을 희생해야만 했다.[15] 아즈텍인들은 태양의 순환을 지속하기 위해 이러한 신들의 희생이 계속해서 반복되어야 한다고 생각했고, 이렇게 이제는 인간들 스스로가 의복의 형태로 신들의 외양을 모방한 후 목숨을 희생하는 의식 행위가 만들어지게 되었다. 여기서 희생은 단순히 죽음을 맞는 그 인간 한 명에게서만 이루어지는 것이 아니라 신화 속에서 죽음을 맞았던 신들에게서도 영원토록 무한히 반복되는 것이다. 이러한 아즈텍의 인신 공양–식인 제의의 구체적인 예로는 시페 토텍(Xipe Totec)의 축제를 들어볼 수가 있겠다. 시페 토텍은 '피부가 벗겨진 자'를 의미하는데, 이름 그대로 그는 인간의 가죽을 거꾸로 뒤집어쓰고 있다. 시페 토텍에게 제물을 바치는 행위 또한 죽음과 삶의 순환을 가

---

14   프로이트는 어째선지 자신이 아즈텍의 것과 같은 "신인동형의 제물"에 관해서는 "동물 제물처럼 상세히 다룰 수가 없"다고 고백하는데, 이 역시 앞선 논의들과 마찬가지로 식인이 주는 영원한 삶에 대한 공포에서 기인하는 일종의 연구자적 방어기제의 발현인 것으로 추측해 본다. 같은 책, 202, 217.

15   Eduardro Matos Moctezuma, *Life and Death in the Templo Mayor* (Colorado: University Press of Colorado, 1995), 45.

능케 하는 것으로 여겨졌는데, 제물로 선정된 자들은 희생되기 이전에 시페 토텍의 살아 있는 형상을 체화하도록 장식되었고, 이후에는 제사장에 의해 산 채로 심장이 뽑혔다. 여기서 주목할 만한 점은 심장을 뽑은 제사장 또한 희생자들의 가죽을 벗겨 뒤집어쓴 뒤에 춤을 추었으며, 가죽을 제외한 나머지 고기는 축제 참가자들이 섭취하였다는 사실이다.[16] 즉, 시페 토텍의 축제에서는 희생자 본인이 먼저 신의 형상을 취한 뒤, 축제 참가자들이 그의 가죽을 입고 그의 고기를 먹음으로써 신의 존재를 또다시 한 번 체화한다.

"누군가가 태어나려면 누군가가 죽어야 하는 여기"(「여기」), "먹고만 살았으니 / 먹혀야 한다고"(「그라시아스 2014」), "매순간내가나를 씹어삼키는생물"(「6분전의 생물」) 식인 행위가 터부이기는커녕, 시간과 생명의 순환을 가능토록 만드는 중요한 행사를 구성했었던 아즈텍인들에게는 식인 행위가, 삶의 영원한 반복이 공포스러운 것으로 다가오지는 않았을 것이다. 김언희의 시 또한 위의 구절과 같이 이러한 식인-순환 행위를 소환해내는데, 여기서의 어조는 마치 너무나도 당연한 과학적 원리라도 설명하고 있는 듯한 아즈텍인의 담담함과도 같다. 김언희의 시에서도 죽음으로 끝나지 않는 영원한 삶의 순환은 공포스러운 것으로 다가오지 않는다. 다만 끔찍할 뿐이다. 고통의 끔찍함과 그것에 대한 공포감은 전혀 다른 감각이다. 공포감은 자신이 그 공포감의 대상을 피할 수 있을 것을 전제로 한다. 그러나 아즈텍인

---

16   Davíd Carrasco, "Give Me Some Skin: The Charisma of the Aztec Warrior," *History of Religions*, Vol. 35, No. 1 (1995): 4–5.

들의 세계관과 김언희의 시에서 고기의 순환은 피할 수 있는 것이 아니다. 너무나도 당연한 원리이자 원칙이다. 하지만 그럼에도 아즈텍인들은 그 끔찍함을 전면에는 내세우지 않는 것과 달리 김언희 시는 끊임없이 그 끔찍함을 또 호명하고 또 호명한다. 어째서 김언희의 시는 이 당연한 운명 그 자체에는 담담한 태도를 취할 수가 있으면서도 그것의 끔찍함에는 담담해질 수가 없는 것일까?

4. 모욕—영원회귀의 수용

"*너를 죽이지 않는 것은 / 너를 강하게 만든다, 개소리, 개소리, / 개소리*"(「어떤 입에다 그걸」). "**너를 죽이지 않는 것은 너를 강하게 만든다.**"[17] 니체가 말했다. 니체 또한 영원히 반복되는 시간과 삶에 대해서 이야기했다. 그리고 그 또한 그러한 운명의 끔찍함에 전율했다. "어느 날 혹은 어느 밤, 한 악마가 가장 적적한 고독 속에 잠겨 있는 네 뒤로 살그머니 다가와 다음과 같이 네게 말한다면 너는 어떻게 할 것인가! ‹네가 현재 살고 있고 지금까지 살아온 생을 다시 한 번, 나아가 수없이 몇 번이고 되살아야만 한다. 거기에는 무엇하나 새로운 것은 없을 것이다. 일체의 고통과 기쁨, 일체의 사념과 탄식, 너의 생애의 일일이 열거키 어려운 크고 작은 일들이 다시금 되풀이되어야 한다. 모조리 그대로의 순서로 되돌아오는 것이다—이 거미도, 나무 사이의 월

17　Friedrich Nietzche, *Der Fall Wagner. Götzen-Dämmerung. Der Antichrist. Ecce homo. Dionysos-Dithyramben. Nietzsche contra Wagner* (Berlin: De Gruyter, 1999), 60.

광도, 지금의 이 순간까지도, 그리고 나 자신도. 존재의 영원한 모래시계는 언제까지나 다시 회전하며 그것과 함께 미세한 모래알에 불과한 너 자신 역시 같이 회전될 것이다.〉"[18] 니체는 이에 "땅에 엎드려 이를 악물고서, 그렇게 말한 그 악마를 저주"했다. 당연한 처사이다. 그의 말대로 이 운명에 대해 알게 되는 것은 한 인간에게 "최대의 무게(Das grösste Schwergewicht)"로 다가올 수밖에 없는 것이다. 그러나 이 초과 중량의 인식에 짓눌려서 니체는 다시 일어서기를 원한다. 그는 그렇게 하기 위해 "이 최종적이요 영원한 확인과 봉인 그 이상의 어떤 것도 원하지 않"을 것을, "자신과 인생을 사랑"할 것을 다짐한다.[19] 그 유명한 '아모르 파티(amor fati)'가 등장하는 지점이다.[20]

니체는 자신도 아즈텍인들처럼 피할 수 없으면 즐기기를 원했다. 그는 『차라투스트라는 이렇게 말했다』에서 이 끔찍한 운명을 사랑으로 받아들이는 자신의 모습을 초인의 환상으로 표현했다. 차라투스트라의 환상 속에서 젊은 양치기는 육중하고 검은 뱀이 "그의 목구멍 속으로 들어가 그곳을 꽉 물"어 "몸을 비틀고 구역질하고 경련을 일으키며 얼굴을 찡그리고 있었"다. 이때 차라투스트라의 안에서는 '공포', '증오', '구역질', '연민'이 치밀어 올라 그는 양치기에게 뱀의 대가리를 물어뜯으라고 외친다. 양치기는 초인의 일갈에 따라 뱀의 머리를 물어뜯어 뱉어버린다. 차라투스트라의 눈에 웃는 양치기의 얼굴이

---

18 프리드리히 니체, 『즐거운 지식』, 권영숙 옮김(서울: 청하출판사, 1987), 284.
19 같은 책, 284-285.
20 Friedrich Nietzche, *Der Fall Wagner*, 436.

비친다. 차라투스트라는 그의 웃음을 일컬어 "일찍이 지상에서 그가 웃듯이 웃었던 자는 아무도 없었다"고 표현한다. 여기서 뱀, 스스로의 꼬리를 물어 시작과 끝이 없는 고리를 만드는 우로보로스는 영원히 회귀하는 운명 인식의 형상화이다. 양치기는 인식의 중압감에 고통스러워하며 몸부림치나 초인의 비전에 의해 인식의 모가지를 끊고 고통에서 벗어나는 데 성공한다. 이제 양치기의 웃음은 운명을 사랑할 수 있게 된 자의 웃음이다. "인간의 웃음이 아닌 웃음." 그렇다. 양치기는 인간이 아니다. 초인은 양치기를 "환상" 속에서 보았다. 초인은 분명 운명이 자신의 목구멍을 물어뜯을 때 어떻게 대처해야 할지를 알고 있지만, 아직 스스로 그것을 행하지는 못했다. 차라투스트라는 양치기의 웃음을 보고 나서 "갈증이, 결코 잠재울 수 없는 동경이", "이러한 웃음에 대한 나의 동경이" 자신을 "갉아먹는다"고 탄식한다. 단연 인간뿐 아니라 인간을 초월한 초인에게조차도 운명에 대한 사랑은 불가능한, 동경의 대상이다. "아, 이제 삶을 어떻게 견딜 것인가! 그리고 지금 죽어야 한다는 것도 어떻게 견딜 것인가!"[21] 초인조차도 운명과 마주쳐서는 죽음을 구걸한다.

운명의 진실을 알게 되었다고 그것을 받아들일 수 있는 것은 아니다. 운명의 당연함에 대해 인간은 영원히 담담해질 수 없고, 그저 하염없이 다가오지 않는 죽음을 기원하는 수밖에는 없다. 그렇다면 결국 아즈텍인들은 어떻게 인간임에도 자신들의 운명을 받아들이고 그것

---

21   프리드리히 니체, 『차라투스트라는 이렇게 말했다』, 장희창 옮김(서울: 민음사, 2004), 282–283.

에 담담할 수가 있었는가? 아즈텍인들의 경우에는 그들 식인 제의의 명분을 주목해보아야 한다. 아즈텍 신화에서 나나와친이 태양이 된 이후에 만일 다른 신들이 스스로를 희생하지 않았다면 공전이 일어나지 않았을 것이다. 아즈텍인들은 자신들이 식인 제의를 계속해서 행하지 않는다면 시간의 흐름이, 운명의 순환이 언젠가는 멈춰버릴 것이라고 생각했다. 즉, 그들은 항상 언제든지 자신들의 운명이 끝날 수도 있다는 공포를 상정함으로써 오히려 그 운명의 합리화가 가능했다. 그들에게 운명은 끊이지 않아 끔찍한 것이 아니라 반드시 끊기지 않고 계속되어야만 하는 것이다. 그들은 운명의 필요를 만들어냄으로써 운명을 받아들이고 그것에 담담해질 수 있었다. 물론 여기서 그들의 공포는 어디까지나 가상의 공포이다. 인간이 인식 그 자체의 한계로 인해 죽음에 닿을 수 없듯이, 마찬가지로 인간은 운명 정지에 결코 다다를 수 없다. 결국 아즈텍인들은 이 피할 수 없는 운명의 당연한 끔찍함에 대한 일종의 전이이자 해소로서 운명 정지라는 가상의 공포를 만들어낸 것이다. 이로써 운명의 끔찍한 진실은 그들에게 좀 더 견딜 만한 것이 된다.

나가지 않으며

아즈텍인들과 달리 김언희 시는 견딜 수 없는 진실 위에 덮여 있는 허상의 장막을 자신의 손으로 찢어발겨 운명의 끔찍함을 똑바로 목도하기를 선택했다. 그러나 김언희 시는 운명과 마주해 니체가 노래했던 초월적 받아들임조차도 꿈꾸지 않는다. 왜냐하면 이 고통과 지옥은 인간의 유일한 권리이기 때문이다. 「마그나 카르타」에서 집요하리만치 읊조리는 권리들처럼, 인간에게는 다가오지 않는 죽음에, 끝나지 않는 생에 영원히 구역질할 권리가 있다. 역겨움이야말로 인간 불명예의 증명이요, 실천이다. "지금나는여기있고싶어서있는거야등신이지옥은내손으로개축하고증축한거라고"(「Endless Jazz 19」), "나는 / 당신의 뱃속에서 끝까지 / 삭지 / 않겠다"(「단 한줄도 쓰지 않았다」), "천축으로는 자기 혼자 가!"(「습」), "이러다가 도를 얻게 될까봐, 이러다가 말일성도로 거듭날까봐 불안해지거든"(「가게 되면 앉게 되거든」). 왜 도를 얻게 되는 것이 불안하고 말일성도로 거듭나는 것이 불안하냐 하면, 이 모든 것을 받아들이는 것은, 납득하는 것은, 초월하는 것은 바로 지금에 대한 부정이기 때문이다. 지금 나는 영원과 함께하며 내가 뱉은 토사물 속에서 뒹구르르 굴러가며 몸부림치고 있는데, 이것을 내가 그저 받아들여 버린다면 나는 내 고통과 내 지옥을, 내 역겨움을 스스로 욕보이게 된다. 담담함은 내 치욕에 대한 모욕이다. 그러니 나는 영원히 담담해지지 않을 것이다. 나는 고통에 맞서, 영원에 맞서 "웃어서는 안 되는 곳으로 웃"고, "너무 흐드러"지고, "너무 자지러"지고, "목에 칼이 들어와도 뉘우칠 줄 모르"고, "눈을 내리깔 줄 모"를 것이다(「도금봉을 위하여」). 최대로 무거운 운명 아래에 깔려 흙바닥에 얼굴을 처박고 엎어진 나는 내 혓바닥으로 살포시 흙을 핥아 올릴 것이다.

중음계   변다원

I

전파에 업혀 우주를 종횡무진 달리는 수억 갈래의 정지된 가랑이들과, 지구에서 배설되어 나온 희멀건 유인선이, 흩뿌려지기만 할 뿐 절대로 소멸되지는 않는 디지털 정액마냥 우주를 오염시키고 있었다고 한다.

＊

선실 안은 언제나 무언가가 진행 중이었다. 잠시도 쉬지 않고 목적지를 향해 유인선이 날아가고 있었고, 그러기 위해서 온갖 기계가 항시 작동 중이었으며, 그 기계를 작동하기 위한 사람들도 그랬다. 선실의 벽을 뒤덮은 적나라한 배관과 전선 따위의 벌려진 모양새를 가만히 관찰하다 보면 우주선이 어떻게 작동하는지 알 수 있을 것만 같은 착각을 불러일으켰고, 가끔은 우리가 알아듣도록 전류가 말소리를 내며 흘러 다니는 것도 같았다. 그리고 그 소리에 응답할 자격이 있는 사람들마저, 이를테면 비행사, 과학자, 기술공이나 간수 따위의 인물까지도 우리와 같은 흰 점프수트를 갖춰 입은 모습이 꼭 우리와 같은 우주선의 부품처럼 보였다.

그러나 공기를 타고 우리의 변과 오줌, 땀과 체취가 모인 간이화장실의 냄새가 우리가 어쩔 수 없이 각기 인간이라는 것을 채근하듯 상기시켰다. 식수로 활용하기 위해 집수된 오줌과 땀의 냄새가, 맡기만 한다면 누구의 것인지 알 수 있을 것만 같은 인간임의 잔해는 죄수들의 입속으로 들어갈 때마다 기다림을 키워가게끔 만들었다. 그들은 멀쩡한 물을, 냄새나지 않는 물을 마시게 될 날을 희망했다.

*

사형이라는 단어는 그 자체에서 풍기는 엄숙함만 이겨낸다면 안식을 꿈꾸게도 해주었고, 승리를 꿈꾸게도 해주었다. 사형이 완전히 폐지되던 날, 어떤 이들의 어쩌면, 아주 어쩌면 가능했을 항소심의 승리에 대한 간절함과, 어떤 이들의 고통 없이 죽을 수 있을 날에 대한 기다림, 공포와 불안과 함께, 중력이 없는 것처럼 온 내장을 붕 뜨게 만드는 것과, 지구 내핵이 끌어당기는 듯 추락하는 것, 절망과 고통과 그 앞으로, 그 안으로 나아갈 힘이 인도 아래에 사장되었다.

우리 교도소를 운영하던 기업에게 우주라는 곳은 무한한 쓰레기통쯤으로 취급되는 듯했다. 아니면 연구비 명목으로 받아낼 수 있는 투자금액이 우주선에 우리를 태워 보낼 비용을 제하고도 충분히 이득이 되었을지도. 연유가 어찌 되었건 죄수들에게는 내막이 공개되지 않았다. 그들은 자신이 정말로 정착지에 무사히 도착할 것이라고 믿고 싶었다. 그들은 오랜만에 느끼는 희망의 에너지를 감당하지 못하고 압도되어 눈이 멀어버렸다.

본성에 희망이 깃들어 있던 이들은, 도착하리라 믿었던 이들은 수갑을 찬 채 우주에서 영원을 떠돌게 되었다. 새카만 눈을 동그랗게 뜬 채 미처 감지 못한, 마치 저들이 감옥에서 먹던 동결 건조된 메뚜기처럼.

남은 우리는 흔치 않게도 사형수가 되길 꿈꾸지 않았던 무기수였었다. 태생부터 믿음을 달고 태어나질 못했던 우리는 그때도 그저 눈을 뜨고 죽는 것은 피하고 싶다, 하는 생각 정도만 하곤 했었다.

＊

유인선 끝의 감방으로 가는 복도는 일부러 불길하게 조성해놓은 듯 비좁게 휘어있었다. 은근하게 시작되어 감방에 도착할 즈음엔 핏빛의 붉은 기가 도는 복도의 끝에는 구석으로 갈수록 검어지기까지 하는 붉은 감방이 있었다. 감방 벽면을 둘러싼 수면 캡슐은 유인선이 발사된 지 얼마 되지도 않아 금세 텅 비어버렸으나 그 비어있음은 언젠가 그곳이 비어있지 않았다는 것, 비어있지 않는 곳도 언제든 비워질 수 있다는 것을 상기시키기 위한 소품처럼 놓여있었다. 출입구의 투명한 자동개폐식 문은 감방 안에서는 어떻게 해도 꿈쩍도 않았지만, 바깥의 사람이 손가락만 한 번 놀려도 마우스를 달칵거리는 소리를 내며 넙죽하고 열렸다.

소등 시간의 루틴은 다를 바 없었다. 확인할 것도 없는 인원수를 관성적으로 확인한 간수가 수면 캡슐을 잠그고 나간 뒤엔 얼마만큼 반항을 꿈꾸건 간에 자는 것 이외에는 딱히 선택지가 없었다. 수면 캡슐에 들어갈 때마다 우리는 알집에 도로 갇히는 기분이었다. 기상 시간이 되면 우리는 마치 억지로 태어나길 반복해야 하는 저주에 걸린 것 같았다. 낯선 욕구는 캡슐 문이 닫힐 때마다 속절없이 눌러 담겼다.

완전하게 동물적인 암흑 속으로, 점점 더 그 아래의 아래를 찾아서 사라진 새에 우리가 어떤 꿈을 꾸었는지는 모르겠다. 다만, 우리가 잠에서 깨어날 때마다, 비워진 캡슐 사이에서 우리가 그 새삼스러운 사실을 매번 전율하듯 깨달았고, 구름처럼 부연 무언가를 우리 자신도 모르게 원망했다는 것은 확실했다.

＊

감방과 공용 공간인 화장실 정도를 제외하면, 다른 사람들의 생활공간에 가까이 가는 것조차 허락되지 않았다. 그렇다고 해서 우리가 다른 인물을 마주칠 일이 아예 없는 것은 아니었다. 그들은 틈만 나면 감방에 기어들어와 우리 가랑이 사이로 파고들었다. 남의 가랑이 사이보다 좋은 곳이 있다면, 굳이 그럴 필요가 없었을 터였다. 지금 그들과 우리에겐 이곳뿐이었다. 여기, 이곳. 이 사람들이 전부였다.

사영아는 우리를 부력으로 현실에 끌어다놓는 역할을 담당하고 있었다. 가끔씩 사식을 넣어주기도 하고, 다 잘될 것이라는 말을 조심스럽게 얹기도 하는 그녀는 수면 캡슐을 열 때만은 밤사이 마음을 다잡기라도 하는 것인지, 의무적인 몸짓으로 캡슐의 문을 벌컥 열고 우리를 끌어낸 뒤 캡슐 문을 잠갔다. 경직된 그녀의 숨결에선 언제나 알코올 냄새가 났다.

빈 캡슐들이 줄 지은 허연 방에서 우리는 종일 인공위성을 구경하며 밤에 잠에 들지 않을 수 있게 에너지를 아꼈다. 자랑스러운 비밀들이 괴이하게 생긴 모습을 하고 지구에 붙어있는 이들의 머리 위에 구름처럼 떠있었다. 우리는 마치 우리의 시선이 그것을 소멸을 시킬 수 있는 능력이라도 가진 것처럼 인공위성을 세세하게 뜯어보곤 했다. 우리가 어디에서 죽던 우리의 무덤은 저곳이 될 터였다. 누가 찍었는지도 모르는 사진, 동영상. 기록되는 줄도 모르고 움직였던 수많은 몸뚱이가 죽지도 못하게 방부 처리되어 비행운을 남기며 끌려 다녔다.

Ⅱ

약시니가 다리를 놀릴 때에는 자그만 톱니바퀴 수십 개가 각자 역할을 다해 맞물리는 소리를 낸다. 처음 약시니가 찾아왔을 때 미라는 평소처럼 창문에 들러붙어 앉아 인공위성이나 쳐다보고 있었다. 미라의 발가락 사이를 간질이는 작은 생명체는 인사라도 하듯 손톱만 한 납작한 머리에 달린 더듬이를 까닥거렸다. 그때까지만 해도 약시니는 미라의 발바닥보다도 몸통이 짧았고, 더듬이와 다리 끝이 아직 투명한 맑은 빛깔이었다. 부드럽게, 조용히 부지런히 수백 개의 발을 놀려 미라의 다리를 타고 오르는 약시니의 걸음은 기분 좋은 바느질 같았다. 미라는 약시니를 건드리지도, 어딘가로 유인하지도 않았다. 점점 몸집이 커지는 약시니는 자유를 흉내 내며 온 우주선 안을 헤집고 다녔다.

미라의 허벅지를 두툼히 휘감은 약시니는 이제 족히 칠십 센티미터는 되어 보인다. 단단한 등갑은 가장자리로 갈수록 짙어지는 적빛을 띠고, 독침을 가진 턱다리는 완전한 붉은색이다. 약시니의 걸음은 더 이상 조용하지 않아 바느질이라기보다는 미싱질에 가까워졌다. 미라는 약시니와 눈을 마주칠 수 있게 되었다. 서로를 빤히 응시하는 미라와 약시니는 사냥감을 노리는 것처럼도 보이고, 사랑에 빠진 것처럼도 보인다.

한참 뒤에야 자신이 키우는 지네가 미라를 방문한다는 것을 알게 된 사영아는 처음으로 미라에게 화를 낸다. 드릴 소리 같은 목소리가 고막을 파고들고, 몸에 난 구멍마다 알코올 냄새가 스며들어 미라는 혈관 한 가닥 한 가닥, 내장 주름 한 겹 한 겹을 소독해대는 듯 속이 쓰라리다. 사영아가 미라의 허벅지 쪽으로 손을 뻗으며 다가가자 미라는 메뚜기처럼 펄쩍 뛰어 도망친다. 약시니는 미라의 갑작스러운 움직임에 놀라 미라의 살을 턱다리로 꽉 붙잡는다.

독침이 빠져나간 자리엔 두 개의 꽤 큼직한 구멍이 뚫려있다. 맑은 피가 미라의 허벅지를 타고 내려가 약시니를 적신다. 약시니는 잠시 경련하듯 몸을 비틀며 다리를 수차례 떤다. 수백 개의 마디가 일제히 진동하며 피 냄새를 퍼뜨린다. 미라는 기꺼이 미끄덩거리는 피 냄새에 잠긴다. 쓰라렸던 혈관이, 내장이, 지방층과 근육마저 감전된 듯 번쩍거린다. 무자비하게, 박음질이 터져나간다. 모든 것이 무너지고 깨지고 만다.

지네독이 퍼지고 있는 요전의 상처에 소변을 들이부었던 일 때문일까, 미라는 사영아가 가까이 올 때면 발가락을 까닥거리며 공포에 떤다. 사영아는 우리의 긴장을 눈치 채고 경계하지만 무엇 때문인지는 모르는 척한다. 막연히 오줌을 맞고 기분이 상한 것이겠거니, 짐작하는 양 사카린이 든 술을 몰래 빼어내 미라에게 선물한다. 잘그락 소리를 내는 뚜껑을 여니 단내가 섞인 알코올 향이 훅 끼친다. 사영아가 풍기는 냄새의 정체였다. 미라는 주둥이가 긴 술병에 입술을 착 붙이고 사영아의 응충액 같은 술을 입안 가득 머금는다. 사영아는 미라의 목젖이 울컥 움직이길 기다리며 미라의 목덜미만 바라보고 있다. 달콤한 냄새의 술맛은 지나칠 만큼 쓰다. 미라는 일부러 쓴맛을 더하려 커피에 사카린을 넣어 마셨던 날들에 구역감이 든다. 사카린이 쓰다는 말에 임신한 것 아니냐고 묻던 음성. 중력 아래로 떨어뜨려버리고 싶은 것들. 미라는 술을 토해내고 술병을 바닥에 던져버린다. 깨진 유리조각이 바닥에 아무렇게나 흐트러진다.

＊

소등시간이 다가오는데 유리조각은 그 자리에 있다. 감방을 다시 찾은 사영아가 그것을 밟는다. 사영아의 발바닥이 죽 갈라져 피를 뱉어낸다. 사영아는 창가에 앉아있는 미라에게 다가간다. 사영아는 미라의 어깨를 잡아 몸을 돌리고 미라의 뺨을 내려친다. 사영아의 손바닥이 벌겋게 얼룩진다. 사영아가 서있는 자리에 작은 피 웅덩이가 생긴다. 미라는 피 웅덩이가 점점 번져 자신의 발뒤꿈치에 닿을 때까지도 아무런 반응이 없다.

사영아는 갈라진 발바닥에 손을 집어넣어 유리조각을 끄집어낸다. 그녀는 미라에게 따지려는 듯 손바닥에 유리조각을 얹고 성큼성큼 미라에게 다가간다. 미라는 사영아의 손에 자신의 손끝이라도 닿을까 조심하며 그것을 집어 든다. 날카롭게 바스러지는 유리조각에 사영아의 피가 엉망으로 엉켜있다. 미라는 유리조각의 모서리를 자신의 한쪽 눈알에 박아 넣는다. 눈꺼풀 아래서 나온 물이 피를 희석시켜 나간다. 천천히 뽑아낸 미라의 눈알엔 그물처럼 얽힌 시신경이 붙어 있다. 시신경은 머리 없이 살아남아 팔딱거린다.

✳

텅 빈 미라의 안와는 허전하지 않다. 애초에 그 편이 말이 되었다.

손바닥 위에 날선 유리조각 대신 아직 뜨듯한 눈알을 얹은 사영아는 예상치 못한 선물을 받은 듯이 어쩔 줄을 모른다. 미라는 남아있는 눈으로 사영아를 채근한다.

사영아는 손바닥을 오목하게 구부려 눈알을 담는 그릇처럼 만든다. 흐물흐물한 시신경이 사영아의 손금을 타고 뿌리내린다. 파리한 손가락이 달싹거린다. 가죽 아래, 살 아래서부터 사영아는 뾰족하게 얼어붙고 있다. 새카만 미라의 눈동자가 눈꺼풀도 없이 동그란 얼음에 박혀 사영아를 바라본다. 사영아가 경직되어가는 팔을 힘겹게 들어올린다. 아직도 죽지 않은 눈동자가 그 느린 움직임을 좇는다. 사영아의 팔은 이미 투명하게 얼어붙어있다. 손가락까지 번진 맑음이 녹아내리기 전에, 손끝이 고드름처럼 길쭉해진 그 찰나에 사영아는 미라의 배에 그것을 꽂아 넣으려 한다. 엇나간 방향의 끝에는 운명처럼 미라의 나머지 눈이 있다. 얼음이 동공을 파고들자 미라의 홍채가 순식간에 눈꽃을 터뜨린다. 사영아는 이미 녹아내리기 시작한 팔을 움직이지 못한다. 손끝을 미라의 눈에 파묻은 채로, 무너져 내린다.

*

한쪽 얼굴엔 텅 빈 구멍이 나고, 다른 한쪽 얼굴엔 곰팡이처럼 눈꽃이 피어난 채로 미라는 기다린다. 잔 얼음들이 녹아내리며 미라의 뺨을 타고 흐른다.

Ⅲ

발가벗은 뱃속이 썩어가고 있을 때… 불룩해지기 시작한 배가, 날이 갈수록 배꼽 아래가 거멓게 삭아갈 때, 목구멍 너머로부터 썩은 물이 올라와 언제나 입안이 쓸 때, 자꾸만 뻐끔거리는 입안의 침이 독이 되도록 침묵할 때, 입속에서 침이 납처럼 끓을 때, 귀밑샘 가득 독이 차오를 때, 죽음을 향해 삐뚜름하게 미소 지을 때, 터질 듯이 씨방이 부풀어 오를 때, 고막이 탱탱 울릴 때, 젖꼭지가 빳빳해질 때, 온몸의 숨구멍이 분화구처럼 벌어져갈 때, 오래 묻혀있던 관짝 속의 창부 같은 냄새가 스멀스멀 기어 나올 때, 기어 나온 습한 흙냄새가 감방에 차오를 때….

＊

오랜만에 간수가 감방의 문을 열 때, 그가 아직도 그곳에 있는 유리조각들을 저벅저벅 밟으며 다가올 때, 미생물이 번식하는 냄새에, 고인 물에서조차 생명이 태어나는 냄새에 익사해버렸을 때, 젖가슴에 터질 듯 부패액을 담고서 암술 같은 동공으로 그 말라비틀어진 몸을 똑바로 마주볼 때… 여러 갈래로 탱글탱글하게 나뉜 동공이, 확장된 촉각으로 습기를 뚫고 건조한 간수의 몸을 더듬을 때, 허여멀건 점프수트가 부스럭거리며 변태하듯 벗겨져 나갈 때, 그 남자가 내장까지 빨아먹혀 금세 미라가 될 때,

＊

나는 탯줄처럼 구불어지고 늘어지며, 바쁘게 시체를 먹어치우며, 어미의 배를 불려나가며…

＊

독 안에 든 모녀가 서로의 자궁과 심장을 먹어치우는 소리, 눈이 눈을 먹는 소리, 귀가 귀를 먹는 소리, 육즙이 뚝뚝 떨어지는 소리, 아득아득 뼈까지 씹는 소리, 죽은 입과 산 입을 떠억 벌리고, 숨이 숨을 삼키는 소리, 넋이 넋을 삼키는 소리, 뼈가 뼈를 핥는 소리가 흙냄새와 뒤엉켜, 태아마냥 뚝 떨어지는 악마적 소리.

*

나는 마치 태초와 같이. 울지도 않았을 것이다. 나는 잘라낼 것도 닦아
낼 것도 없었을 것이다. 나는 그저 아가리를 우악스럽게 벌린 채 태어
났을 것이다. 나는 벌어진 아가리를 다무는 법을 끝끝내 배우지 않았
을 것이다. 나의 이빨에선 맹독이 나왔을 것이다. 내가 혓바닥이 훑고
간 자리마다 냄새나는 죽음이 피어났을 것이다. 나는 죽음과 함께 살
아갔을 것이다. 나는 죽음으로 살아갔을 것이다. 나는 죽음을 낳을 때
까지도 살아갔을 것이다.

*

나는 산 것을 놓치지 않고야 말았을 것이다. 나는 그 냄새를, 살아있어
야만 했던 치욕의 냄새를, 두 눈을 멀게 해버리고 마는 독한 냄새, 형
벌처럼 배우고 말았던 냄새, 대대로 물려주는 성병 걸린 생식기의 냄
새, 병 걸려 태어난 비뚜름한 이빨 사이에 껴있는 썩은 냄새, 수없이
삼키게 되었던 냄새, 맡는다는 치욕이 결국 나를 만들었다는 망상의
냄새, 그저 태어났을 뿐인데 맡는 순간 무엇인지 바로 알아차릴 수밖
에 없는, 그 냄새를 나는 절대로 놓치지 않았을 것이다.

*

나는 도저히 외면하지 못했을 것이다.
나는 결국엔 낚아챘을 것이다.

나는 기꺼이 이빨로 뜯어내어 주었을 것이다.

＊

나는 무덤을 파헤쳐 주었을 것이다.
나는 무덤 속에서 죽은 척하던 푸르딩딩한 살덩이들을 쪽쪽 빨
아먹어주었을 것이다.
나는 죄까지 멍이 들어버린 살점들을 모조리 소화시켜주었을
것이다.
나는 배설된 잔해를 비옥한 지옥의 땅에 곱게 묻어주었을 것
이다.
나는 맘 편히 썩어빠질 수 있도록, 비참히 버려주었을 것이다.

작은 공알의 역사   한초원

시집이 내게 주문한다. 밥그릇에 담긴 시편들이 있소. 시를 씹어 드시오. 배가 불러올 때 긴 잠을 청하시오. 잠에서 깨어나면, 전신 거울 앞으로 가시오. 그리고 그 속에 펼쳐져 보이는 세상을 내게 모두 보여주시오. 나는 시키는 대로 했다. 거실 중앙의 KNAPPER 전신 거울 48x160cm, 그 속엔 원래도 온전한 신체가 있었던 적이 없다. 시선의 날에 따라 벌어지고 갈라지는 몸, 눈을 보면 눈이 떨어져 나오고, 팔을 보면 팔이, 배꼽을 보면 배꼽이 떨어져 나온다. 해체된 과거의 흔적, 조각난 신체 덩이와 덩이와 덩이. 거울 속에서: 사랑을 찾는 눈, 멸시하는 눈, 매번 다른 사람의 눈동자가 들어앉는 눈, 운동하고 온 어깨, 티비에서 본 어깨, 2013년 설날 죽기 직전 퉁퉁 부은 허벅지, xxx, xxx, xxx 입들을 거쳐 온 젖꼭지, 2019년 가을 죽도록 쥐어뜯던. 쥐어뜯기던 피부, 선분홍색 흉터 속 러닝타임 300분 장편 대서사, 아버지 똥배, xvideos 포르노 사이트에서 본 동양 여자 엉덩이, 어린 시절 목욕탕에서 보던 듬성한 치모 한 다발. 거울 속 내 머리에는 단 한 번도 내 몸이 달렸던 적이 없고, 팔과 다리는 단 한 번도 내 몸에 달렸던 적이 없다. 그리고, 사랑하는 사람의 음부. 어머니 음부… 오늘 무엇보다 지금은 음부. 내 경우 언제나 어머니의 것이었던… 어머니? 어머니, 어느…

(변비로 사망한 어머니, 변비 없는 시집) 죽은 어머니 음부가 내 가랑이를 벌린다. 다리가 벌어지면 드러나는 생식기 거뭇하고 주름이 진 채 늘어진 두 갈래의 피부, 그 사이에 분명하게 드러난 클리토리스, 과거의 축축한 목욕탕 속 뜨신 물을 찰랑이며 슬쩍슬쩍 그 모습을 비추던, 조각난 신체들 중 말을 가장 잘하는 음부. 내가 기꺼이 나이기를 포기할 가치가 있는 저 음부의 이야기가 들려올 때까지, 다리를 벌리면 잘려 나가는 발목이 거울로부터 탈락하는 순간 도주 또한 포기한다. 본다. 뚫어져라, 어머니 음부 속 낯선 음핵이 얼굴을 들이민다. 그러나 저것은 어머니 것이 아니고 분명 시집에서 온 것이다. 불룩한 두덩 위 콩알만 하게 처진 대가리가 굽어보는 거울 속 음핵을 본다, 이미 나는 거울 앞에 오기 전 시집을 모두 삼켰고 시집은 나를 삼켰다. 거울을 보는 이 두 눈, 거울과 관계하는 시신경 한 다발을 나의 몫으로 나머지를 모두 시에게 내어주고, 내 신체를 수술대 삼아 직접 횟감이 되어 벌어지는 모든 광경 속에 내가 있을 때,

중얼중얼 말을 걸어오는, 일상의 수음 생활의 섹스를 성실히 흘려보낸 오르가즘 여과기 수십 년 세월, 중년의 음핵을 본다. 밥풀 찌끼 기름때에 얽히고설킨 수챗구멍 속 머리카락 같은, 찝찝한 정 찝찝한 돈 찝찝한 아버지, 찝찝한 사랑 찝찝한 어머니의 찌꺼기를 걸러온 거야, 질 좋은 절정을 선사해 드리려고 발기, 절정, 해소의 묵직한 굴렁쇠를 굴리는 이 내 생의 순환, 신경종말기관 대가리를 본다. 어느 날 대가리에 피가 쏠린 여느 발기를 본다. 내가 보지 않았다면 영원히 없었을 그 발기를, 하수구에 걸린 슬리퍼처럼 발기에 걸려 빠지지 않는 아버지 자지 한 개, 왜 하필 지금 아버지인지 물을 필요도 의심의 여지도 없이, 묵직한 돌덩이 자루 같은 아버지의 무게, 여느, 여느 일평

생 이것은 알고 있었다 언젠가 이런 날이 올 거라고. 도무지 빠질 생각을 않는 날이, 바로 지금 준비된 살신성인 절정의 뒤통수를 물고 놓아주지 않는 음핵이 이 거울 속에 있다. 아버지 섞인 피가 해면체 망상구조 사이사이 쏠려 분기탱천 시뻘건 얼굴, 얼굴 없는 얼굴로 불가촉을 고집한다. 닿지 않으려고. 찌꺼기를 그러안고 백 살까지 발기만 하려고 이미 터질 듯이 부풀어 오른 음핵, 밤낮 사흘 오르가즘 컨트롤의 아슬아슬 외줄 타기로 경련하면서 죽기 살기 충혈한다. 푸르딩딩 제 피에 못 이겨 피가 살을 삼킬 때까지. 환희의 원천이, 환멸의 원천이 되는 건 시간문제 아냐? 지긋지긋한 거야, 이제는 찌꺼기가 지긋지긋한 제 몸에, 손에 칼을 쥐여주려고. 스스로 칼에 썰려 출가하려고, 환멸에 오르는 통증을 감내하며 치밀한 계획적 도발을 한다. 이제껏 보아온 거울 속 이토록 대대적인 성적 실천이 있었나. 없었다. 칼질을 조장하는 성적 실천, 해면체 대가리의 일생일대 일촉즉발 그 장면이 지금 이 거울 속에, 유리를 깨고 손을 넣어 딱 한 번만 만져보고 싶었다. 달아올라 뻔뻔히 떨리는 내 손가락으로 그 음핵을 톡, 건드려 보고 싶었다. 쌓인 찌꺼기를 쏟아내고 싶었다. 내가, 새파란 불길로 훌훌 뛰는 스물 아홉의 내가 이미 과거의 액자에 걸린 음부에 미치도록 손을 대고 싶었다. 움찔할 때 질구에 싱싱하고 투명한 생선 눈알을 넣어놓고 죽어라 도망가고 싶었다. 나는 지금 여섯 권의 시집 앞에서 견자(犬者)와 견자(覎者) 사이 양다리를 아슬아슬 외줄 타고 있다. 내 어머니를 보면서 시인을 보면서 개가 되어가면서. 말 그대로 개가 되어가면서 깨끗한, 너무 깨끗한 시집에 들어앉은 활자들을 보면서. 기다림, 기다림,

절정에 도달하지 않는 경계에 선 절정, 피 말리는 벼랑 끝을 버티고 선 음핵의 두덩 다리 무게가 가벼워진다. 숨이 숨을 삼키고 눈이 멀고

생각이 사라지는 고원기(高原期)의 이완. 숨죽인 경련에 리듬이 생기고 새로운 리듬의 원천에서 샘솟는 도취. 시의 리듬이 들려오도록, 더 끝에서 끝으로, 경계의 끝으로, 경련이 진동이 될 때까지 더 많은 피를, 더 더러운 피를, 이 고양감, more edge, less stress, what, yes, this gon' be my new pace. 오르가즘에 사탕발린 미래를 밟고 그 위에 서는 고통스러운 황홀경의 새 지평, 전신 거울만 한 틈새 영원 같은 벌판이 내 앞에 벌어진다. 헐떡이는 내 피가 나를 삼켜 눈알까지 차오르는 이 느낌, 이 순간, 내가 내 작은 공알의 역사를 바쳐 온 여기. 또 누가? 죽은 어머니, 어머니가 어머니 작은 공알의 역사를 바쳐 온 여기. (그러나 필자의 어머니는 여기서 견디지 못하고 변비로 사망한다) 또 누가? 이 새하얀 시집의 글자들… 막힌 수챗구멍에서 정신적인 성병이, 눈에는 임질이, 입에는 매독이 음부에 감창이 퍼지고 온몸에 시뻘건 독버섯이 오를 때, 드디어 진통제 같은 황홀경 뒤통수의 끄트머리를 쓰다듬며 파고드는 칼날의 맛. 눈앞이 하얘질 만큼 차가운 칼날의 쇠 비린내. 천천히, 영혼을 썰어내는 부드러운 칼질, 소리 없이 시작해서 소리 없이 끝난. 40년을 기다린 설마 했던 썰음질, 육절기의 깨달음. 아, 내 눈은 칼에 달려 있었구나. 음핵도 아니고 몸뚱이도 아니고 자른 건 칼이었어요 아버지, 서걱서걱 밀고 빼는 썰음질에 애증 세월로 휘감긴 추억의 신경다발이 침묵의 비명을 지르는 현장, 이곳에서 오로지 모든 것을 아는 칼, 연필만 깎아온 칼이 고기 써는 칼로 거듭나는 숭고함. 수십 년 제 몸을 깎아 점점 짧은 무기가 되어가며 서린 한의 흑연이 묻은 이 칼에 썰린, 음핵과 몸에게는 아득히 깊은 곳에 간직해 온 분리의 소망만이. 구멍과 구멍과 구멍만이 남은 몸, 찌꺼기를 그러안은 시뻘건 단백질 고깃덩이. 다만 칼은 손에 쥔 몸이 아닌 썰려 나온 고기 편이다. 이 칼이 낳은 고기는 흑연이 묻은 금단의 고기. 칼에 깎인 연필로 쓰인 활자처럼, 썰려 나온 음핵은 영원히 썩지 않는다. 썰린 것, 오래도록 썩어갈 것은 몸이고 살아 나온 것이 이 공알만 한 고깃덩이다.

엉덩짝 같은 불두덩 품에서 태어난 고기. 드디어 눈이 뜨인, 아직도 경련하는 피도 안 마른, 갈고리에 걸려 나온, 독립적인, 어엿한 고기. 한 번도 보지 못했던 눈높이에서 분리된 몸과 눈을 맞추는, 음핵뿐인 고기가 웃는다. 실룩실룩 고기가 해골의 웃음을 웃는다. 낯가죽을 벗겨도 벗겨도 해골은 없으면서 물크레한 고기의 몸으로 운명을 거머쥔 웃음을 웃는다. 아찔한, 아득히 정신이 나갈 것 같은 이 거울 속에서, 피부가 시뻘겋게 문드러지고 기억의 피댓줄에 휘갈겨 썹히고 갈리고 눈깔이 뒤집히는 고통은 지금 온다. 고통에 못 이겨 피가 벌건 뱃가죽이 창자를 빼물고 더러운 시멘트 바닥을 기는 고통은 칼질 뒤편에 있다. 끓는 피가 얼어붙고 피고름이 눈앞을 가리는 혼란 또한 칼질 뒤편에 있다. 고통은 자기 몸에서 잘려 나간 것이 무엇인지 잘 알지 못할 때 비로소 온다. 벼락처럼, 음핵이 없다는 것은 둘로 나뉘어 영원히 다시 붙을 수 없는 과거의 상실이다. 언제나 연결은 그리움으로 서로에게 갈고리를 건다. 그리고 진정한 그리움은 착각에서 출발한다. 그리운 고기, 그리운 몸, 건망증과 섬망증, 분열증과 편집증, 전기톱을 손에 들고 뒤통수를 질질 끌며 환상통에 시달릴… 음핵? 착각이 아닌가? 귀두다. 절단이 과거가 된 지금부터 음핵은 귀두다. 혹은 충혈된 고등어 눈알인가. 내가 굽던, 대가리가 숯이 되어도 투명하게 빛나던? 내가 세운 헛좆과 귀접하는 십만 팔천 캐럿짜리 망상 가락지, 스스로 발명해 낸 공포 그 자체이거나 혹은, 아버지. 아버지의 자지, 절단된 것은 이제 어떤 것도 될 수 있다. 내가 보는 모든 것, 잘린 손목, 거울에서 탈락한 발목, 닭발무침, 돼지 대가리, 툭, 떨어진 한쪽 귀와 툭, 떨어진 모가지의 모든 풍경은 절단의 향수를 불러일으킨다. 그때 비로소 시작되는 통증. 절반은 집착이 되고 절반은 환멸이 되어 질척이는, 무릎이 꿇리고 배를 기는 고통의 정점은 그것과 그것의 유착에 있다. 분리와 그리움에서 비롯된 착오와 착란에 있다. 내 손이 한 일을 내가 모르게 될 때. 마찬가지로 지금 이 거울 속 가랑이 사이 달린 이것은 음핵이 아니다. 나는 음핵이 아니면서 음핵으로 달려있는 내 음부를 본다. 이것은 음핵이 맞나? 손잡이. 문고리. 생선 대가리. 자지인가, 눈이 타버리고 주둥이가 지져진? 혹은 시, 내가 보는 혼란, 나 자체다. 진물이 흐르는 문둥이의 고통, 변기 속에서 젖은 티슈처럼 풀어지는 존재의 고통은 나의 것이다. 그것을 알기 위해 이제까지 살아왔으면서도 그것이 무엇인지 숨 쉴 때마다 알지 못하게 되는 연속적 착란 속에서 그것은 그것을, 그것에서 떨어져 나온 그것을, 한 입 베어 물면 주르륵 피가 흐르는 달걀. 내가 낳은 난자의 맛. 아버지가 먹이는 아버지 고환의 맛, 먹어도 썰어도 절대 죽지 않는 웃음을 삼킨 진기한 맛. 기어코 입에 넣은 음핵을 씹어 삼킨다, 씹어 먹는다.

이때 거울은? 나는 본다, 고로 나는 내가 보는 것이다. 피 칠갑의 속 창 빠진 몸뚱이 씩 웃어 보이는 그것이 나다. 유착, 망막이 쩍쩍 들러붙는 이 거울 속 각각 주인 다른 부위들이 만든 나. 거울은 유리, 유리가 분절된 신체를 다시 하나로 묶어 매듯이 언어가 나를 그것으로 묶을 때 나는 내가 된다. 한 번도 제대로 제 몸의 것이었던 적이 없던 이 음핵이, 몸에서 떨어져 나와 어엿이 서로를 마주할 때 비로소 연결이 완성되듯이. 나는 잘린 그것과 먹힌 그것을 보는 거울 속에서 이제 그것이 된다. 각각의 그것에게 생겨나는 눈. 저 거대한 이미지, 몸은 가장 밑바닥에서 공동화된 구멍과 구멍으로 삼키고 배출한다. 자궁이 마르고 망상과 섬망, 정신적 성병으로 비루먹은 피부 껍데기를 두른 몸, 배를 끄는 피 칠갑의 시뻘건 거죽데기에 기대를 거는 이는, 사람 구실은 없다. 눈이 입, 먹는 것이 곧 보는 것이다. 입과 항문으로 이루어진 먹고 누는 기계의 영광, 보이는 모든 것은 먹이, 음핵, 사람까지, 모든 것을 먹어 치울 금단의 육고기, 있어서는 안 되는 것의 머리 없는 자유. 이때 머리는 거울을 보는 나에게 있다. 나는 내 머리로 내 것이 아닌 몸에게 신경다발을 뿌리내린다. (그러나 그동안 내 다른 몸은 서울 한복판의 개가 되어 쓰레기장에 꼬리를 말고 잠들어 있다,) 한편 떨어져 나온 음핵은 이제 영원히 쾌락의 과정 속에 있을 수 있다. 해소의 낭떠러지 없는 벼랑 끝을 영원으로 벌리고 그 속에서, 구멍으로 개편된 광활한 몸속에서, 그러쥐고 나온 과거의 찌꺼기와 모조리 자신 쪽에 들러붙은 추억의 신경다발이 가리키는 운명으로 향할 수 있다. 소화기를 거쳐 시가 될 운명, 그것은 시가 될 것이다. 운명? 하늘하늘 커튼 달린 내 방이 도축장이 되는 항등식을 성립시킨 것은 칼이다. 손 옆에 칼을 부른 것은 연필, 연필을 쥐여준 자는 아버지다. 아버지. 정다운 갈고리 아버지, 그렇다면 시의 업적은 아버지에게 있는가? 아니다. 아버지가 쥐여준 연필에게 있다. 애초 내가 거울을 보기 전에 소리를 전부 빨아먹는, 비명을, 피를 전부 빨아먹는, 육절기로 썰어 넘기는 혓바닥 한 장 한 장의 시집을 쓴 것은 연필을 그러쥔 그것이었다. 믿셥니까 믿셥니다 믿셥니다, 이제 거울도 없고 거울 속 나도 없다. 꼬리를 말고 자는 개도 없고, 삼킨 것이 똥으로 나오는 가을이다. 비디오 가을, 유리 수면 위에 방영되는 젖은 석탄이 가라앉은 바다, 캐낸 석탄 속에 희디흰 과거의 이빨. 밤의 다도해, 입을 벌리면 둥둥 뜬… 저 섬에 닿고 싶다. 날 때부터 고기로 태어나는 물고기처럼, 고기로 출가한 음핵들이 헤엄쳐 가는 섬에, 이빨에 비껴 썰린 살점들이 가득 에워싼, 저 섬에 닿고 싶다. 하늘을 바라보고 벼랑 끝에 벌어진 입속, 그리움이 넘실대는 바다가 있다. 그곳에서 그것은 오랫동안 반죽 되면서 섬에 닿을 것이다, 바다를 머금은 나는 출가해서 가출했던 집에 닿을 것이다. 폐유로 뒤덮인 길바닥에 개 썰매처럼 미끄러져 도로 가고 있는 도축장, 연필로 종이에 말장난을 쓰던… 곳, 연필을 깎던, 칼, 로 고기를 써는 칼질은 죽음의 장난, 썰려야 끝이 나는 발기, 발기가 죽음에 사정하는 장난, 같은 칼질로 썰린 음핵은, 한편 입속에서 으적으적 대가리부터 씹히면서, 인간의 유서 깊은 이성에게 뱉는 모독의 침 한 큰술로 반죽된다. 반죽되면서, 으깨어지면서, 죽지 않는 환희의 피눈물을 흘리면서. 입 안에서, 천 번이 넘게 이빨에 들붙어 밟힌 속살이 비그러져 나오면서, 제 몸에 불거진 운명의 독버섯을 되삼키면서 스스로 뭉개지고, 물크러지면서 반죽된다. 발이 푹 푹 빠지는 껌 같은, 이 진기한 오물이 온몸에 남은 푸른 잇자국을 사랑하길 수천 번째, 그리움, 제 몸처럼 입 구멍이 생긴다, 그리고 똥구멍이 생긴다. 해체되고조립되고조립되고해체되고조립되면서 내부에 입력되는 음핵의 진동 값, 수만 갈래로 갈라진 추억의 신경다발이 주유하는 헛소리. 기억의 말장난으로 기름칠되고, 자폐의 갑각(甲殼), 천착의 더듬이가, 열네 개의 다리가 뽑혀 나온다. 환멸, 집착, 그리움, 이 반죽도 견디고 삼킨 몸도 견디고, 견디면서 갖은 잡색 울음을 뭉뚱그려 아픔이, 아픔을 핥고 신음이, 신음을 핥아가며 어흐넘차 혀를 타고 넘어 구르는… 이것은 기어이 하나의 공벌레가 된다. 방영되는 비디오에서, 넌 죽으면 공벌레가 될 거야. 되면 좋지, 뭘. 밤이 되고 달이 뜨면 말았던 몸을 기지개 켜고 쑤물쑤물 다리를 뻗는, 공벌레의 백만 년 전 고향은 바다. 촌충 같은 아버지가 모자라 주리는 침 내 나는 바다. 썩은 먹이를 찾아 기어코 바다에서 기어 나올 갑각류 그 모습 그대로 버젓한 공벌레. 배 튜브를 반으로 가르면 아가미가 폐처럼 숨 쉬는, 그래도 여전히 이름이 벌레인 공벌레, 몸을 동그랗게 말고, 아가미에 습기를 불어넣지 않으면 멸종인 것. 썩은 습지를 찾아서 몸을 말고 아래로, 아래로 가장 낮은 곳으로 구를 것이다, 저 바다 너머 남쪽 땅 공벌레는 몸집이 동양인 여자 뇌만 하다. 주식은 썩은 내 나는 것, 시취의 페로몬을 감지하는 더듬이가 이것의 눈, 꼭 맞는 습도와 지대를 귀신같이 알아보는 육감의 눈.

아득한 대낮… 너무 먼 저 목구멍 너머 백주의 하늘에는, 실바늘 같은 빗방울이 떨어지긴 떨어질까, 이젠 모른다. 꿈틀운동 아슬아슬 식도의 외다리를 물살 타고 건너온 위의, 어두컴컴한 섬에서. 저기 저 뽀글뽀글 방울져 수면에 오르는 탈수된 세상. 그 기름 거품 같은 추억, 입술 밑은 낭떠러지야. 혀를 빼어 물도록 쭈글쭈글하게 쥐어짜인 가족들을 햇볕에 널어두면 피시식 먼지피가 나도록 현기에 마르던 그 생, 생은 잘 있을까, 모유의 가능성으로 한껏 기름져 오른 유선의 언덕 위 옐로하우스. 땡볕에서 마른 기름에 탄내가 오르고 집에 갇힌 머리카락에 불이 붙은 여자가 아직도 유리 구겨지는 비명을 질러가며 창문마다 창살을 쥐고 흔들고 뛰어다닐 것이다. the house of the rising sun, 여자가 목을 매다는 동안, 살인만 안 하는 살인마 가족이 꾸들꾸들 말라가는 빨랫줄 아래 연두, 연두, 불연두 잔디를 구할 길 없는 시(詩)의 토끼들이 입에서 피를 토하며 뛰어다닐 것이다. 버썩 마른 음핵이 침을 묻혀가며 문질리던 대낮의 양지언덕, 높고 둥근 유방의, 돔, 고봉 사막 삼시 세끼 모래밥을 먹으며 마른 입덧에 진공의 자궁 속 양수 한 방울 흐르지 않는 출산… 낳자마자 손아귀에 꾸깃꾸깃 뭉쳐져 구겨박질린 지상아가, 뒤통수를 질질 끌며 걷는 길을 따라 절룩절룩 두덩 다리를 끌고 오르던 징역의 언덕. 아무도 부르지 않는, 아무도 대답하지 않는 순교와 배교의 길, 토 나오는 생의, 구물구물 뱀이 기억을 부리는 태양의 흑점, 배다른 생의 방점의 태양. 토막 난 기억들이 저들끼리 생피 붙는 벽 없는 방 뜨거운 열기를 닫고, 안에 있는 당신에게 주고 나온 방문 열쇠. 벽 없는 방, 벽 없는 세상을 등 돌리고 여기까지 온 종말을 향해서, 그러나 여기는 이제 마를 날 없는, 찐덕찐덕한. 온 내벽이 미끌거리는. 처덕처덕, 빨다 만 사탕처럼 새빨간, 비정형의 고무 질 같은 축축한 동굴 속 수직 하강 곤두박질치는 오물탕 좁은 식도의 급류. 씹히다 만 바지락 피조개 저기 저 펄펄 뛰는 도다리도 안녕하시고, 나는 고기도 아니고 유령도 아니고, 갑각 입은, 이토록 뭉툭한, 민들민들한 공벌레가 되어서… 자폐의 관절 사이사이 핥는 최음의 비단 미즙에 일신을 맡기고 음탕한 식탐의 젖은 꿈에 잠기어 위장의 섬에 닿는다. 동그랗게 몸을 말고 어머니 배를 채워주면서,

거룩한 오물, 점점 더 깊고 낮은 내륙으로 들어갈 것이다. 치덕치덕 누르면 움푹 자국이 남는 발효의 장, 뻘의 섬에서 봉합되지 않는 구멍의 쩍 벌어진 틈 아래 수풀 속 더 썩은 내 나는 향그러운, 검은 시반이 무럭무럭 피어나는 곳으로, 안으로 열어젖혀진 배때기 가장 깊은 곳, 참혹하게 향그러운 시취의 페로몬이 이끄는 더 어두운 곳으로. 더 안으로, 깊숙이 점점 더 단단해지는, 두엄이 두엄을 덮는 진창이 아주 땐땐해지는, 허기로 뚫린 구절양장의 지하 90층까지. 그러나 끝이 아니

다, 또 어디? 내 전생이 이미 벌려놓은 해골 가랑이 속 운명이 처박혀 반동의 널을 뛰도록. 문장 아래 밑줄이 쳐질 때까지. 입과 맞닿은 똥구멍에 기다랗게 잡념을 매달고 구르다가, 배가 고프다. 아직일까… 성욕이 돋아, 날개 대신 내 미간에 돋은 목발 같은 이 더듬이 갈 길이 없어, 신 내가 나, 이 위의 푹푹 찌는 시즙의 신 냄새가, 네 번째 다섯 번째 다리로 지그시 벌려보는, 이 아가미 사이사이 상처의 시, 시, 시울들… 나는야 거대한 어미가 축축한 위장으로 품은 포장육, 갑각으로 포장된. 어미가 입 같은 눈, 눈 같은 입으로 물어다 주는 썩은 고기를 받아먹고 눈 썩은 고기 똥으로 다시 어미 배를 채우는 공벌레. 진공 배 튜브 속 영구 보존된 워어리의 자지와 아버지 시료(屍料)의 물물 교환, 어미가 구멍으로 삼킨 십이지장 속 시료(詩料) 발효, 더 썩혀 시료(屍料)가 될 때까지 더 비좁은 곳으로, 비집고 더 아래로. 썩은 나무 썩은 낙엽 더미 아래 썩은 시체들이 가득한 흙 속을 파고들듯이, 숙회가 될 백철 솥 속 미꾸라지 희망의 서늘한 두부살을 파고들듯이, 저 희망의 구린내가 피어오르는 구절양장의 길. 여기서 이런 식으로 죽는 것 이게 사는 거래… 피가 마르는 고독, 겨우내 장독 속 같은 기다림기다림기다림, 음탕한 허기. 허기가 증오가 되고 탱탱한 증오의 표면장력으로 빽빽이 들어서는 음핵의 진폭, 도축장 발 운명의 자가발전 진동, 충직한 방향과 속도로 구르는, 더 썩은 아버지를 먹으려고 더 진창 같은 구멍으로 구린내를 찾아서 온몸으로 굴러서 똥에 내 똥으로 두엄을 보태려고 열네 개의 헛발질로 아등바등 굴러가며 시시각각 쿵쿵대는 저, 쉴 새 없는 더듬이의 시각, 자폐의 갑각 너머 희미하게 들려오는 이 시료 썩는 소리, 문득 트인 대장 속

하르르르, 내려앉는 Eminem 자지의 귀를 널름 말아 가버리다. 콸

호의 구명보트 태워 내려온 피에르 장 주브 거두절미 말끔한 한 토막을 통째로 삼키다. 착 하고 볼때기를 후리는 집회서 29장 28절 썩은 육손이, 아버지가 여섯 개, 여섯 번을 베어 먹고 우르르 잘 썩은 벌레 자루 한꺼번에 벌어져 어깨 위로 축축 떨어지는 발효의 진탕, 풍족한 먹이. 파리 날갯짓처럼 리플레이, 리플레이, 리플레이되는 음탕한 볼레로를 끊어, 끊어, 끊어, 녹여 먹고 나면 knock, knock, knocking on heaven's door, 다시! 껍질을 까 leak, leak, leak, 천국의 남근을 핥다, 막대사탕 빨듯이 미끈한 금동 미륵, 탐폰처럼 내가 피로 싸는 진리를 흠씬 빨아 드신 반가 사유 깨달음까지 쪽쪽, 비릿한 부처의 특식, 서로의 암컷 노릇과 수컷 노릇을 동시에 하는 식음 기행, 향그러운 마흔 개의 구멍, 구멍, 구멍으로 진물이 흘러내리는 하느님 예수 어서 오시고, 씹다 뱉고 씹다 뱉으며 노는 섹스의 황도, 유식, 그 유식들, 껌처럼 짝짝 씹고 붙여뒀다 다시 씹어보는 포스트모더니즘, 저기 저 알아서 통조림 가공된, 이상의 썩은 금니 속 썩은 폐환 덥썩, 물면 발광하여 불쑥, 내어 미는 이따시만 한 오이 같은 자지 같은, 자간이 빽빽하니 비스듬하게, 누워 나를 삐딱하게, 치어다보는 활자들, 漢字들, 드라큘라 헐리우드 비급 호러의 피를 빨고 8개의 머리를 각죽각죽 씹어 먹는 팝콘 별미, 매트릭스의 셀 수 없는 스미스 요원들이 다 제 발로 걸어오는 이 풍족한 의붓애비들, 아버지의 벌레들이 손도 발도 없이, 눈도 코도 없이 융털 한 모 한 모마다 빽빽하게 붙고 붙고 들러붙어 더 많은 아버지와 피를 보며 색을 보며 뒹굴고 먹고 내장 비만, 이제는 뜨끈뜨근한 뚝배기 속 내 공수병 걸린 개고기 썩은 내처럼 물밀듯이 밀려오다. 쌍년아, 내가 위야! 질러대던 뱀 가죽 뒤집어쓴 고도는 언제 오나, 어머니인 척, 어머니인 척하는 요망한… 고도는 곧 온다. 반드시, 막 목젖이 퉁퉁 불어 오르는 새까만 대낮에. 아버지가 접목한 공벌레 알주머니 아래 쥐방울만 한 고환이 맺히고, 너를 죽이지 않는 것은 너를 강하게 만든다. 개소리, 개소리, 개소리, 나를 죽이지 않는 개고긴 날 개로 만들어, 공수병 걸린 개, 너무 많이 먹은 짐승항렬 공벌레는 자기가 무엇인지 알고 있다. 심장이 갈래갈래 터져버리는 오문행 미식 기행, 공벌레 아버지, 아닌 척해도 아버진 원래 하수구에 걸린 자지였어요 알집이 달린, 이리와요 아버지를 삼킨 썩은 아버지, 썩어 문드러져 창자에 낀 아버지, 직장 속 아버지를 어머니 항문에서 미래의 상처로 쏙 파내드릴게, 변기 속으로 철철 썩어 내리게, 달이 해를 가릴 때, 둔부가 변기를 가릴 때,

정오가 자정이 될 때까지. 자정에 꽉 움켜쥔 항문이 폐갱의 갱구처럼 시커멓게 열릴 때까지. 얼마나 더 가야 내 위로 어머니의 어마어마한 둔부를 볼 수 있을까⋯ 얼마나 더 가야, 어머니 밖에서 썩을 수 있나. 어머니는, 어머니가 되나? 꿈틀거리는 벌레 자루 속에서 벌레 먹는, 두엄 속에서 두엄을 먹고 두엄이 되어가는 이 공벌레, 질식의 더운 밥, 점점 더 땐땐해지고, 망각이 정각이 될 때까지 갑각은 옅어지고, 먹어야해 이건넘어야해 들숨날숨 씩씩씩 질식사 중독사의 위협 따윈 아랑곳없이, 걷잡을 수 없이 제 몸보다 높은 굴곡진 장벽을 넘고 직장에 들어서고, 내가 싼 똥에 미치기 일보 직전 수직으로 쏟아지는 직장 속 제 구린내에 상한 노른자처럼 눈이 풀리는데, 점점 더 될 수 없는 것이 되어가면서, 똥이 되어가면서, 고환을 시계추처럼 흔들며 때가 된 고도는 오고 있는데, 그러나 문제는 삼킨 어머니. 거꾸로도 삼킬 어머니. 문제는 이봐요 의사 선생. "지금 저 산모는 항문으로 신생아를 삼 키고 있잖소." 산모는 지금 배다른 머리 배다른 몸 배다른 사지

를 질질 끌고 집으로 향하는 중. 역사 주변 내가 오라고 내가 직접 빼다 박은 쓸개처럼 활활활 불볕에 타오르는 맨드라미들이 융털처럼 피어오른 변기로 가는 주단 길, 한 손엔 칼을 들고 한 손엔 한 묶음 성기 다발을 들고, 삼킨 벌레가 마려워. 똥이 마려워… 좀 눠야 살겠어, 산 것도 아닌 피 칠갑이, 열어젖혀 문드러진 배를 움켜쥔 채 땡볕에 썩은 종기 피고름을 땀처럼 흘리면서 배 끌고 가는 환향 길. 산모 옆을 비껴 지나가는, 동네방네 갖은 잡색 자지들을 입입이 그득 물고 웃는 큰꽃으아리들, 닭전 골목 평상 위 헤벌어진 육계의 행렬들, 쓰레기 더미 옆 고인 물을 핥는 개, 녹슨 철근에 시멘트가 엉겨 붙은 몸, 몸, 몸, 이 한데 뭉친 풍경! 보는 눈! 보이는 글자란 글자는 모두 읽는, 문제는 산모. 산모의 눈. 입 같은 구멍으로 나를 삼키고 눈 같은 입으로 아버지를 물어다 주는 이 어머니는 항상 공벌레의 보이지 않는 외벽을 똬리로 친친 감고 있다. 피부로, 이미지로 꽉 쥐고 놓아주질 않는 문제는 몸. 공벌레가 배를 채우는 어머니, 어머니가 배를 채우는 공벌레, 랄랄랄 샤리벨존의 날뛰는 사진이 언어를 삼키고 시가 되고, 루이스 브루주아는 제목 아래 베개만 한 남근을 옆구리에 낀 채 신처럼 들어앉는다. (그러나 진짜 신은 변기다, 변기만이 순결하고 숭고하다.) 세상에서 가장 음란하고 온화한 뱀의 미소를 지으며. "이미지는 어머니의 살아 있음을 보장한다", 그러나 어머니를 죽일 수 있을 경우에, 먹히는 척하면서 내가 먹을 경우에, 누어질 수 있다, 이제는 공벌레도 아닌 공벌레가 이미지를 삼키듯이 토해내듯이,

　내가 살아있다는 게, 실룩실룩 즐거워요 어머니, 어머니를 칼질하는 문자. 산 것도 아닌 피 칠갑을, 어머니를 다시 해부하는 활자. 똥으로 녹여 납땜하는 풍경. 다시 한 번 만들어보자 팔보채, 아니 시(詩)

를, 죽어서야 어머니가 되는 어머니를 죽이고 문자에 게워 바치는 내장. 구르는 공벌레를 휘감는, 갑각을 굴리고 핥으며 이제야 그 사이사이로 침투하는, 똥, 상처의 시울에 들이치는 독, 벌레가 점점 똥 덩이가 되어가는데, 납덩이처럼 땐땐해지는데, 부글부글 끓는 망상 거품이 구린내를 풍기며 묵직하게 방귀처럼 방울져 오르는데, 점점 새빨갛게 주름 잡힌 항문으로 밀려가는데, 똥독에 피부가 습자지처럼 이는, 땅을 뚫는, 지면(紙面)을 뚫는, 썩어 철철 내리는 새빨간 폐문 저 아래 다다를 수 없는 나라로 향하는 불안, 드디어 도주가 안주가 되는 불안, 운명이 이빨을 몽땅 드러내고 웃어젖히는, 얘야 집이 어디니? 제 몸을 시구문에 왜 던지는지 모를, 도대체 내가 왜 스스로 몸을 던져 내 자폐의 역사를 완성하는지 모를 이 불안, 그러나 날개 대신 돋은 목발, 틀린 적이 없던 더듬이는 정확히 저곳을 가리키고 있다, 정각(正覺)의 정각(定刻), 주저앉은 변기 속 궁둥이가 전구를 가리고, 망각의 태양을 가리고, 태양의 흑점에서 뱀을 부리는 기억을 숨기고 태양과 달과 직장이 일직선상에 위치하는 칠흑 같은 일식에만 진입할 수 있는 밑바닥 그 이상의 밑바닥, 항문께를 공벌레가 뱅글뱅글 돌고 있다, 지면보다 더 아래로 진입하기 위해서, 하강 그 이상으로 하강하기 위해서, 땅이 뚫리면 땅속에 또 땅이 자멸의 노선을 따라 극렬하게 갈라지는, 변기물 아래서 물렁물렁 웃고 있을 바위의 염통을 건드리는 정각. 정각에만 터지는 아버지 알루미늄 모조자지 지뢰, 손잡이를 누르면 변기 물이 내려가며 아가리를 쩍 벌리는 지구 가장 내부에서 통하는 헛소리의 입구, 그 안으로 이것은 더 굴러갈 수 있다, 공벌레가 빠지기 위해 만들어진 구멍, 시집처럼 네모난 정화조 속으로, 다시 돌아온 찌꺼기 여과 시간, 정화조일 수 없는 정화조, 지구의 그림자가 만든 가장 검은 어두운, 칠흑의 최저점에 당도할 수 있다, 최저점 아닌 최저점, 임종과 안치 사이의 변곡점, 미분 함수 기울기를 흔드는 안락의자가 시속 백사십의 물살을 멈추고 탈환한 0의 방점, 처박힐 가공. 그 너머는 미쳐버린 무한을 그림자로 나누고 그림자를 일식의 찰나로 나눈 나머지가 끝도 없이 불어나는, 썩는 데 오백 년이 걸리는 것이 오억 년분의 것으로 불어나는, 눈을 돌릴 수 없는 어둠의 깊이, 눈을 돌릴 수 없는 영원에 경악하지 않을 수 없는, 그러나 경악할 것이 아무것도 없는 기만의 천국, 산 채로 싱싱하게 썩을 노다지.

염통의 아가리에 알을 깐 것은 그 공벌레였다. 실룩실룩 생의 중심, 지뢰에다 대고 알을 깐 것이, 공벌레는 한 번에 놓는 자식의 성별이 모두 같은, 딸이거나 아들인 반반의 확률로 알집을 까고, 그것이 깐 알집 안 이만 개의 알은 모두 다 딸로 태어난다. 정각에 전해 들은 수태고지, 네가 잉태할 이만 개의 알이 모조리 다 딸이라는 모독의 수태고지. 아, 체외수정이란 게 이런 것일 줄 꿈에도 몰랐구나. 부득부득 온 하늘이 불러오고 산월이 다가오고 내가 몸을 풀, 음경으로 새끼를 깔 여기, 공벌레가 독 오른 입덧을 해가며 살충제에 최음제, 제초제를 섞어 마시고, 제 배에 불을 질러 그 불에 담배를 빨면 알주머니 속 새끼들이 듬뿍듬뿍 받아먹고 피둥피둥 살이 올라 환희로 발광하는 이곳은 밑바닥 중 밑바닥, 처박힘의 반동으로 생이 최고점까지 널뛰는 곳. 내가 선택한 여기는 새끼를 선택하면 새끼가 나를 선택하고 독자들을 배반하면 독자들이 배반으로 되갚는 곳, 뜯어먹은 생쥐가 잡아먹은 고양이가 되고 절대로 될 수 없는 것이 되고 무엇을 상상하든 그 이상을 맛보는 순간, 이만 개의 알이 모조리 딸이 되는 순간. 딸들은 뿔뿔이 벌레로 흩어진다, 제 흐린 피를 찍어서 어미를 탁본해 날라가면서, 어미 머리 위를 썩은 고기를 노리는 까마귀처럼 빙빙 돌고, 이제는 삼켜버릴 수도 없이, 너무 많은 것들이 존재하지도 않는 이곳에서 제멋대로, 한 때 아버지와 붙어먹고 찢어발기고 진탕 먹고 먹혔던 내가 이제는… 지금도, 이 글이 쓰이고 있듯이. 한때 나였던 그것들 서로가, 서로의 자궁 속에 피똥을 누고, 추잡한 애정으로 그것들이 나였던 것들로 쓰고, 으르렁댈수록 불어나고, 씹을수록 질겨지는 이것들이, 핥고, 삼켜가며, 서로에게 똥을 누어가며 영원히 내 입에 게워주는 나였던 살점, 이것들이 없어져야 나도 없어질 수 있는 불길한 운명, 천수 아닌 천수, 내가, 누릴……?

겁내지 마! 여기가 바로 거기고, 우린 벌써 그것들이 되었어, 설명할 필요도 없는 것들이, 천 년 동안 회전문 같은 물살 빙글빙글 돌면서 하던 짓을… 계속 하고 있어, 선창가 고동 소리도 옛 님도 없이 지나간 자국도 고일 눈물도 간도 쓸개도 없이, 완충식 흰자 충전식 환희도 두려움도 없이 노른자뿐인 달걀 바로 이곳 순결한 수세식 변기에서 태어나 입에 담을 수 없는 살기등등한 음문(陰文)이 되어 살벌에 싸인 살기등등한 물살을 따라 초침도 헛돌고 분침도 시침도 헛돌고 정확히 정답을 비껴가는 헛된 직구들의 점점이 되어 직경을 벌리는 회전으로 빙글빙글 영겁회귀 돌고 또 돌고 있어, 여기는 거꾸로 뒤집힌 어둠의 맨 꼭대기 층 마지막 방으로 가는 길 있어서 미치는 그러나 없으면 영영 미쳐버릴 문, 변기의, 새로운 만남 새로운 그리움, 다시 세상의 중심을 벌리는 입구, 우주가 벌쭉벌쭉 웃으며 피를 빠는 우주의 똥구멍으로 가는 길 현관에 똥 묻은 환영 매트로 깔린 유충들의 행렬 댕강 잘라버리려야 잘리지 않는 마디마디 촌충처럼 끊어지려야 끊어질 것같지 않은 9999 9999 9999의 나선형 직렬 행렬 셀 수 없는 다리들이 칼끝처럼 콕콕콕 끝없이 바닥을 몬치고 훑고 배설하는 헛소리의 기계 배설 같은 믿음 모두 각기 다른 믿음을 가진 이만 개의 믿음 중 한 마리가 선창 아직 덜 죽은 거 같으세요? 더 긴 죽음 원하세요 공벌레 어머니? 지칠 줄 모르는 나머지 메아리가 뱅글뱅글 따라 묻는 돌림노래 후렴 아직 덜 죽은 거 같으세요? 더 긴 죽음 원하세요 어머니? 벌리면서 묻는 질문과 대답 사이 영겁의 소용돌이를 따라 사랑이 등천한다 이 사랑은 미쳐 날뛰는 오물의 분수 향락을 떠받들고 독성 오물로 돌아가는 분쇄기가 고독을 갈고 시커먼 기름이 뚝뚝 흘러 얼어붙고 가공의 암흑에서 딸들이 스타바트 기계 마테르 스타바트 구멍 마테르 노래를 부르는 사 절의 구지가가 코를 찌르는 연기로 피어오른다 연기 자지꼬리 연기 음문(陰門) 입으로 물고 폐쇄의 똬리를 튼 더운 사랑의 샛노란 구린내가 피어오른다 자위용과 자해용의 갈림길 사이 지구 염통만 한 입구를 우주의 후장만큼 쩍 벌리는 이 개구기 같은, 겸자 같은 사랑 그럼에도 피를 빠는 구멍 앞에 한 발짝도 물러서지 않는 스스로 메워질 권리 1이 대답으로 더해질 때, 드디어 구멍이, 구멍을 온전히 구멍에 바치며 파르르르… 가압되어 맞붙는 마침내 영영, 입으로 후장이, 추잡의 내벽이 상징의 외벽을 까뒤집으며 완전히, 오연한 입과 항문의,

……용접된 도넛에 빠구리를 해대는 당신이 좋아, 아모르, 아모르 포팔루스.

아침이다. 납땜 도넛이 똥을 누며 동시에 박히는 상쾌한 아침. 다 벌어지고 더 이상 벌어질 것이 없는 아침. 모든 곳이 이면인즉 이면도 없고 상징도 없는, 거꾸로 뒤집힌 천국 헛소리로 짜인, 여기 지하 정화조 추잡의 내벽이 상징의 본 면, 구멍 내벽이 시의 표면. 어떤 문을 두

드려도 벌컥, 진실의 문이 열린다. 영등포쇠공벌레친목계모임 소리 없는 인광폭죽 골분폭죽이 터지는 제3회 세계곱창축제 깔깔문어위원장이 물컹한 대머리를 긁적긁적 문지르며 연설 중. 기계권리장전 하나. 우리는 통조림 속 썩은 완자처럼 영원히 싱싱할 권리가 있다. 하나. 빌린 유식을 잘못 사용할 권리가 있다. (ex. 파니스 안젤리쿠스를 끝까지 페니스 안젤리쿠스로 들을 수 있고 원한다면 오리발도 내밀 수 있다.) 하나. 다음 생에 개로 태어나 달이 뜰 때 다 함께 짖어댈 권리가 있다. (자신이 개인 줄도 모르는 개), 추천사입니다. 바닥에 떨어진 찌라시는 절대로 주우십시오. (특히 더러운 바닥이라면) 성인사이트에서 가장 휘황찬란한 클릭 베이트를 클릭하시오. (이빨이 달렸다면, 특히 X라면) 무엇보다 창녀와 개를 마주친다면… 고뇌하며 쓴 조항 흡반 입술로 짚어가며 제창 중… 거죽을 뒤집어쓰시오. …고마워 집채만 한 문어를 끌어안고 살게 해줘서, 오직 하나뿐이었던 꿈이 이뤄졌어, 이렇게… 복상사하기로 되어있었던 거야, 우리 바로 여기서? 목젓부터 사타구니까지 좍 갈라진 전자동 개폐식 납땜 도넛을, 거꾸로 맞붙여 볼까? 해볼까 해볼까, 우리? 뒤집어 붙여도 다시 옴쭉옴쭉 구멍이 되는 항문 같은 입을 빨면 구멍도 나를 쪽쪽 빠는 쪽쪽, 거울 속 나를 핥고 나를 빠는 여섯 권 불멸의 연인. 똥이 가득한, 똥자루 속 피어나는 뜻밖의 입 냄새… 나는 당신에게서 나오는 연기로 만들어진 향그러운 개, 달콤한 혀에 치여 흩어지곤 하면서 느릿느릿 세계를 떠돌아다녀, 난 독자가 됐어, 시인과 개시인. 비름과 개비름. 쇠뜨기와 개쇠뜨기. 개젓머리와 개젓벌기. 별꽃과 개별꽃. 개별꽃은 미치광이풀, 미치광이풀이 한방 특효래, 권태, 불면증, 건망증, 신체 쇠약, 담을 삭이는데, 심장과 비장을 보하는데, 진액 생성, 구갈(목마름), 정신의 피로를 다스리는 개별꽃, 나는 개독자, 하루 한 편 극약 처방 개씹에 보리 밥티, 난 극약을 너무 많이 먹었나봐, 석 달에 걸쳐 평생분을 한꺼번에, 그래도 눈이 있을 자리가 항문처럼 옴폭 파인, 비너스 푸티카! 비너스 푸티카! 맥주를 마실 때면, 오줌을 눌 때면 거품 속에서 자꾸만 다시 솟아오르는 웃음. 자꾸만 귀두에 눌러쓰는 모자, 자꾸만 불알에 손이 가는, 가면 어때, 있지도 않은 불알이지만, 당신은 교미 자세 30년을 유지하고도 단 8초 만에 승부를 보는 관록의 어지자지, 시작하기 전을 30년으로 벌리고 마지막 8초로 똥을 완성하는 멋쟁이 중의 멋쟁이잖아, 완성하기 무섭게 억 죽고 헛 죽고 또 살아나는, 이제는 하면서 하지 않는 경지/지경에 이른 수염발 허이연 당신의 미소. 사랑스러운, 혹시 모자랄 지겨움을 위해 아직도 남는 시간을 항상 가방에 넣어 갖고 다니는 당신, 핸드백 속 러브러브방 실시간 접속자 22587, 1:1 채팅 31948, 야한 생각 42537, 화상채팅 64576. 화상채팅 방의 압도적 붐빔. 혹시 지겨움이 흘러넘칠 사람들을 위한 꿈속의 화상채팅, 기억과 내장을 산뜻하게 손질해 죽여주는 대자대비 동체대비. 끝내주는 불교적 성적 실천. 보내준 고무 돼지 가면은 잘 받았어, 나로 말할 것 같으면 쇠 숟갈도 삭혀 먹는 사람이지만, 이 고무 돼지 가면이 웃는 웃음은 절대로 못 삭히 안 삭혀, 이미 나도 쓰고 있고 내 창자에도 들붙었어, 들붙어서 가장 아름답게 아직도 웃고 있어 입꼬리로 창자를 기분 좋게 늘여주면서, 지금 막 한창 하다가 나온, 한창 죽다가 나온 얼굴로!

* * *

마무리하며, 독자를 위한 덧붙임

이 글은 지극히 개인적인 나의 독서 여정기인 동시에 김언희 시인의 글쓰기에 대한 관찰기다. 마찬가지로 보고 느끼고 쓴 것이면서, 먹고 소화하고 눈 것이기도 하다. 나는 시인이 내게 시를 읽지 말고 먹으라고 주문했다고 느낀다. 오장육부에서 잘게 소화되어 수분기 쫙 빠진 찌꺼기 같은 시. 글자들, 나는 시집에 가득 담긴 시를 숟가락으로 퍼먹었다. 배가 만삭의 산부처럼 부를 때까지 6권의 시집을 모두, 그리고 이 글을 누었다. 독서는 일각 몸으로 먹는 실천과도 같았으며, 그에 관한 글을 누는 것은 김언희의 글쓰기 과정을 엿보는 일이기도 했다.

쓰고 죽는 삶과 그 나머지의 먹고 싸는 삶, 한 몸으로 연결된 두 삶 가운데에 선 김언희를 나는 상상한다. 그중에서도 여자로서 사는 삶을 감각하는 도구인 음부는 그의 시에서 표지와 같은 존재다. 시 앞면엔 어디에나 음부가 있다. 그런데 그 음부에 음핵은 달려있지 않은 것처럼 보인다. 음핵은 쾌감을 위해 기능하는 기관이자 해소를 위한 창구다. 말 그대로 음부 중 단연 핵심적인 부위 아닌가? 그런데 그의 시에는 질이나 '불두덩' 등의 부위와 달리 음핵이 시어로 등장하는 경우가 거의 없거니와 시 자체에도 질액이 질척이지 않고 미끈덕한 애욕이 끓지 않는다. 그의 시들에 등장하는 음부는, 내 생각에 모조리 신경 말단이 집중된 음핵이 절단된 음부다. 그리고 그 절단부에 그로테스크가 있다. 그런데 한편으로 시 전반에는 분명히 정력적인 힘이 있다. 이 점이 독서를 아주 즐겁게 만드는데, 내 생각에는 그래서 음핵이 그의 시에서 매우 중요하다. 좀처럼 존재를 드러내지 않기 때문이다. (이는 시에서 어머니가 아버지에 비해 모습을 잘 드러내지 않는, 바로 그 방식으로 어머니가 중요하게 작동하고 있는 것과 마찬가지다.) 언뜻 보기에 그의 시는 주로 질구멍께를 빙글빙글 돌고 있는 것처럼 보이지만, 보이지 않는 뒷면에서는 음핵 주변을 빙글빙글 돌고 있지 않은가? 그렇다면 원래 달려있었을 음핵이 왜 없으며 어디로 갔는가? 나는 음핵을 쓰는 자의 영혼과도 같은 것으로 생각했다. 그것을 시인이 먹고 소화시켜 시 그 자체로 배출했다고 믿는다. 김언희는 음부 중 가장 예민하고 날선 음핵을 표면 아래로 '삼켰다.' 대신 그것의 흔적, 시 전반에 흐르는 정력적인 힘만이 그 존재를 상상케 하고 느끼게 한다. 그 나머지의 음부가 시집의 종이에 떨어져 쾌락의 변방에서 그로테스크와 농담으로 구멍을 노래하고 있는 것이다. 음부는 공허로 뚫린 세상, 그리고 삶의 얼굴이다.

　반면 음핵, 그리고 그것의 정욕, 이것들은 오로지 시의 원료로서, 글을 쓰는 행위 그 자체에만 사용된다. 그래서 최종 산물인 시에서 그려지는 음부에는 마치 거세된 듯이 모습을 감춘 것이다. 거세가 전혀 먼 개념이 아닌 것이, 그는 시에서 직접 시인이 된다는 것을 상징적 질서에 위치시키고 그곳에 자신을 포획시켰다. 말 그대로 그 지위를 그는 『보고 싶은 오빠』 중 「어지자지」에서 '환관'이자 '여류시인'이라고 부른다. 그리고 자주 그에 대해 자조하는 것을 볼 수 있는데 흔히 말하는 남근의 거세에서 거세되는 음경 자체의 크기와 그것이 다뤄지는 규모에 비해 음핵의 거세는 너무 작아 눈에도 잘 보이지 않을 뿐 아니라 논의된 적도 없듯이, 여류시인이라는 타이틀은 왕이나 판사 혹은 그냥 '시인'과도 같은, 우리가 보편적으로 남근을 연상하는 타이틀에 비하면 어디에서도 딱히 정식적으로 '수여된' 바가 없기 때문이다. 그 자조는 사실상 내가 느끼기에 스스로를 비웃는 것이라기보다 그것을 타이틀이랍시고 자신에게 씌워준 바깥을 향한 비웃음으로 보인다. 그러나 한편으로 남들이 여류시인이라고 부르든 어떤 이름으로 그를 부르든지 간에 그에게 '쓰는 사람'이 된다는 것은 부정할 수도 거부할 수도 없는 일이다. "종이가 찢어질 정도로 훌륭한 시를, 용서할 수 없을 정도로 잘 쓰고 싶었습니다." "정말 필요한 건 고독도 / 구원도 / 아냐 // 돼지발정제야 // 그거 / 없이는 글 한줄 못 써" 그에게 정욕은 시를 쓰는 일 말고 다른 데에 쓰일 여지가 없다. 삼키는 행위가 보는 행위, 누는 행위가 그의 말대로 쓰는 행위라면, 그는 음핵, 쓰고자 하는 그 정력적인 욕구 자체에 시선을 둔 채 그것을 에너지원으로, '그것으로부터' 쓰고 있다.

말해지지 않는 방식으로 말해지는 음핵, '쓰는 영혼'이란, 김언희 시 세계에서 특별한 힘을 가진 일종의 보는 눈이기도 하다. 그는 그것을 먹어 배출하는 즉 쓰기에 관해 쓴다. 그래서 쓰기에 관해 말하고 있지 않을 때조차도 그는 쓰기에 관해 말하고 있다. 음핵이 몸으로부터 분리될 때, 그리고 그것의 눈이 몸을 향할 때 그의 시 쓰기는 시작된다. 그에게 몸은 세상이다. 자기 몸을 볼 때 그 몸으로 그는 세상을 본다. 따라서 몸은 이미지 그 자체다. 그리고 즉자적 위치에서 벗어난 눈이, 다시 말해 분리된 눈이 다시 몸 내부에 진입하여 소화되는 것이 김언희의 시 쓰기 과정이다. 그의 눈이 발휘하는 힘은 그 신체 내부에 직접 처박히는 힘. 그를 둘러싼 세계와 분리된 상태를 견지하면서 그 내벽을 타고 들어가는 힘, 그것으로 모자라 기꺼이 소화되어 다시 완전히 하나가 되는 힘이다. 그렇게 해서 밖으로 내보내면 시가 된다. 그리고 이것은 내가, 어쩌면 보편적으로 인간이 글을 쓰는 과정과 동일하다. 나는 가끔 쓰기라는 행위가 성적 충동으로 이루어진다고 느끼고, 그게 사실이라고 생각하면 재밌다. 김언희는 시를 통해 '쓰는' 행위에 대해 끊임없이 중얼거린다. 마치 어떤 충동이 계속해서 그에게 그것에 대해 쓰라고 지시하는 듯이. 나 또한 열렬히 글을 쓰는 사람으로서 이 시인에 대한 글을 쓰는 과정 중에 시인과 나를 가끔 분간하기 어려웠고, 때로 그와 나를 한 사람이라고 착각했으며 그 혼란은 글에서 고스란히 탄로 난 것 같다. 나는 그 두 가지를 분리하지 못하고 하나의 이야기 속에 녹여 써버렸다.

김언희 시에 주로 등장하는 신체는 주로 입과 똥구멍이 피부로 연결되어 그 속이 공동화된 거죽데기를 연상시키는데, 이는 영혼으로부터 바닥으로 '떨어진' 나머지다. 나머지로서의 몸이 종이에 핏덩이가 되어 나뒹구는 것이다. 그 나머지로부터 일찍이 분리된 영혼, 내가 음핵이라고 부르는 그것은 김언희 자신이기도 하다. 김언희는 '쓰기' 자체에 자신을 위치시킨다. 쓰는 삶과 구멍뿐인 거죽데기로 사는 삶 사이에 간극을 벌리고, 그 사이에서 김언희는 널뛴다. "삶이 나와 널뛰네"(『트렁크』 중 [육자배기로]), 쓰기란 뛰어오르는 정욕 그 자체이며, 그 자신 음핵이면서 한편 다른 나머지인 이미지로서의 몸이 그 음핵을 삼켜 배출한 시는 쓰기에 대한 시가 된다. 그럼으로써 그는 '쓰기'에 대해 쓴다. 따라서 독자 입장에서 나는 그의 주저를 모르고 뛰어오르는 에너지를 그대로 체감하고, 매 시편에서 오르가즘 컨트롤(edging, 성적 자극이 해소에 이르기 직전 일부러 멈추어 쾌의 고원기를 지속시키는 성적 실천)의 상태를 경험한다. 이렇듯 격렬한 독서 경험을 통과하는 내 신체를 통해, 그리고 나의 소화기관의 관찰을 통해 나는 그의 쓰기 과정을 느끼고 상상하게 되었다. 그 면면을 음핵 절단에서부터 시작하여, 절단된 음핵을 섭취하고 소화하는 과정으로, 각 문단에서 위, 소장, 대장, 직장별로 나누어 기록했다. 그리고 소화되어 변기에 누어진 시가 독자와 만나는 과정으로 끝맺는다. 그러니까 마찬가지로 이 글은 내 신체, 나의 소화기관 속에서 콜라주되어 나온 그의 시다. 그의 시어와 리듬을 분해하고 용접하여 내 나름의 방식으로 다시 그의 시에 대해 쓴 어디까지나 개인적 2차 창작물이다. 그러나 한편으로는 이러한 쓰기 방식이 김언희 시인에게는 비평적으로도 유효한 접근이라 믿는다. 쓰는 동안 내 몸을 온전히 김언희 시에 바쳤고, 몸으로 읽고 똥으로 싸기가 내게는 그의 시에 접근하는 데 가장 적확한 방식이었기 때문에.

내가 언희 님과 언희 님 시에
대해 쓴 글   이미래

"저 아래로 따뜻한 피가 흐르고 있다, 여태껏 저걸 만져본 사람은 도대체, 저걸 만져보지도 못한 사람은 도대체 누구인가!" 언희 님을 만난 날 속으로 혼자 탄식을 했다. 연숙이와 함께 아마 2020년 초였는지 진주로 내려가 언희 님을 처음 뵙고는, 물론 언희 님의 작업은 그 이전에 이미 읽었었지만, 예기치 못하게 언희 님 본인에게 심하게 반해버린 것이다. 스스로가 약간 추접스럽고 징그럽다는 마음이 들게끔 못 말릴 정도로 빨리 그렇게 되어버렸다. 이것은 왜 고통스러운가. 거기에는 여러 이유가 있다. 적당히 반하는 것 말고 정말 너무 심하게 반한다는 것은 내가 열리는 사건 혹은 강제로 열림을 당하는 사건이며, 특히 평소에 남을 열어보려고 골똘히 궁리하고 있거나 늘 손꼽아 열림 당할 일만을 간절히 기다리거나 하는 사람의 경우 마침내 닥친 그 일을 감당할 수 없어 더더욱 고통스러운 것이다. 희열을 느끼게 되기 때문이고 그동안은 있는지도 몰랐던 것을 이제부터 영원히 욕망해야만 함을 벼락같이 깨닫게 되기 때문이다. 내가 이것을 모르고 살았다니! 하는 마음도 통탄스럽지만 한편으론 차라리 몰랐더라면 좋았을걸! 하고 피해를 본 듯 억울한 마음이 함께 드는 것이다. 물론 세상은 점점 변해가고 있다고들 한다. 고통 없이도, 혹은 굳이 고통이 아니더라도 얼마든지 좋을 수 있다고 사람들은 말한다. 하지만 그건 사실이 아니다. 이런 작업을 만난 것, 이런 작업의 창조자를 만난 것, 이것들이 제공하는 고통과 수치심을 내가 그래도 충분히 제대로 받아낼 수 있을 만큼 그동안 가슴, 머리, 여러 가지 구멍을 갈고 닦은 것에 아무런 후회 없었다. 정말 나는 부끄러웠지만 동시에 스스로가 너무 자랑스러웠다.

언희 님 시에 처음 입장했던 순간에 대해 먼저 적고 싶다. 나는 그때 기내식을 먹인 다음에 창문을 닫아주고 불을 꺼주면 모두가 닭들처럼 대여섯 시간 동안 잠을 자게 되는 국제선의 한 구간을 지나며 시집 『보고 싶은 오빠』에 실린 「이렇게」를 읽고 있었다. 분명 이전에도 언희 님 시를 알고는 있었는데, 어디 있는지는 알았지만 입구를 몰라 들어가 본 적 없는 장소처럼 나는 갑자기 입장하게 된 느낌을 받았다. 시의 화자는 어둠 속에 물컹물컹한 채로 고뇌에 절은(듯 보이는) 문어였는데, 당시 내가 하는 일, 하고 싶은 일을 도저히 말로 할 수 없고 그런 말은 존재하지 않는 것 같다는 생각, 내 작업의 존재 의의를 정당화해 낼 수 없다는 생각 때문에 괴로워하던 시기여서 그 시가 커다란 해방감을 주었던 것 같다. 정확히는 문어에게 몹시 자기동일시가 되어서, 나를 알지도 못하는 누군가가 어떻게 이렇게 나의 모습을 정확하게 그렸냐며 지금 생각하면 몹시도 나르시시즘적인 충격에 휩싸였고, 나와 똑같은 것(문어)이 존재한다는 느낌에 크나큰 문학적 위로를 받은 것이다. 시에는 문어의 우스꽝스러우면서도 우매한, 소통 불가능한 모습이 묵직한 듯하면서도 의외로 사랑스럽게 그려져 있었는데, 읽다가 중간에 폭소를 했고 그 감각이 무척 상쾌했다. 나는 그 즉시 김언희 포털에 빨려 들어가버렸고, 다른 시들을 읽는 내내 입꼬리가 이

상한 모양으로 꿈틀거리거나 머리가 뜨거워지거나 가슴이 벌렁벌렁
하거나 보지가 실룩거리는 등 무척 복합적이고 신체적인 느낌에 사로
잡혔다. 이 순간이 내 안에 깊숙이 깃들어 이후로 나는 어떤 식으로든
내 작업 안에서 그 감각을 재현해보려고 분투하게 되었다. 오랜 시간
작업과 생활에 매몰되면 나는 나의 분투가 무엇인지, 내가 지금 무엇
을 하고 있는지를 잊어버리곤 했고, 이따금 언희 님의 시집을 집어 들
고 읽어 내려갈 때에야 내가 이 피와 양수를 빨아먹었구나, 여기에서
나는 태어났구나 하고 깨달을 때가 있었다. 그럴 때면 눈물이 글썽하
고 마치 엄마를 생각할 때처럼 언희 님이 죽어서 내가 온 곳이 사라지
게 되면 어떡하나 무서운 마음이 들어 잉잉 우는 날도 있었다.

　나는 언희 님 시와 언희 님의 연극성을, 극과 같음을, 극적임을 사
랑한다. 이 '극적임'이 나에게는 아주 여러 층위가 있다. 가장 단편적
인 의미에서 나는 언희 님의 시에 담긴 서스펜스의 순간과 슬랩스틱
한 퀄리티를 무척 좋아한다. 언희 님의 시를 읽을 때면 내가 날카롭게
멈추어지고 잠깐 들어 올려졌다가 재빨리 패대기쳐지고 갑자기 배신
을 당하거나 혼자 남겨지는 등 이런저런 방식으로 다양하게 손질을
당하는 역동적인 느낌이 든다. 서스펜스는 이런 손질을 기다리는 사
잇순간에 존재한다. 이 서스펜스를 둘러싼 각종 장면은 말로 이루어
져 있음에도 언어적 기교보다는 마치 물질의 움직임을 보는 것 같다.
점도가 있는 액체가 좁은 입구를 통과할 때나, 무게가 있는 물체에 어
떤 부피가 짓눌리거나 껍질같이 감싸고 있던 것이 허물어지고 벗겨져
나갈 때, 겨우 쫌매어져 있던 것이 투둑 하고 벌어질 때 등. 어떤 필연
적인 운동성으로 인해 물질이 가변하는 현장을 목격하는 감각, 서스
펜스가 슬랩스틱으로 이어지는 이런 순간은 무게가, 형상이, 점도가,

속도가 이렇게 저렇게 되는 연쇄작용을 보는 것만 같은 상연의 느낌을 선사한다. 조각 작업을 통해 다양한 물질을 다루는 나에게는 무척이나 익숙한 세계여서 더 애착이 가는지도 모르겠다. 한편 서스펜스와 슬랩스틱이 여러 시 속에서 다루어지는 양상을 관찰하면서는 전에 본 적 없는 어떤 이국적인 동물이 자신에게 무척 익숙한 행위를 재빠르고 능숙하게 해치우는 것을 넋을 잃고 구경하는 것과도 비슷한 느낌이 들었다.

내가 감각하는 언희 님 시 세계의 극적 아우라는 또한 뒤집어지고 넘치는 관계와 그 스펙터클함에 관한 것이기도 하다. 이러한 면면은 나에게는 너무나 또렷한 경험임에도 말로 잘 설명해 낼 자신이 전혀 없지만 한 번 최선을 다해 보겠다. 뒤집어지고 넘치는 관계란 이를테면 훌륭한 예술작품에는 항상 삶보다 더 삶 같은 것이 묻어나며, 가장 훌륭한 형식의 작품이란 형식에 담길 수 없어 형식을 흘러넘치는 작품 같은 것을 의미한다. 나는 언희 님의 작업 세계를 통해 이런 역전을 목도하면서 그 숭고함에 취하는 예술적 취향을 기른 것 같다. 이러한 역전 현상에 담긴 숭고의 경험은 종종 신체 변형 페티시즘을 떠올리게 하는 어떤 비가역성과도 깊은 관계가 있다. 갈 데까지 갔을 때도 조금 더 가버리는, 저렇게까지 심하게 그러면 안 될 것 같을 때 더 심하게 해버리는, 이와 관련해 나는 자주 "종이가 찢어지도록 훌륭한 시를 쓰고 싶었다"는 언희 님의 글귀를 떠올린다. 이런 스펙터클함은 비장하고 웅장하지만 그 자체로 놀이라는 생각이 든다. (그것이 놀이면 놀이인 만큼 더 진심이라는 생각도 해본다. 작업자로서 내가 정말 감탄하고 동경하는 언희 님의 작업 방식 중 하나는 사람들이 유해 물질 봉투에 담아 보호구를 입고 처리할 물건들을 맨손으로 주무르고 이빨로 물어 나른다는 점, 그리고 경멸과 비하, 조소를 할 때조차 시인이 그 대상물과 맨 피부를 맞대고 있는 것만 같은 감각이다.) 나는 언희 님을 몇 번 만날 기회를 가지면서 이것이 더 거대한 유기체적 혹은 기계적 생산 작동의 일부인 것 같은 망상을 해보았다. 마주하는 그 어떤 대상물도, 에너지도 이 생산 작용에 빨려 들어가지 않을 수 없고, 그 때문에 유기체-기계의 몸집이 점점 불어나지 않을 수가 없는 그런 공상과학적인 상상력 말이다.

가령 작품으로만 알다가 언희 님을 직접 대면한 채 대화를 나누는 일은 놀라움의 연속이었다. 무엇보다도 언희 님은 엄청나게 웃긴 사람이었다. 세상의 온갖 것에게 염증을 표하며 새침하고 우아하게 귀족적으로 굴다가도 갑자기 미성년자 전용의 구린 유행어나 천박한 비속어를 남발하는 등 한 치 앞을 예측할 수 없는 발화의 리듬이 너무나도 흥겨웠다. 내용이 무엇이냐는 둘째치고, 일상적인 대화에는 존재하지 않는 긴장과 탄력이 있었고, 대화만으로도 내가 장르를 알 수 없는 어떤 작품 안에 들어와 있다는 기분을 느꼈다. 이때 위대한 예술가의 카리스마라는 것은 장식품이나 보너스가 아니라 그 자체로 즐기고 맛보아야 마땅한 예술작품이로구나 하는 생각을 처음 해보았던 것 같다.

또 지금은 기억이 흐릿해 구체적인 사안이 기억나질 않지만, 소외된 계층의 여성들이 여럿 억울하게 죽어나간 일로 언희 님이 치를 떤 적이 있었다. 이야기를 하는 언희 님은 눈을 동그랗게 부릅뜨고 손을 꼭 쥐고 꼿꼿이 앉아계셨는데, 흡사 죽기 전 여자들의 몸속으로 걸어 들어가고 있는 것만 같은 느낌을 받았다. 그즈음 심한 불면을 앓고 있다고 하셨었는데, 그게 매일 밤 그녀들이 겪었던 고통의 순간을 반복해 살고 있기 때문이라는 것도 알게 되었다. 모든 것을 느끼도록 한없이 열려있고 파열되고 매번 새로이 죽는 언희 님에게서 저것이 시인이로구나 하는 것을 통렬하게 느꼈다. 시인이라는 것은 세상을 감각하고 자기 방식으로 담아내는 각종 예술가의 서로 다른 이름들을 다 제치고, 미디엄-영매의 궁극적 은유로 소환되는 가장 최전선의 이름이 아닐까 생각했다.

언희 님을 만나게 된 계기는 2020년 아트선재센터에서 개최한 개인전의 도록에 들어갈 원고를 부탁드리기 위해서였다. 전시 제목은 무엇인가를 담거나 옮기는 수단, 존재를 복수 형태로 지칭한 '캐리어즈(Carriers)'였고, 전시의 소개문에 오래전에 어디선가 주워들은 인류학 이야기를 실었다. 어떤 부족은 부족 샤먼이 아주 작은 자극에도 예민하게 반응할 수 있도록 그/녀의 가장 바깥층 피부를 얇게 포를 떠 벗겨내는 의식을 지속적으로 행한다는 내용이었다. 그때는 몰랐지만 언희 님의 시를 읽고 언희 님을 만나면서 기억 속 한구석에 처박혀 있던 샤먼 이야기가 되돌아온 게 아닌가 싶다. 전시를 열고 나서 언희 님이 전시를 보러 잠깐 상경하신 일이 있었다. 전시의 중심 설치 작업은 호스가 휘감긴 조각의 몸체로부터 일련의 기계 작동에 의해 생산된 다양한 배출과 흡입의 소리를 내는 것이 주안점이었는데, 이날 따라 기술적 문제로 소리 부분이 잘 작동하지 않고 있었다. 언희 님을 뵌다는 것에 무척 긴장한 것에 더해 작업이 온전히 보이지 못한다는 사실에 스스로가 저주스럽고 경멸스러워 머리통에서 김이 날 것만 같았다. (이것은 지금도 여전하지만 그 당시에는 더 심하게 앓고 있던 작업 생산 및 발표, 자기 이미지에 관련한 병적인 수치스러움의 일종으로, 이를테면 진주에 처음 다녀왔을 때도 나는 언희 님의 유려함과 카리스마에 충격을 받아 예술을 한답시고 전 세계 곳곳을 돌아다니면서 설치고 있는 내 꼴이 너무나 쪽팔리다는 생각에 오랫동안 고통에 시달렸다.) 너무 긴장이 되고 수치스러워 괴로웠다는 감각 이외에는 그날의 기억이 온통 흐릿해져 버렸다. 이후에 커피를 한 잔 마시며 긴 시간 이야기를 나누었는데 무척 다정하셔서 그나마 좀 위안이 되었다. 조금 이따가 의사라고 들었던 것 같은 언희 님의 따님이 찾아오셨다. 곧은 몸뚱어리를 가진 시원한 느낌의 사람이었다. 멀어지고 있는 언희 님과 따님의 뒷모습을 몰래 사진으로 찍어두었다.

누가 언희 님 시의 무엇이 그렇게 좋은지 한 가지만 꼽으라고 한다면 황홀하도록 낭만적인 미적 경험이라고 대답할 것이다. 이것은 시를 읽을 때 솟는 아드레날린과 관련이 있다. 나에게 고양감의 경험이라는 것은, 상승이 되었든 하강이 되었든 질주하는 마음으로 가득 찬다는 것은, 그것이 고꾸라지거나 사그라들어 버릴 것일지도 모르는, 아니면 예상치 못한 폭로로 모멸을 당할지도 모르는 도박에 참여하고 있음을 의미한다. 그 부분이 가장 중요하다. 다른 존재와 그것을 함께 할 때 상대가 그 위험한 도박에 함께 하고 있다는 점 때문에 나는 감격해서 눈물이 나고 마는 것이다. 질주의 절정에서 잠시 잠깐 청명함의 순간에 바라본 상대의 얼굴에는 곧 고꾸라질 것을 예비한 두려움, 허탈함, 처연함, 대견함, 우스꽝스러움, 안타까움 등 다양한 것이 서려 있을 테다. 언희 님의 시에는 질주뿐만 아니라 고꾸라짐 이후에 그것이 어루만짐이든 경멸이든 관계없이 그때에도 나를 쳐다보아주고 입 안에 담아주고 뱃속에 넣어줄 존재가, 씹어주고 주물러주어, 문드러지고 으깨어져 내가 다시금 형상이 될 장면까지가 전부 담겨 있다. 언희 님의 시는 사랑에 빠질 때 내가 다뤄지기를 바라는 방식이고 내가

상대를 그 지경까지 되게 해놓고 싶은 지경이다. 여기에서 나는 물론 자신의 예술적 취향이나 개인적 성향을 묘사하고 있는 것이기도 하지만, 그보다는 예술적 경험이 주는 아름다움의 극치에 대해 이야기하고 있는 것이다. 뜨겁게 뚝뚝 떨어지는 마음으로, 절대를 초과하는 예술적 경험이 주는, 절대보다 더 아름다운 아름다움에 대해 이야기하고 있는 것이다.

한다   홍지영

(진행자와 참여자는 함께 옷을 벗고 마주 앉아있다.)

안녕하세요. 흔쾌히 작업에 참여해주셔서 감사드립니다. 제 이름은 홍지영입니다. 사진을 주로 찍고 있어요. 본 촬영은 추후에 출간될 김언희 시인 문집을 위한 작업이 될 텐데요. 저를 포함 총 여덟 분이 이 자리에 함께해주셨습니다. 이쪽에서부터 차례대로 오늘 불렸으면 하는 닉네임 혹은 이름을 말해주세요.

그리고 몇몇 분이 참여자가 다 여성인지 하는 질문을 주셨어요. 그런데 그건 제가 알 수 없는 내용이라서요. 서로 실수를 줄이기 위해 그, 그녀, 혹은 they(젠더 퀴어) 등 각자 어떤 인칭 대명사로 불렸으면 하는지도 말씀해주세요.

(모인 사람들이 본인의 이름과 지칭 대명사를 밝힌다. 한 명은 말이 없다.)

네, 반가워요. 여러분. 함께할 서로의 얼굴을 확인해주세요. 그리고 본격적으로 촬영 시작 전 몇 가지 주의 사항을 먼저 전달하겠습니다.

누드 작업이다 보니, 서로 다 벗고 있는 상황에선 합의된 저 이외에는 사진을 찍지 말아주세요. 오해할 상황이 생기지 않게 핸드폰을 사용 시엔, 다른 분들께 동의를 구하는 것이 좋을 것 같습니다. 이 장소의

도 서로를 동지라고 생각하는 한편, 함께 있어서 돌출되는 자신, 부끄러움, 불편함, 부대낌, 바닥의 차가움, 제가 준비해온 음악 등을 느끼셨으면 합니다.

(진행자는 일어나서 카메라를 든다.)

자, 각자 마음에 드는 곳에 서볼게요.
힘을 줍니다.
바닥을 향합니다.

(한다
한시간이고•)

둥글게 원을 만들어 앉습니다.
눈을 맞춰 주세요.
먼 곳을 바라봅니다.

(두시간이고한다
물을먹어가며한다•)

이번엔.
누울게요. 편하게.
하늘을 바라볼게요.
하늘이 없는데요?
그럼 천장이요.

(하품을해가며꾸벅꾸벅
졸아가며한다
한다깜빡•)

가장 어린 참여자.
서아, 자리에서 일어나 주세요.
그 주위로 모입니다.

(굴러떨어질뻔하면서그는
그가왜하는지
모른다무엇
과,하고있는지도
부르르진저리를치면서그가•)

허벅지를 칼로 수도 없이 벤다.

(한다무릎과팔꿈치가벗겨지면서이제는
목을졸라버리고싶지도
않으면서,한다•)

모두
아주 크게
손뼉를 칩니다.
멈추지 않을게요.

소리가 너무 커요.

귀가 찢어져 피가 납니다.

그래서 좋은 거 아닌가요?

이 타투는 죽은 오빠가 남긴 말.

이 엉덩이 타투는 전 여자친구의 이름.

아무에게나 이걸 하도록 허락해선 안됩니다.

그럼 노랫소리는 줄여주세요. 누구의 말도 들리지 않습니다.

진행자는 노랫소리를 줄인다. 한 칸. 이제 어때요? 더 줄여줘요 더. 한 칸. 이제 어때요? 더 줄여줘요 더. 한 칸. 이제 어때요? 더 줄여줘요 더. 한 칸. 더. 한 칸. 더. 한 칸. 더. 한 칸. 더. 한 칸. 더. 한 칸. 더. 더. 더.

이내 노래는 꺼지고.

말은 없고. 박수만 가득하다.

> (한다밤새도록걸어다니는침대위에서
> 칠십바늘이나꿰맨그가
> 죽다살아난그가•)

이제거의마지막이에요.서로한덩어리가됩니다.

네그렇게잠시만숨을참아주세요.

네좋아요.그대로.가만히.

죽으시면안됩니다.

그대로.가만히.

촬영이끝났다.

앗한장만.더.

마지막으로.

한장만.더.

한번만.

좀만.

더.

더.

더.

(한다한다

한다천번도넘는•)

(그렇게 하다 보니 3세기가 지났고, 그건 하나님이 태어난 날부터 촬영 시작의 날인 2022년 3월 15일까지의 시간보다 긴 시간이다. 그 시간 동안 그들은 김언희 시인이 그렇게나 자주 하던 남자와 자지에 대한 생각은 하지도 못했다. 그저 식욕과 배설욕. 그저 서로의 번뜩이는 눈. 그저 손가락과 스트랩 딜도. 그저 자꾸만 부르는 배. 그저 몸을 뒤덮은 각질과 땀과 피지와 치기와 억센털. 그저 서로의 고양이와 개. 그저 우리의 사진에 대한. 이제는 나오지 않는 노래에 대한. 죽지도 않은. 그들은. 이제 작별한다. 한 명씩 떠났고, 촬영자이자 진행자인 그는 칠만 미터의 필름을 지고 간다. 그리곤 겨우 필름에 손을 한 번 베인다. 그 사이엔 누군가 죽고, 누군가 태어난다.)

- 「한다」, 『트렁크』(개정판)(파주: 문학동네, 2020), 15.

미친, 사랑의 노래

[대담]

뭇 여래를 거친 개에 관해

양효실
김언희

2023년 4월 29일

장소: 진주 경상대 후문 와인바 '사건의 장소'

대담: 김언희, 양효실

기록: 이연숙

양효실(이하 '양'): 여기 ['사건의 장소']에서 하는 시 모임 지금까지 오고 간 분들 엄청 많은 것 같은데요?

김언희(이하 '김'): 꽤 많죠.

양: 선생님이 주도하시는 거예요, 이 모임은? 아니면 다른 시인도?

김: 아니 그냥 제가 있으니까, 옆에서 모이고. 혼자 공부를 하다가 하다가 안 되는 사람들도 있잖아요. 그렇게 알음알음으로 모이고.

양: 선생님이 인터뷰에서 가끔 말씀하셨지만, 중고등학교에서 영어 교사를 꽤 오래 하셨고…. 언젠가 말씀하시기로는 연금 나오는 시점에 딱 그때 그만뒀다고 하셨죠.

김: 딱 그달에.

양: 아무리 뒤져도 시에서 중학생, 고등학생 이야기는 하나도 안 나오던데요?

김: 분리했죠. (선생님이 주문한 와인을 따르는 사건의 장소 주인장 조행래 씨를 보며) 근데 저 친구 같은 경우에는 아무런 내색을 안 했는데도 고등학교 때 제 발로⋯. 학교에서 업무 분장을 할 때 혼자 있을 수 있는 공간이 있는 업무, 그러니까 양호실. 아니면 도서실, 그걸 맡으려고 굉장히 치열하게 머리 굴리고 생각하고. 그럴 수 없을 때는 창고로 갔죠. 책걸상 고치는 창고로.

양: 쪼끄맣고 단단한 체구, 그리고 한번 물면 안 놓을 것 같은 강한 턱을 갖고 계신 선생님이 혼자 학교 어딘가에 숨어서 시를 쓰고 있다?

김: 철저히 함구했죠, 아무도 모르게. 내가 거기서 뭘 하는지. 영어 선생이 무슨 시 얘길 했겠어요? 난 영언데. 근데 저 친구는 냄새를 맡고 왔던 거죠, 양호실에. 저 친구 이야기 진짜 재밌어요. "선생님이 안 계셨으면 있는 줄도 몰랐던 세계를 선생님이 내게 보여주셨다"고 언젠가 내게 말했는데, 뭘, 지가 알아보고 알아서 헤맨 거죠.

양: 선생님이 수업 시간에 하는 이야기들을 듣고?

김: 아니, 시, 시를 보고.

양: 찾아낸 거예요? 행래 씨가 선생님 뒷조사를 하면서 알아
낸 것인가요?

김: 그러진 않았을 걸요, 아마. 내가 뭘 항상 쓰고 있으니까. 책
을 읽고 있거나. 의외로 선생님들이 그런 사람이 잘 없거든요.
모여 앉아 쉬거나, 먹고 뭐 이러는데. 혼자 틀어박혀 뭔가를 읽
거나 쓰거나⋯. 물어봐야겠다, 본인한테. 그때 왜 나한테 시를
갖고 왔니? 그 얘기를 한번 물어봐야겠네.

양: 학교에서는 시를 쓴다는 게 전혀 알려져 있지 않은 선생님
의 시를 찾아서 읽고, 학교 어딘가에 숨어서 시를 쓰는 선생님
뒤를 밟으면서? 선생님 시를 갖고 등장한 건가요? 아니면 행
래 씨 자기 시를 들고?

김: 자기가 쓴 시를 들고 왔어요. 시가 굉장히 강렬했어요. 고
작해야 고등학교 2학년인데. 저 친구가 키가 멀대 같고 빼빼한
친구여서 눈에 띄었죠. 친구들하고 어울리기는 하는데, 딱히
그 안에 있다고 보기도 어려운 뭐 그런 친구였어요. 조용하고.
저 친구가 어느 날 양호실에 와서 시를 쓱 내미는데, 보니까,
아니, 이 촌구석에, 진짜 이 깡촌에⋯ 초현실주의가 있는 거예
요, 초현실이. 깜짝 놀랐어요. 지금도 기억나요. 핏물 구덩이에
종이를 한 장 던지고 한 발을 딛고, 또 한 장 던지고 또 한 발 딛

고 간다, 라고 썼더라고요. 어이없었죠. 니가 쓴 거야, 이거? 이 말밖엔 달리 할 말이 없더라고요. 그것 말고는 저 친구에 대한 기억이 별로 없는데, 저 친구는 계속해서 인생의 국면이 바뀔 때마다 연락을 해 왔어요. 선생님 제가 뭐… 서울예대 됐습니다, 덜컥.

양: 예대 문창과를 갔고.

김: 시골 읍 소재지 고등학교에서 예대 문창과를 들어가는 것도… 그것도 재밌잖아요. 내가 시를 한 번 봐준 적도 없어요. 지가 시를 보여주면, 어, 그래, 하고 말았는데…. 그러더니 몇 년 만에 전화를 걸어서, 해병대 갑니다. 또 어느 날 문득 씨디를 하나 보내와서, 어, 시디를 보냈네. 그러다가 어느 날, 쌤 저 프랑스 갑니다. 그때 붙잡았어요. 너 지금 한창 시 쓸 땐데 어딜 가? 이제부터 시 써야 하는데 어딜 가? 프랑스 뭐 하러 가겠다는 거야? 하고 잡았죠…. 그래도 저 친군 가더라고요. 그리고 또 소식 끊어졌어요. 그러고 몇 년 만에 연락이 왔더라고. 2017년인가, 문자를 보냈더라고요. 선생님 한번 뵙고 싶다고.

양: 그럼 거의 25년 정도 된 인연이죠.

김: 그래서, 처음엔 말렸어요. 나이도 적잖고, 서른도 넘었고. 말렸는데, 본인 말이 이제 더 물러설 곳도 없고 잃을 것도 없고, 쓰겠다고. 그제서야 이젠 쓰겠구나 싶더라고. 쓰기 시작했

는데 문창과에 인스타 감성, 그걸 빼는 데 시간이 좀 걸렸고. 인스타에서 나름 스타였던 것 같더라고. 그걸 빼고… 지금은 죽어라 쓰니까. 올해 들어서 확 변하네요, 시가.

양: '사건의 장소' 오픈이 2016년이고 2017년에 선생님에게 연락하고. 그 무렵 낙향한 것인가요? 두 분의 관계에 대해 더 듣고 싶어요.

　　김: 그런 거 같아요. 아니, 이거 하기 전에 발골사 했으니까, 시골집 근처 도축장에서…. 발골사를 몇 년 했을 거예요.

양: 그럼 뭐 지금 굳이 여러 말이 필요 없는 시 합평회에 함께 참가하면서, 이 와인바를 운영하며 선생님의 아지트도 되어 주는 (웃음) 그런 관계네요.

　　김: 글쎄 뭐, 내가 필요할 때… 저 친구가 마음을 써주고. 그리고 매달 합평회 때 우리가 만 원씩 거둬서 장소 대여비로 오천 원씩 내고, 남은 오천 원으로 밥을 먹었거든요, 늘. 근데 저 친구가 그걸 보고서 합평회를 이 공간에서 하자, 그래서 우리가 밥을, 제법 밥 같은 걸 먹게 된 거죠. 한번은 오니까 인터넷에서 일인용 책상을 주문을 해서 배치해 놓았더라고요. 하나하나 스탠드가 다 달려있는 걸로. 그걸 저 친구가 마련을 했더라고요. 고맙기도 하고.

양: 숨이 막힌다. (웃음) 와… 행래 씨가 일단 이 인터뷰의 프롤로그로 등장하시고. 이 공간의 느낌이 너무 좋아요. 지하로 내려오는데 벽에 붙어 있는 포스터가 68혁명 포스터라니. 한 달 전 수업에서 [68혁명을] 가르쳤는데, 진주에서 보니 감격스러워요. 저건 벽에 쏘는 프로젝터인 듯하고.

김: 영화도 틀고, 젊은 연인들이 오면 와인 까면서 보고.

양: 그리고 최근에 선생님과 같이 합평회 참석하는 분 중에 올해 박상륭 문학상 받은 분 있다고 들었어요. 그분도 좀 소개해 주세요.

김: 김한규 시인. 한 6-7년 전인 것 같은데…. 피차 사생활에 대해서는 묻지도 않고 하지도 않는데, 얼핏 이 친구가 이야길 하더라고. 꽃이 활짝 핀 꽃밭에서 아버지가 어머니를 때리던 광경 같은. 이건 본인의 인터뷰를 통해 늦게 알게 된 건데, 학생운동을 하다 감옥생활을 하고. 출소하고는 노동운동을 하다가, 그것도 버리고 비정규직 생활을 시작했다고. 이따금 들어 보면 안 해본 일이 없는 거 같아요. 그렇게 나이 들다 문득 내가 시조차 안 쓰면 쓰레기가 되겠다 싶어 자기 발로 찾아 왔다 하더라고요.

[치즈 플래터 들고 행래 씨 잠깐 무대로 등장. 환호하는 기록자 연숙]

김: 지난번 합평에서는 「알코홀릭 케이 횡단기」라는 시를 갖고 왔는데, 시가 참 괜찮더라고요.

양: 선생님이 쓰신 「김이 김에게」. 기억나세요? 내가 나인 걸 참 신기해하는 장면이 계속 나오고. 김한규 선생은 케이라고 부르고. 선생님 따라한 것 아니에요? (웃음) 어떻게 김언희 쪽으로 이렇게 모여드는지. 가령 주변 예술 한다 하는 젊은이들은 모두 리타를 아는데, 리타는 SNS를 하고 블로그를 하고 그걸 읽으며 어디서 왜 접속해야 하는지를 알게 되고. 20-30대에게 리타가 갖는 의미나 영향력은 그렇게 움직이는데 말이죠.

김: 여기는 소문 듣고 찾아와요. 제가 밖에 안 나가잖아요. 아, 진주에 시 쓰는 사람이 있다, 김언희가 있다, 그 사람 괜찮다더라, 이런 식으로. 의외로 나를 스쳐 지나간 글쟁이들이 제법 되죠.

양: 그러니까요, 서울과는 다른 지방의 움직임이나 기운. 있지만 안 보여서 거의 기록되지 않는.

김: 사람들이 하나씩의 원을 품고 왔다가 그 원이 이뤄지면 떠나요. 드나듦이 자유로우니까. 김한규라는 친구는 무슨 행사 뒤풀이 밥집에서 혼자 묵묵히 밥을 먹다가, 김한규입니다, 선생님에게 시를 배우고 싶습니다. 보니, 나이는 꽤 들어 보이고,

또 한 덩치 하거든요. 이창동 감독 닮았더라고요. 나중에 들어 보니 연극판에서도 좀 놀았다고. 아무튼지, 그럼 와 보시우, 했는데, 그달에 만 원짜리 한 장과 시 세 편을 들고 왔더군요. 음, 시가 확확 변하는… 두어 번 사납게 변하더니, 잘 써요. 아주.

양: 조행래와 김한규 두 분과의 인연, 시 합평회 이야기를 통해 진주의 자생적인 움직임, 모임의 형태에 대해 알게 되었습니다. 서울에서 선생님은 잘 쓴다, 놀랍다, 그러나 겸상을 하기는 좀 그렇다, 함께 있기는 불편하다, 이런 분위기로 읽히는데, 합평회 참가하는 분들은 선생님 시를 좋아하나요? 물론 위 두 분은 모두 선생님 시를 읽고 선생님에게 온 분들이니 물어서 뭐하나 싶지만요.

김: 몰라요. 당신들 내 시 좋아해요? 라고 물어본 적도 없고. 왜 물어봐야 돼죠? 오는 사람들이 내 시를 좋아해서 오는 게 아닌데. 내 시가 싫어도 올 수 있죠. 모여서 함께 쓰고 읽는 게 필요해서.

양: 시인이기 때문에?

김: 저 사람들을 시인으로 인정하고 믿으니까. 온갖 종류의 시, 온갖 직종의 사람들이 다 있어요. 게다가 합평회에 모이는 분들의 시가 제각각 다 달라요. 비슷하지조차 않아요. 난 그게 되게 소중해요.

양: 근데 선생님도 취향이 있을 텐데. 사실 예술가와 교육자는
상충하는 지점들이 있잖아요.

김: 난 열어둬요. 그건 있죠, 당신 노란색이네. 그럼 샛노래져
요. 그쪽으로 밀어 보내주는 거죠. 당신 빨간색이네, 그럼 더
빨개져요, 빨강으로 밀어 보내고. 누구에게서나 자신만의 색
깔이 보이잖아요. 하긴 무색도 있더라고요. 그런 경우엔 아주
진을 빼죠. 내가 항상 하는 말, 내가 항상 그 친구들에게 주는
메시지는, 당신은 당신다우면 돼. 당신은 당신이 되면 되는 거
야. 당신이 내 시를 좋아하든 말든 상관 안 해. 그 친구들 내 시
별로 안 좋아할 걸요. 아예 대놓고 티를 내기도 하죠. 선생님
시 못 읽겠다고.

양: 이건 학파 같은 것은 될 수 없는 모임이네요, 그러면. 아니,
그러니까 어떤 경향, 어떤 태도, 이런 식으로 우리가 아는 문
학사의 스쿨들은 바깥에서 경향성으로 묶을 수 있는 건데.

김: 경향성이 생기면 서열이 생겨요. 안 돼요.

양: 흐으음. (심호흡)

김: 제각각이면 옆 사람하고 경쟁할 필요가 없어지죠. 경쟁할
건 자신밖에 없지, 뭐 하러 옆을 돌아보겠냐고. 예술가가 누구
랑 경쟁해요. 자신밖에 없어요. 벼룩 재밌잖아요. 확 뛰어올랐

다가 제자리로 떨어지고. 이 짓 하는 거예요. 예술은 앞으로 전진하는 게 아니잖아요. 수직 도약한 자리에 수직 낙하하는 거죠, 평생, 그 자리에서…. 가만히 냅두면 다 알아서 해요. 선생 필요 없어요, 시는. 그저 바라봐주기만 하면 돼요. 변해요.

양: 제일 많았을 때가 몇 명 정도였어요, 이 모임.

　김: 열 명 안 넘기려고 해요. 그러면 교통정리가 복잡해져요. 칸을 지르는 것도 한계가 있더라고, 내가 할 수 있는 한계가. 열 명 넘어가면 능력 밖이에요.[1]

양: 서열이 생긴다….

　김: 그냥 왔다리 갔다리 하는 거죠. 가면서 욕을 엄청 끌어 퍼붓는 친구도 있고, 나가서는 그 사람 얼굴도 몰라! 하는 친구도 있고. 욕을 엄청 퍼부은 친구는 내가 시를 그만 쓰라고 한 친구.

양: 그 친구, 아니 그분은 어때요, 지금은 써요 안 써요?

1　'칸을 지르는'은 김언희 시인의 설명에 따르면 칸막이를 치다, 서로에게서 떼어놓다라는 뜻이다.

김: 안 써요. 근데, 이 친구는 예전에 한 번 왔다가 갔다가, 다시 왔는데. 시 쓰는 게 그 친구한테는 일종의 자기과시인 거예요. 함께 쓰는 사람들에게 너무 민폐가 되어서. 다른 건 다 용납돼요. 못 써도 괜찮고, 처박아도 괜찮고, 무슨 뻘짓을 해도 다 괜찮은데, 시를 자기기만의 도구로 쓰는 건 나는 못 봐요. 그래서 보냈는데, 안 쓰죠.

양: 학교 이야기 1도 안 나오고, 결혼, 가족 육아와 같은 여성 경험 1도 안 나오는 게 선생님 시죠. 선생님 시에서는 내가 알아볼 수 있는 한국인 경험을 전달하는 고백적 주체가 없어요. 이 시를 쓴 사람은 여자인 것 말고는 거의 추적 불가능한 '팜므 파탈' 같았거든요. 그러면서도 재밌는 게 선생님 시는 잘 안 쓰는 사소한 한국어, 굳이 찾아보면, 와 이렇게 멋진 말이 있었나 싶어지는 시시한 것들을 제목으로 잘 사용해요. 「떨켜」도 그중 하나고요. 검색을 해보고 나서야, 이런 청각적, 시각적 멋진 말이라니, 감탄했었죠. 사소한 단어, 장면을 갖고 시를 짓는 일은 시의 임무 중 하나일 것 같기는 한데, 선생님 시에 등장하는 그런 잘 안 쓰는, 그러나 안 사라진 단어들에 대한 선생님의 응시를 분석하는 것도 좋을 것 같아요. 고백적이고 경험에 충실한 시는 선생님에게는 시가 아닌 것 같아 보여요, 지금으로서는.

김: 쉼보르스카 시에 그런 게 나와요. 나는 해삼처럼 나를 반으로 갈랐다. 그리고 하나는 굶주린 세상에 먹이로 던져주고, 먹

이로 던져줬다고요, 자기를 반으로 갈라서. 나머지 반은 도망 쳤다고, 나로 살았다고 하거든요. 아마 그런 경우 아닐까요. 옛 날에 페미니즘 처음 들어왔을 때 엄청나게 두드려 맞았죠.

양: 그러니까, 지금 그걸로 넘어가려고 하는 전 단계에서 한 질문인데.

김: 엄청나게… 니 뭐냐, 니 고백도 아니고 뭣도 아니고. 아마 도 나는 이걸 거예요. 시 낭송에 대한 나의 거부감이 뭐냐면, 심지어 낭독회를 하면서도 내 입으로 내 시를 낭독하지 않으 려고 끝까지 버텼어요. 하다못해 진행자가 읽었죠. 딱 한 편. 그게 뭐냐면, 내 시에서 말하는 사람은 내가 아니란 말예요. 내 가 아닌 타자의 목소리를 어떻게 내 목소리로 읽을 수가 있어 요, 그걸. 내가 아닌데. 「보고 싶은 오빠」가 다섯 절로 되어 있 잖아요. 다섯 여자예요. 그거는 시적으로 일이삼사오 나눈 게 아니라 다섯 여자 얘기란 말이에요. 어떻게 내가 혼자서 다섯 여자의 목소리를 내라는 말이에요. 나더러 내 시를 읽으라는 거, 그건 애초에 안 되는 거죠. 내가 항상 합평하는 친구들한테 이 얘길 하거든요. 예술가는 두 번 죽는다. 한 번은 예술가로 죽고, 한 번은 인간으로 죽는다고요. 나는 먼저 시인으로 죽을 거다. 전화번호 바꾸고 잠수 타면 나 찾을 사람 아무도 없고. 그다음에 인간으로 죽겠다. 나는 두 개의 삶을 살았고, 두 개의 죽음을 죽을 거라고.

양: 시적 자아와 경험적 자아, 둘이 함께 산다? 시적 자아는 이
미 복수다? 보자기나 가방이군요. 여러 사람이나 목소리가 부
대끼는.

　김: 사실 「트렁크」 같은 시 한 편에 내 인생이 다 들어가 있거
　든요. 그리고 그 시집이 내 인생이 가장 많이 들어간 시집인데.
　거기에 꼭 밥풀떼기 더 묻혀야 돼요?

양: 밥풀떼기가 묻어 있으면 한국 같아서 친근하고. 흐으음.
(심호흡) 자기 삶이란 게 있다고 상정한 그런 리얼리즘 결국
낭만적인 시는 선생님한테는….

　김: 그것도 시 맞는데, 그래도 내 시(취향)는 아니에요.

양: 이미 나는 내 목소리가 다섯 개, 몇 갠지 모르는 사람이
니까?

　김: 그리고 나는 시 안에서 내 목소리 든….

양: 지겹다?

　김: 역겨울 것 같은데요. 그건 마치 거울 앞에서 자위행위 하는
　거하고 똑같아서. 역겨울 거 같아요. 꼭 내가 내 보지 만지는
　걸 거울 통해서 봐야겠어요?

양: 오케이! 그러면 이제 그다음 단계.

양: 그러니까 자지 보지, 여러 가지 것들이 등장하지만 선생님 시는… 페미니스트적인 어떤 이항대립을 무너뜨리려고 하는 그런 포지션도 아니고. 그 이야기, 선생님이 하는 이야기가 "증오 없이는 단 한 문장도 쓰지 않았다" 이렇게 되어 있는데, 그 앞에 "황홀경에 다름없는 증오 없이"는, 이렇게 표현했단 말이에요. 이게 지금 굉장히 분노한 사람의 시 같은 느낌인데. 근데 계속 웃고 있고. 그리고 선생님 얘기대로, 「도금봉」에서 죄의식도 없고, 아무리 뚜드려 패도 고개 숙이지 않는 여자들 이야기도 나오고. 분명히 생물학적 암컷으로서의 여성에게 할당된 상징계 내 자리, 이거는 선생님이 인정하는 것 같은데. 실제로 선생님이 시를 쓸 때 화자는 남자도 여자도 아닌. 그런데 또 남자도 여자도 아닌, 이라고 했을 때, 예를 들어 트랜스나 박수무당의 어떤 '우월한' 자리, 이런 건 또 아니고. 선생님의 자리는 개의 자리니까. 이런 어떤 포지셔닝이, 어떻게…. 쓰고 보니까 압니까? 아니면 처음부터 내 자린 개의 자리라는 거예요?

　　　김: 모르겠어요.

양: 모르겠다…. 어떻게 쓰세요, 선생님. 시를 쓸 때, 시심이 오시면 한 자리에서 단숨에 쓰십니까, 아니면….

김: 시심 같은 건 없어요. 그냥 일상처럼 매일 책 보고, 좋은 문장 있으면 옮겨 쓰고, 되짚고…. 이렇게 하다 보면 문장이 문장을 물고 와요. 문장이 문장을 물고 오면, 그다음부터 쓰다가… 주르륵 쓰다가 또 그렇게 끊어지면 또 냅두고. 뭐 그런 거 같아요. 그러다 마침내 용접의 날이 오죠. 용접의 날이 온단 말예요. 그러면 시를… 시를 써야 하고. 청탁이 있거나 하게 되면… 그러면 어떤 기운을 중심으로, 그 기운이 에워싼 텅 빈 중심으로, 대가리 팔다리들이 오고. 이제 용접의 순간이 오는 거죠. 그러면 한 오육 일을 자는지 먹는지, 오는지 가는지, 차 사고도 그러다 났을 거예요, 그 와중에. 그런 며칠이, 그런 몰두가 있죠. 시를 못 쓸 때(?) 미치겠는 게 그 몰두의 시간을 가질 수 없다는 거예요. 황홀경에 다름없는 지옥인데. 정말 지옥의 황홀경이 있단 말이에요. 그리고 여자는 한 서른 살쯤 되면, 으응, 이게 뭐지? 이렇게 되고, 마흔 살쯤 되면 씩씩거리게 되고, 오십 쯤 되면 분노로 만 탱크가 되는 거 같아요. 육십이 되면 그게 환멸과 증오가 되는 것 같고. 딸들한테도 서른 살 넘기 전에는 읽지 마라, 내 시를. 그랬는데, 서른이 넘어서들 읽었는데… 별로 반응이 없더니. 애들이 나이가 들어갈수록 엄마의 덕후가 되어가고 있어요, 딸들이. 어릴 적 저희한테 무덤덤했던 엄마라는 인간에게. 요즘은 애들이 이따금 물어요. 대체 엄마는 어떻게 살아냈어요, 하고요. 딸들이 시시콜콜 챙겨 읽고, 이미래 작가도 질투하고. 흐뭇하죠.

양: 네, 그건 정말 행복할 것 같네요. 시인으로 추앙받기는 문

학장이라는 이데올로기가 있으니까 가능하지만, 예술가의 삶을 가까이서 목격하는 자들에게 예술가란 위선자가 아니기 어려운데요. 따님들이 엄마 시, 그것도 김언희 시를 좋아한다니. 개가 쓴 지저분한 시를…. 그러면 누구의 목소리도 아닌 목소리로 이야기했지만, 또는 그렇게 이야기한다고 선생님이 말씀하시지만, 그 복수의 목소리 또는 여러 명이 한 곳에서 우글거리는, 여러 명이 한꺼번에 몸 안에 있는. 이 여성 시인의 시가, 여자들에 대해 맞는 말을 하고 있다는 걸까요? 아니면 특정한 여자들에게? 어쨌든 선생님 시는 되게 지적인 시잖아요. 구조를 보는 냉담하고 처연한 눈이 보이는.

김: 황현산 선생님이 똑같은 말씀을 하셨어요. 굉장히 지적인 구조를 가진 시라고 하셨는데, 내가 지적인진 잘 모르겠어요.

양: 그러니까 말들은 엄청 음탕하고 더럽고 포르노적인데. 시 자체는 엄청나게 지적인 구성물, 구조물이고. 이게, 거리의 그… 야설, 거리의 그런 문장들, 진짜 그 육욕 안에서 살아가는, 그런 시라기보다는 선생님은 굉장히 냉철하게 종이 바닥 위에 쓴 시라고 꼭 단서를 달아둔단 말이에요. 거리에서 '남들'의 말을 훔쳐온 것 같다는 생각이 가끔 들기도 해요. 특히 창녀 언니들 나올 때는 너무 낯설고 생생하고 강해서 늘 그런 생각을 하는데도, 또 이것은 종이 바닥에 쓴 글자다, 라고 냉수를 끼얹으시니. 그래서, 그렇다면 누군가의 경험에 기반한 것이 아닐 수가 없다는 '확신'을 일으키는 그 문장들이 결국

선생님의 몸과 손을 타고 나온 시적 언어일 뿐이라고 한다면, 그런데도 비천한 자들의 목소리를 대신하는 매개자로서의 역할을 분명 하고 계신다는 확신은… 제가 무슨 말을 하려고 하는지 아시죠? 선생님! 시란 무엇인가? 라고 할 때. 선생님 시는 특히나 몸, 냄새, 애브젝트, 이런 단어들로 선생님 시 이야기를 많이들 하니까. 분명히 그런 지렁이, 구더기, 문어, 회… 뭐 온갖 종류의 물컹거리는 살. 살의 환유적인 대상들일 것 같은데. 시장에서 쓴 시가 분명하다는 확신과 굉장히 정교한 지적 구성물이라고 분석 사이에서 헷갈리고 매혹 당하죠. 저는. 선생님 시는 명징하게 아침에 쓴 것이고. 세상에 아침에 이렇게 드러운 말들을, 비데 위에 올라간 시를 쓰잖아요. 지금 저는 횡설수설 오락가락하면서 말하고 있네요. 구조적으로 단단한, 실험적이고 지적인 시는 냄새가 잘 안 나고, 리서치와 경험에 기반한 시는 육자배기 같은데 말이에요. 서울 시 혹은 위생 시에 대한 선생님의 거부감 같은 것도 작용할까요?

김: 다른 시를 의식한 적은 전혀 없어요. 관심이 없어서. 남들이 뭐라고 하는지도 관심 없고…. 저 친구가 지난번에 보여준 시를 보고서, 말에 힘이 빠졌네, 그랬죠. 근데 힘이 빠졌다는 말을 실감 못 하는 것 같아서 내가 그랬죠. 어떤 말이 내 안에서 나올 때, 바늘이 내 몸을 얇게 뜨고 지나갈 때가 있고, 깊이 뚫고 지나갈 때가 있다. 나를 깊이 뚫고 지나간 바늘에는 피가 묻어 있다. 독자는 그 피 냄새를 귀신같이 알아챈다. 이 시가 좋다 나쁘다를 떠나서 그 피 냄새에 환장하는 게 독자들이다.

양: 아, 선생님은 드라큘라고 드라큘라들에게 손짓하는 장소고….

　　김: 아이, 독자는 그래요. 독자는 그거 귀신같이 알아요. 손끝으로 썼는지 내장으로 썼는지 금방 안다구요. 독자들이 시를 읽는 게 아니고 냄새로 감지하는 거 같애. 우리가 기본 베이스가 살이잖아요. 살이 없으면 우린 존재할 수 없잖아요. 육신이 가장 기본 베이스고, 동물이 가장 기본 베이스란 말예요. 동물이, 개가, 암컷이 기본 베이스인데, 이거 없이 존재할 수 없죠. 어떤 말이건 이것을 통과하지 않고 나온 말은… 글쎄, 나는 잘 모르겠네. 내 말은 그래요. 어떤 말이건 간에 오장육부에서 나오는 말은 오장육부로 알아들을 수밖에 없고. 말로 나오면서 내가 묻어 있는 거는, 어쩔 수 없잖아요, 이거는. 통과 과정에 묻어나올 수밖에. 근데 오장육부 깊은 곳에서는 우리 모두 하나일 걸요…. 개개인의 경험이 구별 없이 흘러드는 거대한 정화조 같은 게 있지 않을까요.

양: 어쨌든 몸이건 육체성이건 취약성이건 예술은 살아있음으로서의 몸을 재-현하거나 쓰거나 구성하려는 것이라고 할 때 선생님의 방식은 좀 멀리 잘 안 보이는 곳과 연결되려는 것인 것 같고. 그게 잔혹한 근대성에 더 잔혹한 언어, 시적 구성으로 대적하는 예의 비주류 문학의 계보와 연결되고 있는 것 같고. 선생님의 시적 구성에 흥건한 맛, 냄새, 가령 내장, 토막 친 살덩이들의 도살장, 도살장의 '포르노', 전유된 카니발리즘

이건 애브젝트의 세계이건 우회나 타협, 보류가 없는 세상의 적나라함이 늘 좋아요. 마치 낮에는 착하고 공손하고 문명인처럼 살다가 밤에는 김언희 시를 읽고 시원하게 트림을 하게 되는 것 같다고 할까요. 드라큘라, 대못 좀 박아 달라. 밤만 되면 일어나서 피 냄새 맡으러 간다…. 선생님께 피 냄새는 정말 중요한 정체성인 듯 느껴져요. 늙은 창녀, 드라큘라, 연기로 만들어진 개라든지, 어지자지, 계집의 불알, 이런 식의 여러 가지. 드라큘라는 굉장히 직접적인데, 계집의 불알은 이제 문제가 생기죠, 이건 얘기를 좀 해야 될 부분이고. 그러니까 지금 세대는… 사실은 몸이, 피가 나는 몸이 아니라, 무거워서 가라앉는 몸, 축 늘어진 몸, 질척거리는 덩어리 같거든요. 선생님의 몸은 계속 찌르고, 난도질하고, 용접하고, '한다'이고. 존나 열심히 움직인다, 실천한다의 '한다'는 아니고. '한', '다'. 시 두 개 정도 찾았는데, 지금. 바늘 그리고 내장, 이런 식의 표현들이…. 되게 '지방적인' 특성을 가지고 있다는 생각도 들어요. 그러니까 광주 시인이었다면 진주 시인과 달랐을 것이라는 생각도 들어요. 진주 여자의 전통, 계보들이 있고. 진주하면 상투적이지만 떠오르는 여자들, 시인들이 있잖아요. 가령 허수경처럼. 그렇게 다 끌어안고 치유하겠다, 그런 태도도 있고. 선생님은 굉장히 극단적인, 어떤 갑툭튀인 것도 있고. 진주가 낳은 여성 시인이라고 하는 묘사 속에서의 진주의 지역성, 지방성. 선생님의 핏줄과 연결해서 한 말씀 들려주세요.

김: 나는 어디다 던져놔도 나였을 거예요. 서울 한복판에 던져

났어도 나였을 걸요.

양: 왜지? 왜? 환경과 풍토를 건너뛰어서 왜 김언희는 갑툭튀로만 김언희죠?

김: 몰라요. 그건 나도 잘 모르겠는데.

양: 시대하고도 불화하고, 페미니즘하고도 불화하고, 하라는 대로 안 하는 거는, 암튼.

김: 왜 그런지 모르겠네. 근데, 시를 하나 발표했는데. 「세상의 모든 아침」이라는 시인데, 아마 다섯 번째 시집인가에 있을 텐데. 그냥 양치질을 하다가 골목 끝에 남자가 하나 지나가는데, 느닷없이 뒷목을 덥석 물고서(?), 고무나무 그늘로 어슬렁어슬렁 가고 싶은, 콧등을 찡긋거리면서, 그리고 뜨거운 콧김을 남자 귀에다 훅훅 뿜고, 새파랗게 얼어붙은 불알을 슬슬… 그런. 한숨에 썼거든요, 양치질하다가. 골목 끝에서 남자를 보는 순간에 시가 완성이 다 된 거야. 그 순간에, 칫솔을 문 채. 나는 그 시를 쓰면서 되게 기꺼웠어요. 그 시 안에는 내가 암컷으로서의 힘도 있고, 뭐라 그럴까, 되게 기뻤어요. 모처럼 시 쓰고 기뻤기는 그 작품이었는데. 그 당시 일간지에 '오늘의 시'라는 코너가 있어서 날마다 시 한 편씩 올렸거든요. 그 코너에서 청탁이 와서 내가 그 시를 줬단 말이에요. 근데 그게 실리니까 다른 신문사의 문화부 남자 기자가 전화를 해서, 왜 이런 시를 쓰

십니까? 하고 묻더라고요. (양: 너무 너무 알고 싶겠지.) 아니, 그런 충동이 왜 안 들지? 다른 여자들도 들 걸? 문득 눈앞에 사내가 지나가. 잘났거나 못났거나. 저 새끼를… 하는 순간에 벌써 나는 표범이거나, 사자거나, 뒷덜미 꽉 물고서, 콧잔등을 찡긋거리면서 뱃살을 출렁거리면서 황홀하게. 그 왜, 사자나 표범 암놈들 있잖아요. 늠름하잖아요, 먹잇감을 꽉 물고 갈 때. 너무 기쁘던데. 그것이 나의 황홀경. (웃음) 왜 그 황홀경을 쓰면 안 되지? 근데, 왜 이런 시를 쓰십니까? 이런 시가 어떤 시라서 그렇게 말씀하시는지요? 그렇게 내가 되물어봤지. 그런 경우가 또 있어요. 자면서도 불알은 눈알을 굴린다고, 쓴 적 있거든요. 섹스하고 난 뒤에 자고 있는 남자 아랫도리를 가만히 들여다보면 불알이 움직이거든. 자면서도 고환이, 쉴 새 없이. 이놈 새끼는 금방 원을 풀고 자면서도 눈알을 굴리네. 왜 그걸 쓰면 안 되지? 썼더니, 누가 또 물어보더라고. 이런 시를 왜 쓰나고. 우리는 불알이 없지만 근지러운 느낌은 있잖아요. 불알이 물질적으로 없다고 해도, 있단 말이에요. 근지럽단 말이에요. 어떨 땐 그게 쩍쩍 들러붙는 느낌도 든단 말이에요. 남자들을 가만 보고 있으면 그게 쩍쩍 붙나 보더라고요. 무심결에 손으로 슬쩍 떼요, 다들. 참 재밌어요. 그리고 지하철 타고 보고 있으면 다리 사이에 안 보이는 개가 한 마리씩 있어. 생각난 듯이 그 개의 대가리를 쓰다듬어줘, 제 불알을요. 무의식적으로 그래요, 남자들이. 근데 그거를 왜 쓰면 안 되지? 내가 뭐 그게 잘했다고 했나, 이쁘다고 했나, 못한다고 했나, 왜 안 돼. 나는 그냥 본 대로 느낀 대로 쓸 뿐이에요. 사실 내 안에도 엄청난 금기의 작동이 있어요. 그걸 차 부수고 나가기가 되게 힘들어요. 내 안에서 작동하는 그 시브럴 것이.

양: 그거랑 그렇다면, 그러니까 선생님의 문장 중에, "뭇 입, 뭇 삶, 뭇 여래를 거치어 개로 남기로 한 원년의 선택"이란 문장이 나오는데. 금동미륵이건 어쨌건 미륵의 메타포가 선생님께 있고. 그다음에 동양적, 불교적 화두들, 불교적 깨달음의 도식들도 굉장히 많이 들어오는데. 그런데 여래를 거쳐서… 부처를 거쳐서. 부처 다음에 여래잖아요. 대부분 인제 우리가 원하는 욕망, 욕망의 해탈이라고 하는 거랑 시의 비교인 거 같은데, 대부분 여래까지잖아요. 근데 선생님 시에서 굉장히 많은 암시가 있는데, 여래를 거친 개, '그다음의' 개는 어떤 거예요, 선생님? 개로 남기를 선택했다?

김: 개로 남으려고요. 뭇 여래를 거쳐서 나는 개로 남겠다…. 글쎄, 하나쯤은 개로 남아야 하지 않을까요.

양: 깨달은 시들도 되게 많고. 나이 드시면 어른을 자처하는 분들은 막 깨달음을 시로 보여주려고 하던데. 어떤 서른 살 즈음의 작가가 왜 다들 나이 먹으면 긍정적이 되냐고 문자를 보내왔어요. 화해하고 고향으로 가고 어머니 아버지 첫사랑 이야기하고…. 근데 선생님은 존나 멋지게도 어쨌든 끝까지 개일 거다. 사람들이 내 시를 보면 오줌을 지릴 거고. 지금 다 개로 만들려는 거잖아요, 지금. 죽어도 보살은 안 되고. 국

보인 금동미륵은 탐폰으로 강간하고. 그렇다고 미륵을 완전
히 버리는 건 아니고. 굉장히 그 구원이나 아니면 어떤 화해나
이 부분도 선생님 안에 어마무시한 사랑을 보여줄 때가 있으
니까. 그런데 미움 받는 개, 들개, 이 개, 아무데서나 쩍벌 하는
이 개….

　　김: 그런데 주인을 가져본 적이 없는 개죠. 인도에 갔을 때 개
　　들이 그렇게 부럽더라고요. 인도에서는 개들이 주인이 없잖아
　　요. 아무도 안 키우는데 살거든요. 주인 없이 저희끼리 살아요,
　　길바닥을 떠돌면서.

양: 선생님의 개는 언제 선생님 몸에 들어온 건가요. 아니면
애당초 내 안에 많은 타자 중 하나로 어딘지 모르겠는데 들어
와 있는 거예요? 개랑 여래랑 붙어 있잖아요. 개와 창녀의 관
계? 이 창녀 언니들도 너무 멋있단 말이에요. 짱이에요 짱. 언
니들은 깔깔거리면서 더러운 농담으로 대화하고, 당연히 염
화미소로도 보이고.

　　김: 난 타자 아니에요. 개나 내나 창녀나, 뭐. 내가 그렇게 썼잖
　　아요, 내 몸은 유니섹스 프리 사이즈라고. 남자도 입고 여자도
　　입고 개도 입고 부처도 입고…. 다 입어요. 내 몸은 그냥 껍데
　　기인데 누구건 무엇이건 다 나를 입을 수 있고, 입혀질 수 있어
　　요. 그렇게 되는 거 같아요.

양: 그런데 이제 문학에서 창녀는 남성 예술가들도 오랫동안 전유해온 메타포인데, 여성 시인들이 창녀를 추앙하는 경우는 선생님 외에는 별로 없었던 것 같은 인상이 들어서. 저한텐 그게 강렬한, 저도 약간 창녀 판타지가 있어서, 선생님 시가 처음에 직접적으로 좋았던 부분들이 있고. 창녀가 아니라 성노동자로 불러라, 라는 요구를 수업시간에 페미니스트에게 받은 적도 있어요. 창녀는 언피시한 단어이니까. 그런데 저에게 많은 영향을 준 어려서 읽은 소설 『타이스』의 여주인공 타이스는 남성 소설가의 환상이면서 상징계적 주체인 저에게도 내면화된 타자-자아의 이미지여서 버리기 힘들거든요. 구원은 타락을 전제로 한다든지 가장 여성적인 것이 구원한다든지 하는. 저의 종교적이고 윤리적인 도식에서 창녀는 대단히 중요한 메타포, 타자성이고요. 지난번에 선생님이 말씀하신 게 타지에서 기차역 근처 여관으로 창녀 언니들을 불러서/사서 함께 이야기하고 그랬다고 말씀하셨던 것도 기억나고. 늙은 창녀들, 그 분야에서 프로인 언니들 옆에 실제로 자주 계셨죠.

김: 그리고 글쎄, 제가 시를 본격적으로 쓴 게 서른아홉이잖아요. 그리고 늦깍이 여성 시인들이 막 등장할 때죠. '아줌마 시인'이라는 멸칭으로 불리면서. 여자들이 막 말하기 시작한 그때. 등단하고 처음 『현대시학』 모임에 갔었는데, 그 뒤풀이 자리에서 한 남자가, 늙은 여자들이 시 쓰겠다고 치마를 뒤집어 입고 나서네. 치마를 뒤집어 입고 나선다… 내가 나이 들어서

여성으로 시를 쓴다는 것, 그것의 자리가… 이것이구나. 늙은 창녀. 창녀에서 더 내려가면 늙은 창녀인데. 더 내려가면 개가 되는데. 개가 약간 그거인지도 모르겠다. 사장님, 백지 한 장만 주세요.

양: 와! 오늘 이야기, 대박입니다. 뭔가를 묘사를 하셔야 하는 거예요?

김: 보시면 금방 알 거예요…. 무슨 이렇게 많이 주나. 펜 필요 없습니다. 선생님한텐 펜이 필요 없어요. 머리에 뭣이 많이 든 분들한테는 보여주는 것이 빠르죠. (온전한 한 장을 계속 반으로 접어서 설명한다.) 이게 남자면, 여자가 반이에요. 이 반의 입지에요. 그다음에 지방에 살면 입지가 또 반이에요. 이 촌에 사는 여자가 늙었어요. 또 반. 요, 요 입지에요. 반의 반의 반. 요 촌에 사는 늙은 여자가 한 번 더 접히면 이제 창녀가 되는 거지. 그럼 요만해지고. 요게 또 접히면 개가 되는 거죠, 개. 재밌네. 인도에 사는 개들은 해탈한 개 같았어요. 사람한테 꼬리 치는 법도 없고 짖는 법도 없고. 짖을 일도 없이.

양: 그런 느낌이에요, 선생님의 개는, 그러면? 인간 개 무시하는 그런 개. 그래서 김언희를 보면 어쨌든 이 상징계가 어떻게 구성되는지, 인간의 언어라고 하는 것이 어떻게 대립 구도로 되어 있는지, 그 대립 구도 안에서 나는 더 낮고 더 비천하고 그런 자리….

김: 선생님 이거 뭔지 아세요? 이게 데스 워치인데, 이게 내 건강 상태 이런 걸 다 넣으면 내가 대충 언제 죽을 건지가 나오는데, 그다음엔 이 시계가 내가 지금부터 죽을 때까지 남은 시간을 초 단위로 보여줘요. 그러니까 넷플릭스 한 편 때리고 나면 만 초씩이 빠져나가요. 숫자가 만 단위로 빠져나가. 지금 보니 얘가 죽어있네, 배터리가 나갔나? 얘도 죽네, 죽음도 죽네. (모두 웃음) 그런데 이게 있으니까 되게⋯ 어떨 땐 정신이 번쩍 들 때도 있어.

양: 그걸 보는 게 힘들었다는 거예요, 아니면⋯.

김: 내가 쓸 수 있는 시간이 만 단위로 사라지니까⋯ 깜짝깜짝 놀라죠.

양: 39세에 시를 썼고⋯ 그즈음에 서울에 가서 시집을 낸 이후에, 여성 시인들이 어떻게 서울에서 대접받는지에 대한 느낌에 대한 거였나요? 그때 선생님이 어쨌든 '서울에 있었으면'과 '서울에 없었기 때문에'라는 사이에 선생님의 자리가 있는데. 그때 '시인들'을 본 거잖아요. 어떤 느낌이셨어요, 그때. 다르구나? 그 다름이라는 게 분명 느껴졌을 텐데.

김: 다름이라는 걸 분명히 느꼈죠, 뭐랄까⋯ 개놈들.

양: 여성 시인들까지 포함해서?

김: 여성 시인들은… 나뿐이었나? 기억이 안 나네요. 그때 들은 이야기가 있어요. 그게 되게 선명하게 기억나는데. 끼리끼리 2차를 간다고 다 가고 나만 혼자 남아 있는데, 어떤 시인이 내 옆을 삭 지나가면서, 선생님 시는 선적인 데가 있어요. 잘 읽고 있습니다, 하더라고요. 종로 『현대시학』이 있던 골목 관훈장 여관에서 잤죠. 12월이었는데, 장갑을 낀 채로 여관방 침대 위에 앉아서. 10시가 넘어가니까. 티비에 포르노가 나오더라고. 밤새 포르노를 봤죠. 장갑 끼고 앉아서 새벽이 올 때까지…. 차가 움직이는 시간에 밖에 나오니까, 새벽에 개 한 마리가. 아, 그 개가 그 개네. 골목에서 쓰레기며 토사물이며 막 뒤지고 다니더라고. 정말 비루먹은 개 한 마리가…. 내가 서울 바닥에 다시 오면 저 개일 것이다. 결국엔 저 개 꼴이 내 꼴이 될 것이다. 그리고 내가 그 개가 됐죠. 새벽에 쓰레기통을 주둥이로 뒤적이는 그 개. 순간적으로 그 개가 내가 됐죠. 그때 개가 나한테 훅 들어왔는지도 몰라요. 그 개가 평생 따라다니는 걸지도.

양: 인도 개는요?
김: 인도 개는 해탈한 개예요. 되고 싶은 개예요.

양: 개의 스펙트럼이…. (웃음)

미친, 사랑의 노래

김: 아, 맞아. 러시아 번역가랑 나랑 유튜브 한 게 하나 있거든요. 우리나라의 '개'의 종류가 진짜 너무나 스펙트럼이 넓은 거예요.

양: 그래서 그분이 번역하는 데 좀 어려움이?

김: '시인과 개시인'을 어떻게 번역해? 개 밑에 뭐가 있나 했더니 시인이 있네. 늙은 창녀, 개, 밑에 개시인.

양: 그래서 조선시대, 김병연이었나요. 『보고 싶은 오빠』의 시 「방중개존물房中皆尊物」의 레퍼런스인. 선생님의 선대, 연결되어 있는 과거 시인인가요?

김: 아, 네, 그 사람. 나에게 선배가 있다면 그 사람이겠네요. 「방중개존물房中皆尊物」은 방중개좆물이죠. 방 안에 앉아 있는 존물들. 좆물들.

양: 그러면서도 젠더는 표지를 하죠. 계집의 불알이다, 라는 표현으로. 이 사람이 나의 선조이지만, 그렇지만 나는 불알 달린 계집이다, 하고. 차이는 분명히 마킹을 하시더라고요.
김: 그 사람이네, 그 사람 한 사람이 있는 것 같네.

양: 페미니즘하고 선생님의 관계는 굉장히 엉성하게 걸쳐 있다고 봐야죠. 그러니까 거의 독학, 자생이고 영향 받은 작가

들 많지 않고. 많은 작가 중에 여성들이 있는 거고. 결정적인
부분은 풍자, 가락이고…. 선생님 시는 웃는 입이잖아요. 이
빨이 다 빠지게 다 웃는 입인데. 동시에 가락이나 풍자 리듬이
별개로 너무 좋고요. 한국말의 아름다움이라고 보기도 어려
운 라임, 리듬, 압운. 그 안에 개새끼들이 드글드글하니까….
리듬, 가락, 그건 어디서, 그건 자연스럽게 들어온 건가요, 선
생님?

김: 시는 번역될 수 없어요. 내 시는 특히 번역이 안 먹혀. 왜냐
면 어조와 어투 때문에 그래요. 그냥 '그래'와 '그렇소'를 어떻
게 옮기겠어요? 내 시는 어조, 어투, 리듬과 태도밖에 없어요.
다른 건 없어요. 이 리듬이 어디서 오는진 나도 잘 몰라요. 근
데 이 리듬이 없으면 시도 뭣도 아니죠, 내 시는.

양: 예를 들어 리듬과 환유적 연결고리의 기막힌 '법칙' 때문
에 한동안 미쳤던 시가 「그것」인데요. "낙원장 뒷문 같고"에
서 시작해서 계속 "같고"로 반복되는 이 환각적이면서 악몽
같은 세계가 미쳐버리고 싶은 마음을 진정시키는 효과가 있
었다고나 할까요. 남이 빨던 사탕 "같고"로 끝나는. 뭐 차갑게
부릅뜬 눈과 체온을 간직한 부위들, 사물들이 공존하니. 그러
니까 저로서는 그 말 많은 '천재'라는 단어가 떠오를 수밖에
요. 이 '여자', '천재', '시인'이라는 서로 충돌하는 정체성들의
공존이.

김: 리듬은 사람마다 다 다르고 유별나서. 그런데 나는 나의 리듬을 찾은 것 같아요. 어떻게 어떻게 그 주파수를 찾은 것 같아요. 아니면 그 리듬이 나를 찾았거나.

양: 되게 많아요, 뭐뭐 "같고"도 있고 뭐뭐한 "이유"도 있고. 「그것」이라고 하는 시, 저는 참 좋아하고. 언어를 가지고 언어를 해체하는 또는 언어에 맞서기 위해서 요청된 시라고 하는 건… 기존 헤게모니를 쥔 언어에 탈을 내는 방식일 텐데. 그게 시라고 불리는 것이고. 선생님이 이건 종이에 쓴 글자다, 라는 걸 잊지 않는 것도. 계속해서 바닥, 바닥이 있고. 수세미질 한 백지, 피가 나도록 수세미질 한 백지, 백지 위에 도축한 짐승이 있고, 종이가 찢어질 정도로 훌륭한 시. 그럼에도 그저 글자로 지은 '가설' 같은 것인데도 사물들이, 비체들이 마침내 등장해서 온갖 곳에 입을 달고 말을 하고, 특히 구멍들이. 그리고 피 냄새. 시의 장에 나타난 기표로서의 짐승이 사물-실재로서의 짐승이 되고 있는 것인데. 아주 평이한 문장에서도 피 냄새가 나고…. 역시 또 피 냄새, 정말 피 냄새 좋아하십니다.

김: "피가 나도록 수세미질 한 백지"는 김명숙이라는 화가에게서 왔어요. 그 작가가 나한테 가르쳤죠, 예술은 양심이라고. 이상하게 화가들이 나를 발견해요. 이분은 청주에 사시는데 수소문해서 진주까지 찾아왔어요. 인간이라기보다 표범 같은 분이었어요. 두 눈이 황황하게 불타는 사람이었는데. 그 사람

이 그 말을 했죠. 예술은 양심이라고. 그리고 내가 그분 서울 전시를 보러 갔어요. 사비나에서 했는데, 자신의 그림이 걸려 있는 그 공간을 못 견디고 밖에 나가 구석에서 담배 피고 있더라고요. 저게 정말 예술가구나. 전시 보고 나자 나도 굳이 작가를 볼 마음도 없고, 그냥 한 줄 쓰고 왔어요. 다녀간다고. 그분이 심장을 그렸는데, 캔버스 위에 자기 심장을 피가 나도록 수세미질 해 그린 그림이었어요. 정말로 예술은 양심이다, 라고 말할 자격이 있는 작가죠. 그 전시 도록에 비평가의 비평 대신 내 시를 싣고 싶다고 해서, 어떻게 내 시를 아셨어요, 했더니 도서관에서 『죽은 앵두나무 아래 잠자는 저 여자』를 봤는데. 수소문을 해서⋯ 진주까지 오셨다고⋯.

양: 그러면 이거는 레퍼런스가 있군요.

김: 그분이 그림을 유화로는 안 그리세요. 돈이 너무 많이 들고, 본인의 그림이 유화로 길이 남겨질 만한 그림이 아니라고. 대전시립미술관에서 전시를 했는데, 모두 종이에 파스텔로 그린 그림들이었어요. 작품 크기가 한 벽면 전체를 차지할 정도로 대작들이었는데. 당연히 액자 같은 건 없고, 그림 귀퉁이가 조금씩 찢어지고, 말리고. 그분이 그린 자화상 같은 걸 보면 눈물이 콱 쏟아지죠⋯. 누가 버린 마구간에서 파스텔로 그리다가, 추우면 그걸 불쏘시개로 때⋯. 굳이 남길 생각도, 팔 생각도 없고. 추우면 갖다 때고. 그린다는 일, 직업 없이 일 안 하고 그림 그리는 일에 가책을 느끼는 사람. 옷은 맨날 다 떨어진 거

입고. 집에서 놀고먹는(?) 게 남편한테 미안해서 변기조차 피가 나도록 닦는 사람. 줄담배에 독서광이고. 아마 책은 나보다 서너 배는 더 읽었을 걸요. 그 작가가 보자 하면 벌벌 떤다니까요, 내가. 그 사람에게 똥 창자 속까지 빤히 들여다보일 거 같아서.

양: 이렇게까지. 저는 결국 전시 글 못 쓰고 도망치고 있잖아요, 계속. 그래서 선생님, 그러니까 고문에 굴하지 않는 독립투사의 결기 같은 "내 음문의 비위에 맞지 않는 건 단 한 줄도 쓰지 않았다, 황홀경에 다름없는 증오 없이는⋯." 「단 한줄도 쓰지 않았다」의 첫 문장. 음문의 비위. 그러니까 되게 암컷이라는 것과 암컷으로 태어났다라고 해야 하나, 아이를 낳았다고 해야 하나. 아무튼 웃는 보지나 루이스 부르주아 사진을 아예 집에 넣는다든지. 몇 개의 사진도 들어가 있고. 자지보지자지보지⋯ 그걸 번역하는 다른 방식들이 계속 들어오고. 굉장히 포르노적인. 많은 경우 포르노는 멸균된 이미지니까. 그걸 계속 선생님은 도살장으로 연결하려고 하고. 심지어 식물에 대한 묘사도 향기에서 끝나지 않고 진물, 고름으로 곧장 넘어가고, 압도하는 건 동물성이란 말이에요. 그건 냄새라고 하는 악취, 시취, 환장할 사람 비린내, 엽기적인 코를 찌르는⋯ 이런 식의 이야기들에서 음문의 비위, 굉장히 동물적인데 후각과 연결되어 있는. 그리고 이 후각은 사실 동물들에게 광적으로 발달한 그거잖아요.

김: 난 후각 때문에 미쳐요. 후각이 지랄 맞아서, 후각 땜에 미쳐요. 교실에 수업 들어가면 한 60명이 앉았는데, 누가 껌을, 무슨 껌을 씹었는지 다 안다니까. 너 후라보노 씹었지, 아카시아 씹었지. 그리고 사는데 너무 괴로워요. 냄새 때문에. 살 수가 없어요.

양: 진짜 개이시네요.

김: 못 살겠어요, 정말… 냄새 때문에. 길 가다가 지나치는 사람의 체취 때문에도 돌겠어요.

양: 이거는 증상이다.

김: 왜 이렇게 코가 나를 괴롭히는지 모르겠어요. 그다음이 청각이고. 코가 제일 괴롭고, 귀가 괴롭고.

양: 그러면서 시에 자주 등장하듯이 선생님은 '보는 눈'이잖아요. 사람의 눈이 아니라 짐승이나 귀신이나 타자의 눈. 다 보고 있어서 눈이 아닌 눈.

김: 그런데 내가 보는 것이, 대상이 나를 또 본단 말이에요, 되쏘아본단 말이에요. 내가 바라보는 것마다 눈이 생긴다는 게 그 말.

양: 그런데 그거는… 내가 보면 개도 본다. 그런데 이거는 눈과 응시의 관계는 아닌 거고, 그냥 응시 속에서 일어나는 어떤 사로잡힘에 대한 이야기 같기도 하고.

김: 나를 본다는 걸 강하게 느낀 게, 전에 시장 골목을 통과해서 집으로 가면, 굉장히 가로질러 가는 길이 되어서 자주 다녔는데, 정육점 골목이었어요. 고무 다라에 내장들을 막 끌어내놓거든요. 군데군데 피가 묻어 있는 내장들이 내가 지나가면 다라 속에서 다 쳐다보는 거예요. 사물들한테 응시당하는 공포도 있더라고요. 그때 느꼈어요. 저 내장들이 나를 보네…. 내장들이 나를 보는 그 응시 속 욕망. 그게 있을 리가 없는데, 그게 느껴지더라고요.

양: 유치한 얘기지만 이게 비건이 되는 이유는 아니죠?

김: 네, 그때 아마 강렬하게 느낀 거 같아요, 사물 역시 나를 본다는 거. 돌멩이가 사람을 빨아먹기도 한다는 것도. 사막에 갔는데 돌이 하나 있었어요. 그 돌이 강렬하게 나를 빨아먹더라고. 사막에 사물이라고는 없잖아요. 근데 이 돌멩이가 눈에 보이는 형상에 주렸던 것처럼, 맹렬하게 나를 빨아먹는 거를 내가 느끼겠는 거예요. 세상에 돌멩이한테 빨아 먹히는 인간도 있어.

양: 그러니까. 몸이 감당할 수 없는 과잉감각에 사로잡힌 채

사는 것은 현실도 악몽이라는 것인데. 사람이 쉬어야, 중간중
간 과잉화된 '발기' 상태를 끊어줘야 사는데. 불면증이 심하
시죠.

　　김: 수면제를 먹어야 눈이라도 붙이는 게 15년 정도 돼요, 못
　　자서. 어제는 오늘 밤 푹 자야 된다, 두 개 먹는 거 두 개 반 먹
　　었거든요. 그래도 수면제가 재워주는 게 기껏 네 시간이란 말
　　예요. 네 시간 자고 나면 계속 꿈을 꾸죠. 내가 세상에서 가장
　　무서워하는 게 꿈이에요. 내 뜻대로 할 수도 없고. 제발 꿈에
　　양 선생님을 안 만나야지 하고 두 알 반 먹고 잤는데 정확하게
　　세 시 반에 깨더구만요.

양: 지난번 선생님이 그런 말 했잖아요, 위구르의 분신자살하
는 사람들, 꿈에 들어온다고. 그런 먼 곳의 소수자들, 소수민
족에 대한 책임감 같은 것들은 어떻게?

　　김: 시달리죠, 계속.

양: 누가 꾸는 꿈인지 모르는, 이역만리 저 너머에 있는 비극
들. 꼭 비극은 아니죠. 약간 이걸 읽다 보면, 어디 문장이 있는
데. 분신하면서도 담배 필 거 같은… 이런 느낌. 삶이 그냥 너
무 지루하고, 내가 내 몸을 이렇게 해서 죽을 것 같은 사람이
기도 하고, 이런 느낌. 선생님 시를 읽으면 냄새가 나고. 덩어
리들, 내 손에 들어온 것 같은 느낌들, 즉물적인 어떤 것들이

감각으로 온단 말이에요. 그렇다면 이 사람은 어떻게 보면 그 안에서 사는 건데, 이건 고통…? 물론 "황홀경에 다름없는 증오"라는 표현을 썼으니까. 그래도 되묻고 싶어요. 선생님, 그래 어떻게 지금껏 살아있으십니까?

김: 그러니까 분리하지 않으면 생존할 수가 없어요. 분리하려고 무단히 애쓰지만, 꿈에는 분리가 안 돼. 불붙은 사람이 오고, 타는 손을 나한테 내밀 때… 아, 말로 잘 못하겠네. 근데 내가 그 손을 못 잡는단 말이에요. 깨고 나면 그 손을 왜 못 잡아줬느냐에 대한, 그 사람이 불타면서 손을 내밀었는데, 나한테…. 이런 쓸데없는 고통들이 있죠. 쓸데없는 고통 속에 살죠. 항상 시 쓰는 친구들한테 그렇게 말해요. 차폐막을 설치해라. 그렇지 않으면 다 무너진다. 차폐막을 쳐서, 분리하라.

양: 안 되기 때문에 하는….

김: 철제 셔터 같은 게, 방화벽 같은 게 있으면 좋겠어요. 근데 잠들면 결국 그 장면으로 가야 되죠.

양: 차폐막을 치우면 실재인데. 그게 보고 보이는 무대인 꿈의 두 개의 나이고. 그건 당하는 나와 그 나를 보는 속수무책의 나의 지옥인데, 그게 먼 데 있는 사람들이 들어오는 장치이고.

(이연숙이 아침에 타고 온 기차에서 읽은 카프카의 악몽 이야기를

한다.)

김: 그러니까, 그럴 때. 시가 정말 아무 힘도 없고 아무것도 못 해주고. 나 혼자 몸만 죽겠고, 무너질 듯이 무력감이 들고. 며칠씩 무너지고.

양: 근데, 그 해당 년도가 특정된, '2014'가 붙어있는 그 시를 세월호에 대한 거로 읽어서 오래 전에 문자를 한 번 드렸었죠, 울고 치밀어서.

김: 「그라시아스 2014」.

양: 그 시가 저한테 줬던 감동은 이 시가 세월호를 가리킨다는 걸 너넨 거의 모르겠지. 언뜻언뜻 그쪽이 느껴지기는 하지만. 그런, 직접적으로 말하지 않으려는 안간힘에서 우선 출발했어요. 거의 언급하지 않으면서 그 비극, 참사를 목격하려는. 그게 세월호에 대한 저의 지극히 사적인 경험과 연결이 되면서 쿵, 하고 마음을 쓰러뜨렸어요. 근데, 또 물어보고 싶죠. 왜 이렇게까지 꼬냐, 감추냐…. 그건 뭐냐, 어른으로서의 김언희와 세월호…. 선생님 시에서 세월호를 본 건 너무 고마웠고 동시에 이런 식으로 세월호에 대해 쓴 게 고마웠고, 동시에 울어야 했는데 울지 못하고 있는데 울게 해주셔서 고마웠고…. 당사자 아이들이 말했을 때 말고는 안 울었는데. 예를 들자면 「르 흘레 드 랑트르꼬트」. 불어 르 흘레(Le Relais). 중계, 계주

(ralay)라는 뜻을 가진 단어를 우리말 '흘레붙다'의 흘레로 펴닝하면서 파리에 있는 레스토랑 이름을 갖고 이곳에 만연한 성폭력을 줄줄 풀어놓으시잖아요. 단체로 모집된 관광객들이 들르는 파리의 맛집에 앉아서 순하고 착한 사람들이 말할 때 끝에 붙이는 '요'가 반복되는 문장들로 이곳의 성폭력이 열거되는. 물론 '흘레'라는 불어가 이 모든 사단의 '원인'이니, '나'에게는 잘못이 없지만요. 어긋남은 분명하죠. 왜 하필 이 우아한 파리, 관광객들 사이에서 이 이야기가 들려져야 하는가? 비극이 배치되는 방식, 스타일과 윤리에 대해 듣고 싶어요.

김: 감춘다기보다 그게, 마땅히… 윤리라고 생각해요. 그게 나의 윤리에요. 나 오늘 말 잘 나오네. 무슨 일이야, 이게.

양: 대놓고 포르노적인데, 근데 대놓고 이야기하지는 않는, 형식으로서의 포르노는 차용하지만 현실을 포르노적으로 읽으려고 하진 않는.

김: 양심이고 윤리라고 생각해요. 그게 나름, 포르노에도 윤리가 있답니다. 나도 선생님한테 질문할 게 한 페이진데….

양: 시간 아직 남았어요. 윤리, 다시 한번 설명해주세요.

김: 그렇게 해서는 안 되는 거예요. 그 참사, 그 고통을 그냥 끌어다 쓰면 안 되는 거예요. 그러면 안 돼요. 그걸로 시를 써서

는 안 된다고요.

양: 왜?

　　김: 안 돼요. 그러면 안 되는 거예요.

양: 선생님도 말이, 말줄임표일 때가 있다! 찐이네.

　　김: 아무 말 대잔치를 선생님이 찐이라고 하시는데.

(이연숙이 파울 첼란의 이야기를 한다.)

　　김: 첼란은 그렇게밖에는 쓸 수가 없는 거야. 단어 하나에 숨
　　　하나, 단어 하나에 죽음 하나…. 다른 형용사, 동사를 쓸 수가
　　　없어, 첼란은. 그게 그 사람의 숨이지.

양: 그럼 선생님은 막 거의 이죽거리면서 나 포르노 잘한다?
하면서, 나 도축 잘하거든. 그런데 이건 백지에서 일어나는 일
이거든? 하고. 그리고 난 너희들 배반하려고 써…. 쪼는 듯한
느낌인데. 「그라시아스 2014」라고 했을 때는… 엄청 또 뭔가
머뭇거리는. 이죽거리는 김언희는 어디 갔지, 이거?

　　김: 비위를 거슬리는 김언희 어디 갔지?

양: 그거는 말줄임표로 밖에는…. '쌍십절' 퍼닝은, 「쌍십절
1」, 「쌍십절 2」시 있잖아요. 정확해지고 싶어서 지식검색 찾
아보니까, 당연히 대만 건국 기념일인데. 그걸 선생님이 "뼛
골이 빠지는 사랑의 밤"이라고 이러면서, 씹에 쌍씹에 즐거워
지신 거죠. 씹이 두 개. 이런 퍼닝.

김: 오로지 그 단어에 대한 매혹 때문에 시가 나온 거죠.

양: 「쌍씹절 2」는 내가 보는 내 죽은 몸에 대한 이야기이던데
요. 시 전문 "내가 벗어던져야 하는 / 마지막 실오라기는 / 어
디 / 있는가 // 텅 빈 아이스링크 위 // 벌거벗은 / 시신(屍身) /
한구여……"는 말과 이미지가 서로를 보충하는 식으로 언캐
니한 분위기를 조성하던데요.

김: 꿈이야, 꿈. 그 전에 무슨 영화 비슷한 걸 보고 잔 것 같은
데. 꿈은 그렇게 꿨어요. 그런데 나는 계속 꾸는 꿈이에요. 다
른 사람들은 옷을 입고 있는데, 백주 대낮에. 나는 옷이 없는
거예요, 나가야 되는데. 옷이 있어도 겨우 한 쪼가리. 항상 그
꿈을 반복적으로 꿔요. 왜 나 혼자만 벌거벗은. 그다음엔 옷을
아무리 입어도 입어도, 내가 벌거벗었다는 걸 사람들이 다 아
는 거예요. 아주 막 롱 패딩까지를 다 입었는데도, 사람들이 나
의 벌거벗음을 다 아는 거예요. 그런 악몽, 그런 꿈을 계속 꾸
는 거예요. 아마 그게 그, 아이스링크 위에 불이 환하게 비춰지
고 관중이 아무도 없는데 나는 죽어서 발가벗고 누워있는 거

예요, 발가벗고. 나예요, 그게. 그걸 꿈을 꾸고 깨어나니까, 아, 살 수가 없네. 이 이미지가 나를 평생 따라다닐 것이고, 살 수가 없네, 그런 생각. 쓰고, 발표하고, 읽힌다는 건. 그냥 산 채로 부검되는 느낌. 와이(Y)자로 절개돼서, 오장육부가 하나하나 파헤쳐지는 느낌이죠.

양: 시를 쓰는 여자라고 하는 거를 되게, 선생님은 역설적으로… 그러니까 여성적 글쓰기에서 이야기하는 여자에게는 젖이 있고 우유가 있어서 글을 쓴다든지 이런 쪽으로 가지 않고, 선생님은. 계속해서 어지자지이건 불알달린 여자건 되게 이죽거리는, 어긋나있는 이 이미지를 갖다 쓰는 건 어떤 거예요? 혼종적 이미지이건 퀴어적 상태이건, 암튼 여자로서 쓴다고 보기는 어려운 거죠.

김: 난 그것에 대해선 확신이 없어요. 내가 과연 여자일까? 암컷이긴 한데, 내가 100% 여자 맞나? 아닌 것 같아요. 오락가락 하거나, 섞여 있거나, 애매하고 유동적인 것 같아요. 동시에… 짐승이기도 하고. 나는 윤곽도 테두리도 없는 그 무엇인데, 쓰긴 쓰니까.

양: 종이 고환을 달았다? 환관?

김: 여자 시인들이 여성을 어필하는 시, 남자 시인들이 여성의 목소리로 쓰는 시에 대해서, 되게, 역해요. 그건 양심이 아닌

거죠.

양: 양심 나왔다. 숨어든다, 타협한다, 쉬운 길로 간다, 거짓말
을 한다….

김: 그건 숟가락으로 단지 가리기죠. 단지라는 말 아세요? 탯
말로 보지예요. 불륜의 현장에서 딱 걸린 여자가 다급하니까,
숟가락으로라도 가리는 거죠. 고상하게 말하자면, 숟가락으로
해를 가린다 해도 되겠죠. 그게 뭐, 가려지나요. 항상 가리는
것 밖으로 넘쳐나잖아요. 오히려 숟가락이 단지를 장식하는
짝이죠.

양: 그럼에도 선생님이 계속해서 섹슈얼한… 섹슈얼하면서,
에로틱은 사실 별로 없잖아요, 시에. 포르노 안에서 계속 섹슈
얼한 것들이 드러나는데 이게 문화적 에로티시즘이 전혀 없
으니까 굉장히 저질의 어떤 비역한, 즉물적인, 징그러운… 이
런 형상으로 나오는데. 섹슈얼리티 연관해서 해주실 말씀이
있는지요.

김: 성은 별 대단한 것이 아니더라고요. 성을 직면해보니, 픽,
웃기던데요. 뭐야, 이 짓이 뭐라고 그렇게들 환장들을 하는 거
야. 이게 뭐라고 목숨을 거냐고. 죽고, 죽이고. 성은 딱 '하는'
행위, 그 이상도 이하도 아니던데요. 행위 그 자체도 우스꽝스
럽고. 이게 답이 되나? 섹슈얼리티가 뭔 말인지도 잘 모르겠는

데, 아무튼 나는 성에 대한 환상이 1도 없어요…. 나는 무성애
자인가? 그런 생각을 해본 적은 있어요.

양: 근데 왜 이렇게 많이 써요?

김: 글쎄, 결핍이라서 많이 쓰지 않을까요. 살짝 이런 마음 때
문이기도 할 거고. 이걸 읽으면 또 얼마나 거품들을 물까….

양: 너무 훅 들어온다.

(이연숙이 성에 대한 이야기가 가지고 놀기 제일 재밌다고 이야기한
다.)

김: 직방이니까. 성에 대한 이야기만큼 인간에게 직방으로 전
달되는 게 없어. 내가 생존 전략으로 그걸… 내가 교직 생활할
때 왕따를 면하려고 쌍욕과 음담패설을 공부를 했거든요. 『우
리말 상소리사전』을 사서. 근데 음담패설 한마디가 모두를 확
무장해제시키는 거예요. 여 선생 다섯이서 카풀을 하고 퇴근
을 하는데, 누가 가래떡을 한 되 주문해서 차에서 나눠먹는데,
내가 뒤로 넘기면서 "각자 손에 쥐어 본 아금만큼씩만 잘라 잡

수셔" 하는데, 그 한마디에 다들 빵 터지는 거예요.[2] 근데 한 여선생이 손가락 한 마디 기럭지로 잘라가요. (웃음) 그러면서 갓난 아들 얘기를 하는데, "이 새끼가 자지는 지 애비 닮아가지고 담배꽁초만 해요." 모두 뒤집어졌죠. 죽이잖아요. 여자들끼리 웃어젖히는 게. 얼마나 좋아요.

양: 또 묻는 것 같은데, 「이모들은 다」에 나오는 나폴레옹 삼 센티나 언니들의 웃음은 역시 선생님이 구성한 거겠죠? 저는 이게 구성이었다는 게, 선생님 말 듣고도 믿어지지 않아서요.

김: 구성이에요. 나폴레옹은 정말 삼 센티였대요. 누군가 나폴레옹의 성기를 잘라서 갖고 있잖아요, 지금도. 그걸 알고서 나는 그 삼 센티에 기대어 살았어요. 쓸데없이 교장, 교감이 닦달할 때도 속으로 '삼 센티!' 쓸데없이 추근대는 사내들을 보고도 '삼 센티!', 내 시를 읽고 거품 물고 나자빠지는 좃물들에 대해서도 남녀노소 가릴 것 없이 '삼 센티!' 웃어 넘겼죠. 나를 살게한 주문이기도 했어요. 시는 마물(魔物)이라서 하자면 뭐든 다하게 돼요. 이 '하자'는 의지는 내 의지가 아니에요. 시의 의지죠. 시는 제가 하고자 하는 바를 내가 반드시 하게 만들고야 말죠.

2   진주 말 '아금'은 '어림, 어림짐작'을 뜻한다.

양: 누가 선생님의 손바닥에 내장을 쥐어주는 거처럼? 시심이 온다?

김: 시심도 아니고 뭔가가 오는데, 그게 별의별 짓을 다 시키죠. 근데 요놈이 내키면, '이모들은 다 어디로 / 갔을까'… 노래처럼 나와요. 또 어떤 때는 영화 보느라 벽에 기대어 앉아 있다가, 등 뒤에서 누군가 흥얼거려. 나는 아닌데. 그럼 써요. 안 놓치려고 불도 안 켜고 아무데나 휘갈겨요. 이렇게 쓰여진 시는 손을 댈 수가 없어요. 흘러가버리기 때문에. 몸속을 흘러가는 동안에는 칼로 천천히 베이는 거와 같죠.

양: 흐으음. (심호흡)

김: 그냥, 꽃이 있네. 으아리. 이름이 으아리네. 조금 더 가니까 큰꽃으아리도 있네. 아마 그 어감, 그 꽃에서부터 왔을 거예요. 그것들이 내 안의 어딘가를 떠돌고 있다가, 어느 순간 느닷없이 이렇게 흘러나오는 거죠.

양: 뭐 저도 글을 쓰는 사람입니다만, 그분이 안 올 때의 공포는 정말. 오늘 선생님의 시 쓰기는 계속 그 저주, 명령, 도착에 준비된 사람의 것이라고밖에 말할 수 없을 것 같아요.

김: 언제 올지 모르니까, 계속 닦고 있어야 돼, 잔을 깨끗하게 닦아야 해. 잡것이 묻어 있으면 안 돼요.

양: 그때의 깨끗함은 뭘까요. 저는 되도록 사람들 안 만난다, 혼자 계속 걷는다, 기다린다 같은 것으로 그 말을 채울 수 있을 것 같은데요.

김: 물 담긴 사발을 찰랑찰랑 머리 위에 얹고 기다리는 거…. 아침에 고요히 있는데 전화 한 통화가 왔다. 그럼 그날 일은 파토. 이 삶에, 그걸 유지하는 게. 누군가 그랬잖아요, 아무리 고독해도 모자란다고.

양: 어떤 시는 처음에 스케치로 움직이다가 어느 날 한 호흡으로. 대체로 많은 시가 한 호흡이었을 것 같다는 생각이 들어서.

김: 내가 한 호흡으로 썼던 것과 그야말로 용접했던 시는 결이 달라요. 용접했던 시는 되게 미워요. 다른 사람들이 그 시를 좋아해도….

양: 비유적으로라도 바느질한 시는 없습니까?

김: 난 바느질은 못 해요. (모두 웃음)

양: 그래도 보통은 퀼트, 바느질의 비유를 많이 쓰는데… 선생님은 지금 일관되게 용접이란 비유를 쓰고 있고. 역시 '여성적'에서는 한참이나 먼 데 계십니다, 선생님은.

김: 왜냐면 녹여서 붙여야 하니까요. 녹여서 붙일 만큼의 에너지가 나한테 있어야 해요. 용접의 새파란 불길이 하나로 녹여 붙여지, 안 그러면 흩어져요, 시가. 가짜인 게 금방 탄로 난다고. 그러다 보니 쓰고 나면 덧정이 없어져서, 다 잊어버리죠. 미련, 애착, 전혀 없어요. 쓰고 나면 끝. 누가 뭐 코를 풀던지 똥을 닦던지, 난 됐어. 완전 연소야, 쓰는 행위 자체로.

양: 근데 이제 제가 만나는, 주로 미술 친구들… 작업이 어정쩡한 게, 남들이 날 어떻게 볼까, 초자아의 권력에 갇혀서 자기를 학대하고 자기를 멀리하고 자기와 협상하고 그런 경우가 부지기수거든요. 당신 말고 당신을 주장할 사람은 없다고 설득하느라 진을 다 빼는데. 그걸 세상이 알아주면 이생에서 혹은 지금 잠시 좋고 그렇지 않아도 나는 나이니 좋은 거고. 선생님은 아예 『트렁크』에서부터 사람들이 헐, 허걱, 하고 놀라고 뒷걸음질 치게 할 요량으로 쓴 것 같은데. 동일시가 불가능한, 다가오려는 사람들을 물리치거나 시를 원하는 이들을 배반하려고 쓴 게 분명한데요. "배반하려고 쓴다"는 『트렁크』의 '시인의 말' 문장은 재출간할 때 적은 것인가요?

김: 처음부터 썼던 거예요.

양: 그건 어떻게 선생님… 선생님은 계보도 없고, 갑툭튀이고. 엄마 반대로 서울로 못 가고 진주에 남아서 계속 이곳에서 살고….

김: 그게 왜 가능하냐면요….

양: 예쁨 받으려고, 사랑받으려고, 섹스하려고 시 쓰는데. 그게 어떻게 가능하지. 관계 맺으려고. 근데 비동일시, 미움받으려고….

김: 뭐라 그럴까, 저 친구가 시 쓰는 이유하고 비슷해요. 잃을 것도 없고 물러설 데도 없고. 쓰거나 죽거나. 구태여 사랑받을 필요조차 없는 거죠. 인정받을 필요도 없고. 인정 욕구, 이런 게 있었으면 계속은 못 했겠죠. 다 말렸어요, 첫 시집 나왔을 때. 심지어 어떤 시인은 그랬어요. 마치 장어잡이 통발에 들어가는 짝이다. 길고 통이 좁아 장어가 일단 들어가면 못 돌아나온다. 쓰는 재미는 있어서 쓰겠지만, 그건 막다른 길이다, 라고. 근데 나는 막다라서, 내가 벽을 느껴보기 전까지는 돌아설 수가 없더라고요. 바로 저기 끝이 있다는데 어떻게 멈춰요. 끝을 봐야죠. 가니까 벽이 있긴 있드만요. 그래서 밀었죠. 시집 서너 권 내고 나니까 시인들이 가끔 물어봐요. 선생님, 벽이 있지 않아요? 있지. 어떻게 돌파하셨어요? 돌파는 무슨! 밀었어.

양: 어떻게 보면 선생님은 계보가 없는. 페미니즘의 계보 안에서도 자연스럽게 배제되는 거고, 남성 시인들의 입장에서도 완전히 이건 번외편이잖아요. 계속 여자의 자리에서 이죽거리고 있고. 남자 시인들에 대해선… 심지어 김병연도 인용되지만 여자 불알이라는 말로 흙탕물 만들고. 인정, 연대, 연

결… 이거는 등장하자마자….

　　김: 아예 없어요. 나는 단독자, 이게 되게 편해요. 그렇게 내 태
　　도와 입장을 딱 정리하면 편해져요. 체질인 거 같아요.

양: 그럼에도 불구하고 가끔 선생님 시 되게 좋아한다는 뜻밖
의 독자들 이야기해주셨잖아요. 이 책 출간할 현실문화 김수
기 대표님도 한마디로 '팬입니다'라고 일갈하셨고. 선생님의
서클, 이 바운더리 안에 들어오지 않은 채 여기저기에서 읽고
힘 받는 독자들.

　　김: 나는 그 독자들을 만날 수도 없고, 실감할 수도 없어요. 내
　　가 실감하는 건 책이 팔려서 인세가 계속 들어온다는 것. 사람
　　들이 나를 밟으려고 했다가, 무시하려고 했다가 저리 밀쳐났
　　는데도 책이 팔리니까. 그러니까 나를 살린 건 독자들이죠. 한
　　없이 감사하고 그분들을 만날 기회가 있었으면 좋았겠죠. 올
　　해 2월 북 콘서트로 서울 가서 처음 만났어요, 그런 독자들을.
　　내 평생에 처음 있는 자리였어요. 시인들은 없고, 아, 시인 두
　　사람 있었지. 박연준, 김영미.

양: 젊은이들, 주변에 어쨌든 선생님 시를… 저도 학생들 통
해서 선생님을 만났어요. 기억이 정확하지는 않지만. 제대로
읽을 수 있었던 것은 학생들 덕분이었어요. 선생님 시는 한번
읽으면 작정하고 외면하거나 아니면 망치로 맞는 것 같이 영

향받을 수밖에 없으니까, 너무 강력한 어떤 것들이 있어서, 뒤돌아볼 수밖에 없게 되는 건데. 근래 선생님 시가 그래도 조금 더 팔린다? 뭔가 반응이 있다? 이런 느낌이 실감이 되세요? 아니면, 선생님 시가 지금 현재 유럽이나 이런 데서는 연숙도 이야기한 것처럼 동물성, 육체성(corporeality), 애브젝트(abject), 포스트페미니즘 안에서 이런 이항대립 자체를 갖고 노는 전략들, 그런 거랑 연결되는 지점들이 있단 말이에요. 동시대 급진적, 굳이 이야기하자면 포스트페미니즘적 맥락에서 다시 소환되는 쟁점들. 선생님은 실감하실지 모르지만.

　　　　김: 별로 실감 안 나요, 여기서는. 가끔 연숙 님이 나한테 미래씨 작업 이야기해주면 듣고. 근데 서울 올라가서 독자들을 만났을 때….

양: 페미니즘과의 관계에 있어서는… 기존의 페미니즘 비평은 선생님을 감당을 못 한 거고. 그러나 페미니즘에서 선생님은 굉장히 중요한 아카이브이고. "내 음문의 비위에 맞지 않는 건 단 한줄도 쓰지 않았다"고 할 때, 이 보지의 비위라고 하는 표현에서도. 그거는 하나 물어볼게요. 시집 『보고 싶은 오빠』의 첫 번째 시 「회전축」이 지구의 기울기와 발기한 음경의 유비를 통해 가부장제나 남성적 상징 구조라는 게 별 볼일 없다는 것을 누차 확언하고 있어서 정말 좋았거든요. 삼 센티나 23도 정도의 발기력을 뭐 그렇게 과장하고 무서워하느냐, 라는 싱글거림인지 쪼갬인지가….

김: 그걸 젤 앞에 딱 놓아둔 거죠, 읽지 말라고.

양: 이거 하나면 끝이다. 남자들의 거세불안, 거세된 여자들의 유머나 조롱. 이빨이 다 빠지게 웃는 이 웃음은 뭐예요, 선생님. 스탠드업 코미디의 유머는 아닌 거 같기도 하고. 유머, 웃음.

김: 어쨌든 웃음이 이기지 않을까요? 존재는 웃음이지 않을까, 그 생각이 들어요. 존재의 궁극은 웃음이지 않을까. 우리 한바탕 웃으려고 태어나지 않았을까. 죽어라 빡세게 살고, 죽을 때 웃는 거죠.

양: 어제 잠깐 만난 작가는, 나는 내 이야기 하는 거 관심 없다, '나'라는 게 있다는 생각이 아예 안 든다, 그래서 SF 서사 쓰는 방식으로 모녀 삼대를 재전유하려고 작업하던데요. 선생님의 이야기 안에 있는, 그 사진에 나오는, 루이스 부르주아도 웃고 있고, 보지에 꽃 꼽고 있는 여자도 웃잖아요.

김: 허무의 끝은 웃음 아닐까요? 나는 그렇게 생각하거든요.
양: 이젠 제게 들러붙은 이미지들이에요. 선생님 시집의 웃는 두 여자 이미지요. 결핍과 부정 아니면 진지한 자긍심의 원천이라는 구멍에 꽃을 꼽고/달고 웃는 여자나 거대한 남근을 들고 웃고 있는 할머니는 일종의 자립한 완전한 이미지로 느껴지거든요.

김: 근데, 남자들이 제일 무서워하는 게 여자의 웃음 아니에요? 남자들이 제일 무서워하는 게 그거 같아요, 여자가 웃을 때. 직사하게 팼는데 맞는 여자가 웃을 때. 우주 전체가 제일 무서워하는 게 여자의 웃음일 걸요.

양: 팼는데….

김: 응, 팼는데, 여자가 웃는 거예요.

양: 선생님한테 겨우 세운 좆, 움켜쥐고 시를 쓰려 한다. 선생님에게 좆이 있는 거예요? 아니면 이 좆은 가짜, 페이크예요, 그러니까?

김: 아니, 겨우 세운 기운. 겨우 세운 시의 좆. 겨우겨우 모아놓은 시 쓸 에너지.

양: 근데 굳이 또 이렇게 좆이라고 표현해서, 이렇게.

김: 그런데 너무나, 그거 외에는 표현할 말이 없어. 시 쓸 에너지, 이럴 수는 없잖아요. 시 쓰려고 모은 힘이라고도 할 수 없고. 또 사람들 좆 워낙 좋아하고, 나도 좋아하고. '좆' 뒤에 혀가 천장에 쩍 들어붙는 맛도 있고. 그 맛에 쓰는 거죠. 그 말 너무 쫄깃하잖아요. 발음하고 나면 입안에 남는 그 말맛. 쫄깃하잖아요, 육체적으로.

양: 추파춥스 같은 거죠, 남이 빨던 사탕.

김: 추파춥스라는 말이 너무 쾌락이야, 나한텐. 발음했을 때 입 속에 침이 돌게 하는. (모두 웃음) 그러니까 말의 황홀경이 있는 거죠. 언어도 글자도 아니고 말만의.

＊＊＊

P.S

우리는 공식 인터뷰에는 포함하지 않은 어떤 이야기를 좀 더 나누고 헤어졌다. 그날 마지막에 우리는 '여성적' 혹은 문화적 경험을 교환했다. 나는 지극히 개인적이었고 선생은 대자대비했다. 그리고 나는 이 세상 어떤 존재의 눈물보다 곱고 따뜻하게 고였다가 흐르는 한두 방울의 눈물을 선생의 눈가에서 보았다. 맺히고 서둘러 회수한 슬픔이었다. 이죽거리는, 싱글거리는 웃음과 광포한 분노를 연기하는/수행하는 선생의 맨 밑바닥에 고인 비애나 슬픔을 목격한 것 같은 통증이 일었다. 며칠이 지난 뒤 우리가 집중했던 '개' 이야기를 좀 더 보완하려는 듯 이런 문자가 선생에게서 왔다. "'여래를 거치어 개로 남기로 한' 그 문제의 '개'는 『GG』 44쪽의 「격鵙에게」 속에 등장하는 그 개가 아닐까 싶기도 합니다." 그리고 근 두 달이 지난 어제 이 인터뷰를 수정하면서 나는 박상륭이란 이름이 시 바깥에/바닥에 위치해 있는 「격鵙에게」의 격이 무슨 뜻인지를 묻는 문자를 선생에게 보냈다. 선생이 찍어 보낸 이미지 사진에 의하면 격은 사전적으로는 1. 박수, 2. 남자무당이란 뜻을 갖는다. 열대야로 잠을 설치던 나는 새벽에 책장에서 박상륭의 『열명길』을 꺼낸다. 아침에 내가 늘 내 몸 어딘가에 넣고 다니는 "고향은 개였다"로 끝나는 단편 「늙은 개」를 읽는다. 분명 김언희의 개와 닮았으면서 다른 박상륭의 개가 있을 것이다. 역시 그랬다. 캐나다로 이민을 가서 제일 먼저 했던 일이 시체실 청소부였다는 소설가의 자전적인 이야기가 어슴푸레하게 비치는 이 소설에서 나는 "추하게 늙은 암캐가 한 시든 남근을 어중간하게 매달고"란 문장을 목격한다. 일전의 한 인터뷰에서 김언희 선생은 박상륭을 언급하며 번역 불가능한 작업들, 지역적 차이를 중화시킬 중앙의 언어에 포섭 불가능한 작업들, 당신의 시와 같은 작업들에 대해 이야기했다. 「늙은 개」에서 늙은 개, 검은 개, 비구니, 암캐, 늙은이가 계속 죽는다. 여기저기서 죽어 있다. 그러므로 안-죽는다. 죽을/일 수 없다.

부록: 김언희 시집 목차 모음

『트렁크』(초판: 세계사, 1995; 개정판: 문학동네, 2020)

트렁크
늙은 창녀의 노래 2
한다
떨켜
모과
HOTEL ON HORIZON
의자였는데
복숭아
이봐, 오늘 내가
아버지, 아버지
못에게
모나리자 화장지
파반느
음화
꽃꽂이
고요한 나라 1
미륵
비디오 가을
아버지의 자장가
성당
4장 4절
드라큐라
유리집
얼음여자
허불허불한
육자배기로
너는

가을비
송곳니가 아래턱을
백합, 백합, 백합
저, 옐로우 하우스
아침식사
꿈의 전부
마데카솔
늙은 창녀의 노래 1
탈수증
늙은 창녀의 노래 4
떨어지는 꽃잎 하나
빨래
……?
태어나보니
소요유(逍遙遊)
마리아의 노래
피맛을 아는
늙은 창녀의 노래 3
거두절미
동행
잎, 또는
초록 세월
공
찔레
룹 알하리
꽈리 부시네
전생(轉生)

[1]
그 섬에 가고 싶다
햄버거가 있는 풍경
그라베
0시의 부에노스 아이레스
말라죽은 앵두나무 아래 잠자는
저 여자
누가 내 시에 마요네즈를 발랐지?
밀롱가 1
그것 47
벗겨내주소서
설마 이런 것이
선데이 서울
황혼이 질 때면
랄랄랄 1
랄랄랄 2
쥬시 후레쉬
990412
홍도야
저수지
버섯국을 끓이다
똥의 방점
팔보채
서역
역겨운. 역겨운 , 역겨운 노래
이 저녁

[2]
이책
그것을 누르면
ARS
밀롱가 2
FA
여섯시
달걀 속에서 주르륵
한 잎의 구멍
아침마다 그것은
그것은 이제
미얀마
식탁 위로 더러운
오지게, 오지게,
이따만한
연지
문상
봄은 똥밭이네
어어떤 귀
거미
털 난 구름
벌레 먹은 장미
피치카토
시

[3]
가족극장, TE
가족극장, 구렁이
가족극장, 과부가 된 아버지
가족극장, 껌
가족극장, 반죽
가족극장, 중절되지 않는
가족극장, 이리 와요 아버지
가족극장, 목단
가족극장, 냄비 속에 인형이
가족극장, 고등어 대가리
가족극장, 소작된
가족극장, 살진 어머니
가족극장, 문고리
가족극장, 언젠가
가족극장, 나에게 벌레를 먹이는
가족극장, 코 없는 콧구멍으로
가족극장, 왜파의 나라
가족극장, 그러엄, 이내
가족극장, 쥐덫 속에
가족극장, 클레멘타인
가족극장, 삭망

『뜻밖의 대답』(민음사, 2005)

[I]	[II]
예를 들면	정각
9분 전	스크래치
후렴	오늘도 어김없이
Knock, Knock, Knock	컴배트
밀담	앵무새가 웃었지
앨리스 1	부생육기(浮生六記)
앨리스 2	금동미륵
볼레로	꽃다발은 아직
룸서비스	해 뜨는 집
시를 분류하는 법, 중국의 백과	마침내 그것의
사전	착오
현장	릴리 슈슈의 모든 것
폐환	셋이며 넷인
시	시, 추태(魏態)
시, 혹은	기억의 고집
일식(日蝕) #1	비정성시
……가겠소?	Love Song
용의 국물	불안은 불안을 잠식한다
벙커 A	이보다 더
어떤 입에다 그걸	이명(耳鳴)
일식(日蝕) #2	1, 3, 5, 7, 9,
Hot Korea	히치하이크
시, 거룩한	검은 택시
일식(日蝕) #3	딜러
연어	
이봐, 지금 시 쓰는 거야?	
오늘도 쓴다마는	

『요즘 우울하십니까?』(문학동네, 2011)

[III]
당신과 나 사이
애야, 집이 어디니?
옥상 물탱크 속의
기둥 없는
그것은 쉽게 녹슬고
천 번을 보아도
이제부터 진짜
도끼를 들고
네 육신은 그것들의
더럽게 재수 없는
침대에서 침대로
집?
그것은 하나의 악취
뜯어먹은 생쥐, 잡아먹은 고양이
밥공기 속에서 검은
어느?
그것들은 서로를
가지마다 다른 꽃이
집요하게 은폐되는
똥 묻은 발로
침수된 축사였네
나에게는

시인의 말

[I]
벼락키스
연어
해피 선데이
개구기(開口器)를 물자 말자
시로 여는 아침
이 밤
없소
지문 104
머리에 피가 안 도는 이유
정황 D
새는,
나는 참아주었네
9999 9999 9999
지병의 목록
대왕오징어
요즘 우울하십니까?
거품의 탄생 1
해변의 묘지
EX. 1) 옆 페이지의 정답을 잘 읽고, 그 정답에 적절한질문을작성하시오. (주관식서술형)
장충왕족발
저 고양이들!
별이 빛나는 밤
잠시

『보고 싶은 오빠』(창비, 2016)

글쓴이 소개

밀사   2015년, 철수와영희 출판사의 도서『성노동자, 권리를 외치다』의 공저자로 참여했다. 2020년, 지금아카이브의 연극 ‹티타임/밀사의 찻잔›의 드라마터그로 참여했다. 보편에 속할 수 없는 파손된 자들에 대한 관심을 줄곧 이어가고자 노력하며, 그 고민의 산물을 트위터 계정(http://twitter.com/kjrfL)에서의 담화 생산, 브릿G 페이지(https://britg.kr/novel-author/4482/)에서의 소설 탈고 등으로 드러내고 갈무리해왔다. 부서진 자들의 영원한 생잔을 믿는다.

박수연   생존이라기엔 너무 가볍고 생을 낭비한다고 말하기엔 지나치게 성실한 삶을 살고 있다. 나에게 어떤 말이 허락되었나 오래 고민하다가 오래 동안 말 같지 않은 말을 하려는 욕망에 갇혔다. 어떤 소리에 말다운 말의 지위를 (불)허하는 이, 그리고 그를 농락할 방법을 상상하곤 한다. 국내 한 인문대학원에서 조르주 바타유의 반-시론 연구를 이어가고 있다.

변다원   1997년 서울특별시 태생. 고졸 검정고시. 특이점 없음.

성훈   영문학을 공부했다. 시각예술 웹진 'OFF'와 페미니즘 비평 웹진 'SEMINAR'에서 뚜이부치란 필명으로 기고했다. 문학, 비디오 게임, 만화 등 다양한 매체에서 나타나는 퀴어 시간성을 이야기하고자 한다.

양효실   서울대학교 미학과에서 박사학위를 받았고 지금은 서울대, 한예종 등에서 강의한다. 태도로서의 페미니즘-퀴어의

(미적) 정치가 육화된 텍스트 읽기에 광적으로 집착한다. 미술비평이 주업이고 연극, 문학, 공연도 들락거린다. 『불구의 삶, 사랑의 말』, 『권력에 맞선 상상력, 문화운동 연대기』 등을 썼고, 주디스 버틀러의 『윤리적 폭력 비판』 등을 우리말로 옮겼다.

영이   폭력과 고통, 그리고 분열의 상관 관계에 관심을 갖고 글을 쓴다. 『정서 지도 그리기』, 『밑 빠진 독(毒)에 물 붓기』, 『월간 종이』 등 기획.

이미래   조각가. 조각의 물질성과 운동성을 통해 인간의 원초적 욕망과 정동, 폭력과 에로티시즘의 에너지를 탐구한다. 개인전 캐리어즈(Carriers) (아트선재센터, 서울, 2020), Black Sun (뉴 뮤지엄, 뉴욕, 2023)을 열었고, 제59회 베니스비엔날레 본전시(2022), 제15회 리옹비엔날레(2020) 등에 참여했다.

이연숙   닉네임 리타. 대중문화와 시각예술에 대한 글을 쓴다. 소수(자)적인 것들의 존재 양식에 관심 있다. 블로그 http://blog.naver.com/hotleve를 운영한다. 2015 크리틱엠 만화평론 우수상, 2021 SeMA-하나 평론상을 수상했다. 시각문화와 퀴어 부정성을 다루는 책 『진격하는 저급들』, 일기를 모은 책 『여기서는 여기서만 가능한』을 썼다.

이우연   서울대학교 미학과와 심리학과를 졸업하고 장편소설 『악착 같은 장미들』, 『거울은 소녀를 용서하지 않는다』를 출간했다. 고용되지 않은 배우, 유령, 창녀, 실종자, 아이들의 불가능한 언어와 함께 산다. 그들을 위한 이상한 공간을 만들고 그 속에서 (그 속을 벌리며) 살아가고 있다. 그 틈새에서 갈망하고 소리치고 애원하는 글을 쓴다. 그들을 원하기 때문에. 존재할 수 없음에도 살아있는 틈들을 너무나 원하기 때문에 쓴다. 징그럽게, 절박하게, 용서받을 수 없을 정도로 원하기 때문에.

진송   2020년 7월 『문장웹진』에 「남자 없는 여자들」을 발표하면서 비평 활동을 시작했다. 시, 소설, 연극 등 다양한 장르에 걸쳐 비평을 쓴다. 비평 콜렉티브 '누워있기협동조합'에서 1) 생활 학문으로서의 이론에 접근하기, 2) 지식과 문제의식을 난잡하게 공유하기를 목표로 재미있는 기획을 이어나가고 있다. 블로그 '진진송의 블로그(blog.naver.com/zinsongzin)'를 운영 중이다.

한초원   배우 겸 작가. 연극영화학과에서 영화학을 공부했다. 물고기와 분석치료에 관심이 많다. 블로그에 글을 쓴다. https://blog.naver.com/hcoy2002

홍지영   사진을 주요 매체로 활동하며, 신체를 기반으로 퀴어, 폭력, 섹슈얼리티를 연구한다. 보이지 않지만 실재하는 것들을 위해 사진을 찍고 글을 쓴다. 보스토크 프레스의 공모 프로그램 '도킹 docking!'에 선정되어 『물의 시간들』을 출간했으며, 창작그룹 팀 W/O F.의 소속 작가로 기획을 맡고 있다.

미친, 사랑의 노래:
김언희의 시를 둘러싼 (유사) 비평들

초판   2024년 5월 20일

지은이   밀사, 박수연, 변다원, 성훈, 양효실, 영이, 이미래, 이연숙, 이우연,
           진송, 한초원, 홍지영
디자인   김국한
펴낸이   김수기

펴낸곳   현실문화연구

등록   1999년 4월 23일 / 제2015-000091호
주소   서울시 은평구 불광로 128 배진하우스 302호
전화   02-393-1125
팩스   02-393-1128
전자우편   hyunsilbook@daum.net
웹사이트   blog.naver.com/hyunsilbook
페이스북   hyunsilbook
X   hyunsilbook

ISBN 978-89-6564-299-2 (03800)